U0905421

第七届新浪原创文学大赛杰出作品

金棕榈之谜

北极老刀 著

上海文艺出版社

楔　子

魔术师苏岷的车开来的时候，马家花园的前头那条街已经很热闹了。这是本市一条闹中取静的都市小街，优雅、恬静。但是自艺术团进驻以后便一天天热闹起来，特别是晚上。

此刻，不算很宽的门前马路让各式小吃摊占满了，食客不少。路灯保留了过去的老样子，优雅，昏黄，不是很亮。这样的路灯衬托着周边夜幕下那些造型西化的旧式小楼，构成了马家花园的独特夜景。它现在像一张本市的名片，由于有了旧城的风貌，名气渐渐传播出去。外地来的游人，内行的都要来这儿看看，如同到北京看看南锣鼓巷，到上海看看城隍庙，到广州看看沙面一样。

当然，晚上来这儿的人还是以本市人为主，他们是来看艺术团的小剧场演出的。苏岷的近景魔术越来越炉火纯青了，已经成为艺术团压台的节目。他呢，自然也就成了艺术团不大不小的一棵摇钱树，这一点苏岷是很明白的。

苏岷是一个内心曾经很自卑的人，如今也渐渐学会耍大牌了。早些时候，谢幕时他还会感谢两句他的师傅黄金手，这半年来已经基本不提了，仿佛那位手法如神的魔术大师黄金手已经不存在了——恐怕这就是所谓吃饱了徒弟，饿死了师傅。

没办法的事。

魔术师苏岷差不多算半个有钱人了，但是他有些怪癖，不买车，打车——他愿意别人为他开车，认为那才是真正的派头。

三十来岁的人这么想事情，感觉上有些迂腐，可他就是这么个人。独身，没什么朋友，却有些莫名其妙的“个性”，这就是他。当然，手上的功夫出神入化，使那些个性被掩饰和淡化了许多。因为人们总是愿意用欣赏的眼光看待成功者。

车子开不动了，前面围了不少人。

出租车鸣了几声喇叭，因为几个烧烤摊子已经非常不像话地挡住了车行道。苏岷坐在车后座上往前看，眼睛半闭着，迷迷蒙蒙中，他好像又听到了妹妹姚芬对他的咒骂，一句一句，句句见血。他活动了一下身子，竭力摆脱那不愉快的记忆，想思考一些让人高兴的东西。他想起好朋友，也是唯一的一个忘年交魏文魁。魏文魁那张很幽默的脸在他脑海中晃动着，双手比比划划地在向他讲述他自己如何尝试性地用废旧零件组装出一台二十英寸的电视机……

咣，一张长条凳子被车子撞翻了，车窗外声音越发嘈杂。

魔术师收回心神朝外看去，就见几个小伙子挡住车子乱叫。还有几个女孩子跟着起哄。这些年轻人是他的老观众，别的节目吸引不了他们，他们等的就是苏岷的近台魔术，每当他摸出那把扑克的时候，欢呼就开始了——这是苏岷最最拿手，也最最叫座的节目，逢演出季，这道节目基本上是每天的高潮。早先它属于黄金手，今天，它属于苏岷。

年轻人叫着闹着，苏岷侧脸朝前边的小剧场看去。那座欧式的小洋楼在夜幕下投出一个很好看的剪影。那是马家花园最好的建筑。据说很久很久以前是一位意大利领事的住所。他妈的，苏岷经常不得其解地琢磨，什么样的一家人需要如此之大的一所房舍，它的一层客厅加上后边的起居室，就是如今小剧场的雏形，四围扩建了一些，便可容纳一百六十多个座位，谁家用得了这么大的客厅？

手机响起来，他一边看着外边热热闹闹的市景，一边掏出手机凑近耳朵。是母亲打来的，问他是不是还没开场。他说车子堵在马家花园了。母亲便用那种教训人的口吻批评他用不着摆这种架子，既然已经到了，下车走过去难道不行么？为什么一定要开到小剧场门口才下车，是不是有些不像话了？

苏岷虽然很爱生气，但是母亲怎么说他都行。为了让那位当了一辈子老师的母亲不要生气，他说自己马上就下车走过去，但是他又说他怕被粉丝们围住不放，耽误了演出可是不好交代的。

老太太的声音高起来："好了好了，你愿意怎么样就怎么样吧。我问你的是，我后天晚上过你那里取一下羽绒服，我要把它翻洗一下——你后天是不是没有演出？"

"没有没有，妈，你来好了，你不是有我的房门钥匙么？我不在家你也可以去呀！妈，就这样吧，我可能真要下车走过去了。"

母亲挂了电话。魔术师苏岷看着前边越来越多的年轻人，发现他们并不是朝着出租车来的，他们好像发生了什么纠纷。他下了车，让出租车司机小米到时候来接自己，然后便悄悄地沿着车后边绕开了人群。

是的，时间不早了，第一个节目恐怕该上场了吧？

他加快步子朝前走，经过那些年轻人时，他听到一阵哄闹，人群突然分开了，有人怪叫着跳了出来。苏岷突然呻吟了一声，他看见了一张脸。一张又丑又脏的脸——我的天呀，他怎么追到这儿来了！

这已经是第三次了！

那是一个乞丐，邋邋遢遢，相貌狰狞。半边脸被肮脏而蓬乱的头发遮掩着，只露出一只眼，这只眼射出一束阴森的光，直射在苏岷的脸上……

这个夏天，这个风吹荷叶般美丽的夜晚啊！

1

长途车行至内环的时候，一直在观赏枫叶的魏文魁，肚子非常准时地咕噜起来。这已经形成了规律。

魏文魁很愉快，觉得自己的消化系统确实运行得非常良好。四十八岁的人了，胃肠道不出毛病应该是件让人高兴的事。六七个代课老师中，差不多都有些或大或小的毛病，而他没有，这难道不是很爽么！

魏文魁是市技工学校的老师，属于没什么大出息，也没有什么大志向，平平常常的那种人。有人缘而且画画上有些爱好，仅此而已。日子过得比上不足比下有余，儿子好歹混进了大学，未来如能谋到个差不多的差事，魏文魁的人生理想也就实现了。

怎么过不是一辈子呢，对不对。他对谁都这么说。

今年技工学校在郊区搞了个分校，魏文魁每周要去上两次课。长途车来去，路途长短也就无所谓了。魏文魁好脾气，不像有些老师，满肚子不乐意。他不，他觉得很好，确实很好。当然，也用不着劝慰别人，因为他知道各人和各人的情况不一样。他只求自己活得平静就行了，生活不就是一种感觉么。

每次天黑时回到城里，肚子在长途车行至内环时准时准点地咕噜起来，多有意思。他可以踏踏实实地从长途车站下车，然后往南走几步，在那家上好的兰州面馆吃一大碗拉面，就着两个小菜喝一瓶啤酒，很简单，很快乐，小神仙一个。这就是魏文魁的幸福生活——比贫嘴张大民的幸福生活好许多呢！

得乐且乐才是聪明人，看，一晃就是秋天了。

这是秋日里平平常常的一个傍晚，这样的夜晚本应该平平常常地度过。可是……魏文魁没想到，也不可能想到，他的幸福生活会突然在这个傍晚出问题,毕竟他是俗人一个。

是的,一切都和平常一样。下车,溜溜达达抽支烟,烟抽完的时候他已经坐在西部气味浓郁的兰州面馆里了。和服务员打个招呼:上,照旧。面、小菜、啤酒便一一上来了。他给面里加上半勺辣椒油,呼噜呼噜地干掉小半碗,然后开始喝酒。他不用杯子,就那么对着瓶嘴"吹"。吹的时候斜着眼睛看着窗外的街景,早就习惯了。不管那街景是不是有意思,习惯了就不好改。

结果,就在这个晚上的这个时候,他在非常无意的情况下,看见了一个人。故事便由这儿开始了——

魏文魁看见一个人站在不远处的路灯下边,对着路灯在看一个类似证件似的东西。他本没有太在意,目光越过那个人往对面高耸的两栋塔楼望去。可是突然他心里咯噔一下,仿佛被什么东西撞了一家伙,快速把目光收回到那个人的身上。

唐五羊,是唐五羊!

魏文魁只觉得心脏一下子收紧了,啤酒瓶子险些落地。他感到大脑有些不够用了,他不敢想象,一个在逃的通缉犯,居然敢如此明目张胆地出现在这里。无论如何,他绝对不敢这么做。当然,自己也没有胆子杀人。无从体验一个杀人犯的心理。

魏文魁把头埋下来一些,用啤酒瓶子挡住鼻子和嘴。眼角的余光注视着那个杂种。唐五羊的衣领竖着,显然还是有所提防的。魏文魁注意到,对方的眼睛至少两次向左右巡视,帽檐压得也很低,对走过身边的人十分警觉。看来他非常明白自己的处境。既然如此,跑回来干啥?索性钻进深山老林变成猿人不是更好吗。

魏文魁的心情稳定了些。他现在需要做出决定——怎么办?

报案?当然。一定要报案的。关键是,在警察赶到这儿的一段时间之内,唐五羊会不会老老实实地呆在这里?

敢不敢扑出去把对方擒住？魏文魁有些心跳加速。

不，他没有那个胆量。一个技校老师和一个建筑包工头，体力上的悬殊不言而喻。这个时候扑出去，必死无疑。

就在他举棋不定的时候，唐五羊的头抬了起来。只见他把手里那个小本子揣进夹克衫的口袋里，机警地朝两边瞧了瞧，目光甚至从魏文魁的脸上闪过，然后拉了拉帽檐快步走了。

不能让狗日的跑掉，魏文魁想。

事不宜迟，他叫过服务员，说下次一并结账，然后快速起身追了出去。一股类似于正义感的东西在他心里翻腾着，使他顿时生出一些勇气，绝不能让这个杂种跑掉，绝不能！杀人偿命，更何况苏岷是自己的朋友，非常不一般的朋友。为这个也不能放过他。

外边已经有些凉意，魏文魁的胸口却有一股热乎乎的东西在涌动。看着不远处贴着街边走着的那个背影，魏文魁有些伤感和悲壮的感觉，眼角甚至有些潮湿。

兄弟，我绝不会让杀你的人从我眼前溜走，绝不！

2

金棕榈佳苑命案发生在三个月前的一个炎热的晚上。

太空艺术团的魔术师苏岷，被人勒死在南区一号楼六楼的卧室里。魏文魁是晚上九点多被叫到公安局的。看了苏岷的尸体，魏文魁当场就瘫在地上。他想不通，这个寡言沉闷的兄弟怎么会死于非命。他会得罪谁？

对于魔术师的死，警察没有跟他说什么。警察只说你的手机号码是苏老师给我们的，听说你是苏岷的朋友。

苏老师是苏岷的干妈，很小的时候便收养了这个孤儿，到现在已经快三十年啦。魏文魁到的时候苏老师已经在那儿了,默默的,一言不发。苏老师是个古怪的老太太,不太好接近。魏文魁对这个令人尊敬的老太太也只了解一鳞半爪。

苏老师独身了一辈子,快七十了,仍然一个人独居在城里一个小巷里。她一共收养过四个孩子,其中有两个很快就远走高飞没有了消息,一直跟着她的,只有苏岷和他的一个干妹妹姚芬。

这些往事估计苏老师已经对警察们讲了,警察让魏文魁谈谈他和苏岷的关系。魏文魁说自己和苏岷的关系那就久远了,远到苏岷刚上中学。魏文魁那时只是个技术员,有一次到那个中学去检修一台实验室用的小型发电机,于是认识了苏岷,知道了那孩子被遗弃以及被苏老师收养的身世。不知为什么,两个人似乎有一种心灵感应,认识以后关系一直没断。

当然,他强调苏岷初二时转学走了将近一年,至于为什么转学,苏岷没说,他也没问。

苏岷学习不好,性格也挺倔,费了好大劲才进了高中,然后再也学不下去了。勉勉强强糊弄到高中毕业,进了一家小企业当文案。由于身体弱且拙于言辞,一直混得不怎么样。这个家伙不太会做人,脾气比较古怪,但是不知为啥,他和魏文魁一直挺合得来。两个人只有一次因为钱包闹了点儿不愉快,魏文魁说自己的钱包不见了,苏岷有些愤怒,两个人差点儿翻了脸。结果在就要翻脸的时候,苏岷奇迹般地把钱包变出来了。俩人和好如初。

是的,怂人有怂人的本事,苏岷这狗东西会耍牌,而且耍得相当不一般。扑克牌在他手里会玩儿出花儿来,玩儿到后来差不多近乎出神入化了。他最终进了太空艺术团,当了正经的魔术师,那几乎是顺理成章的事。苏岷很够交情,成了名依然和魏文魁无间无隙,实打实的莫逆之交……

警察们听到这儿,提醒他简单一些,多谈谈最近的情况,有没有和苏岷来往,来往中苏岷是否吐露过什么。

魏文魁想了一阵,告诉警察说:“说老实话,苏岷最近可能真的碰上了什么事情。究竟什么事情,他没说,我也不好多问。感觉上是件挺要紧的事,苏岷似乎处在比较焦虑的状态。脾气也他妈挺古怪的。”

警察让他再回忆回忆,如果能有些细节的话就更好了,说不定会对破案有所帮助。

魏文魁问警察,苏岷的干妈苏老师有没有提供什么有用的东西?警察说这个你不必问了,可以告诉你的是,苏老师好像有什么难言之隐。魏文魁说那就对了,苏岷跟苏老师最交心,估计吐露过什么,你们应该盯住苏老师。

警察说现在是在问你,希望你能想得深一些。

魏文魁于是再次开始思考。可就在这个时候,外边乱了起来。一听动静就知道,是苏老师的干女儿,苏岷的干妹妹姚芬来了。

连哭带喊地冲进来的果然是姚芬,两个警察都能没拦住。姚芬的后面跟着她丈夫,地产商许晓,还有他们的司机老鲁。姚芬有些发疯,看见魏文魁理都没理,大叫着要看尸体。倒是许晓懂道理,朝他点了点头。

魏文魁对许晓夫妇不太了解,苏岷也很少提他们。姚芬这么一闹,倒让魏文魁想起些事情。那三个人被警察领去看尸体,魏文魁说:“苏岷的这个干妹妹有些意思,你们应该引起注意,刚才我没想起来。这两兄妹有时好得要命,有时又张牙舞爪,我这里指的是姚芬。”

警察让他说说具体的。

魏文魁说:“具体的不好说,总归和钱有关。有一两次苏岷唉声叹气的,说万恶皆源于一个钱字,魁哥,我真羡慕你的生活态度。”

苏岷一直管魏文魁叫魁哥。

警察似乎对魏文魁的叙述颇感失望,没再发问。

直到让他走的时候,魏文魁才突然想起什么似的问了一句:“哎,你听说过一个叫唐五羊的人么?”

魏文魁记得很清楚,当时自己心头刷地一紧。操,怎么把这个杂种忘了。是的,他知道此人。那是许晓手下的一个大包工头。

有一天晚上,大约是命案发生十来天前的一个晚上,苏岷和他聊了一些艺术团改制的事情,聊到最后他突然没兴趣说了,起身走到窗户前,冷不防冒出一句话:“哥,弄不好要出事!”

魏文魁记得当时自己马上警觉了,以为艺术团有事,追问怎么了。苏岷望着窗外的夜色,脸掩映在落地灯死角的阴影里,远方的工地在施工,电焊的弧光在他脸上一闪一闪。

听了魏文魁的问话,他没有马上出声,过了一会儿才转过身来,说:“哥,你觉得我这个人是不是不应该掺和什么事儿?可是我他妈偏偏掺和到姚芬他们两口子那个商业城的项目里去了。不是我主动的,是他们当时缺一笔资金,不多,一百多万的周转资金。姚芬说跟银行弄贷款比较复杂,如果我有,能不能借他们用一下,按投资折算股份也行……哥,我没管住自己。”

魏文魁这才知道事情和艺术团没关系。

他当然明白,所谓没管住自己的意思就是说他投了钱。可这难道有什么问题么,投资是很正常的事情,自己有钱也想投呢。再往下问,苏岷却不愿意聊了。直到最后才有意无意地说,包工头唐五羊说他做了没良心的事。

“哥,我冤呀,我太冤啦!”苏岷说这话时表情愤然。“我原本和这种事情一点儿关系也没有……”

魏文魁知道苏岷的性格,其实连这些话他都不一定想说的,之所以说出来,肯定是心里憋得太难受了。苏岷说,下个礼拜就到日子了,那个唐五羊可能要找事儿。魏文魁追问,苏岷摆摆手什么也不说了。

所谓日子,所谓找事儿苏岷没有解释。

魏文魁告诉警察,他第二天就去工地找那个叫唐五羊的包工头,人倒是找到了,可是唐五羊什么也没跟魏文魁说,只是死死地盯着他的脸问:你算哪把夜壶?魏文魁马上意识到这是个浑人。刚想张嘴,那唐五羊当胸推了他一掌:“滚,留神老子把你的蛋挤出来!”

魏文魁只有抱头鼠窜。

全部情况就是这些——他一五一十地向警察述说了一遍。

警方显然很重视这个情况,说:“你刚才怎么什么都没想起来。这种事儿应该能想得起来呀。”

魏文魁老实地说:“我一辈子没见过这阵势,可能吓懵了。”

又问,你们是怎么知道唐五羊的?警察说从死者的手机上发现的,苏岷接的最后一个电话就来自这个人。

很遗憾,警察最终没能抓住唐五羊,随后便发了紧急通缉。再以后的事情魏文魁就一无所知了。

直到三个多月后的这个晚上……

3

此时此刻,这个人就在前边耸着肩膀走着。路灯的光线忽明忽暗地投在他身上,显现出几分诡秘与凶险。老魏盯着那个背影,周身发紧,心跳加速。他不敢走得太快,害怕让对方发现,一个杀人犯,再杀一个人还不跟玩儿似的。可也不能太慢,让这个王八蛋再次跑掉,他死都不甘心。

现在,事情基本脉络能看出来了——魔术师苏岷掺和了他妹妹的工程投资,此后因为钱的问题和许晓夫妇扯皮,同时牵扯到前边这个凶手唐五羊,从而导致了苏岷被杀。许晓夫妇是唐五羊的老板,在其中充当了什么角色魏文魁说不好。命案发生后警察找没找那两口子调查?魏文魁也不太清楚,但是抓住唐五羊,魏文魁相信绝对没错!

说话间,已经走出了一站多地,所经之处行人寥寥。这里位于城市边缘的西北方向,属于人员较杂治安管理比较差的区域。有不少老房子,糜集了不少外来人口。据说还有一些家在外地的城市白领在这儿租房子住。作为一个小小良民,魏文魁实在搞不懂,一个在逃通缉犯怎么这么大胆子,这种时候溜回来,不是存心找死么?

又走了一会儿,唐五羊拐进一片更为破旧的棚户区。七绕八不绕,来到了一个隐藏在棚户区内的小旅店前。

魏文魁隐身在暗影里,死死地盯着对方的一举一动,手心里已经出汗了。他看见唐五羊在小旅店门前的一辆破三轮车边停了下来,松了一口气后很放肆地在墙角撒了一泡尿,而后点上一支烟抽。他抬头望了望天,又朝四下里巡睃一圈。直到那支烟抽完,才一闪身进了旅店。魏文魁悄悄地舒出一口长气,掏出手机琢磨着,然后毅然背转身子拨打110,通了。他看了看小旅馆上边的招牌,同时缩了缩脖子,等着回音。

不太远的某个角落,有流行歌曲的声音飘过来。

手机响到第三声的时候传来了问话:“喂,这里是接警中心,请说。”

魏文魁有些紧张,突然觉得口干舌燥,他用力咽了一口唾沫,然后呼吸急促地压低声音说:“我、我……报案。喂喂,你听得见么?我报案……”

“请说,我们在记录。”报警中心的声音,听不出接电话人的表情。

“噢噢,”魏文魁又咽了口唾沫,“三个多月前,金棕榈佳苑,城南金棕榈佳苑那个案子,对对,就是那个案子。我、我看见……”

突然,声音在这儿被卡住了,后边的话戛然而止。

魏文魁感到衣领子被一只大手用力抓住,领口死死勒住了喉咙,半截话被毫不留情地掐断了。紧接着,背后伸过另一只手,一根粗粗的手指按下了手机的关闭键。然后,他差不多被拎了起来,身子转了半周……

领口慢慢松开。魏文魁看见一张狰狞并且在冷笑的脸——唐五羊!

刹那间,世界仿佛不存在了。

两张脸就那么近距离地面面相觑着,一种让人窒息般的气息笼罩着他们的周身,只能听见相互的喘息声。不远处好像有两个女孩子走过,咕咕哝哝走远了,无人注意到这边的动静。

唐五羊好一会儿才放开手,顺势在魏文魁脸上开玩笑似的拍了一巴掌:"是不是觉得我们农民都是傻×?"

魏文魁满头大汗,完全说不出话了。他知道,傻×是自己,的确是自己。只考虑到对方的凶狠,忽视了他的狡猾。就目前的形势看,自己不过是一只狼爪子下边的羊羔,没有丝毫的主动。手机响了好几声,最终停了——估计是接警中心打来的。

唐五羊朝地上啐了口唾沫,然后盯着魏文魁的脸:"看来咱们俩的眼睛都挺好用,谁也没认错谁。你贵姓?上次见面你没说。"

所谓上次见面自然说的是魏文魁去找他,同时被骂作夜壶那回。一种屈辱感漫上来,魏文魁梗了梗脖子说:"想怎么样就怎么样吧,反正我已经犯在你手里了。随你!"

唐五羊活动着脖子:"你妈的,嘴还挺硬!其实老子掐死你跟掐死一只鸡一样。只不过我现在还不想弄死你,无冤无仇的,我弄死你干吗?要不是你跟踪我,咱俩狗屁关系也没有!"

魏文魁无话可说。

唐五羊把一只手搭在他肩膀上,看看左右,然后把目光落在他脸上:"如果我没猜错的话,你姓魏——变魔术那家伙说过你。"他用指头戳了戳魏文魁的胸口,"唉,我有时候真他妈弄不明白,这世界上原本不相干的人,怎么就会稀里糊涂地扯在一起了。就说我和那个魔术师吧,那、那不是扯鸡巴蛋吗?"

魏文魁听懂了他的意思,他是说他和苏岷本来不应该是这样一个结果。此话说得倒也没错,错就错在苏岷掺和进了许晓夫妇的生意——魏文魁相信这是悲剧的原点。

他想问问那件事的原委，却又不敢张嘴。

唐五羊又点上支烟："你是不是特想知道我为什么这么大胆子溜了回来？"

魏文魁当然想知道，但他依然惊魂未定："不，我现在想知道你准备拿我怎么办？"

这也是实话。

唐五羊小声笑起来："看来你确实是个怕死的家伙——对，人人都怕死，包括我在内。好吧，我告诉你，只要你不告发我，咱俩什么事儿也没有。你如果告发我……对不起，你，不不，不光你，连你们家的老老小小都别想活！记住，我早晚是个死，什么事都干得出来。"

唐五羊撩起衣襟，魏文魁看见他腰上缠着一条锁自行车的软钢丝锁，锁头是一疙瘩实实在在的黄铜。

见魏文魁已经有些站不稳，唐五羊放下了衣襟说："变魔术那家伙就是给这条钢丝锁勒死的，让你见识见识。这东西还有一个好处，抡起来打人，就是个流星锤。"

"你、你放心，我什么都没看见。"魏文魁快说不出话来了。

"但愿如此。"唐五羊耸耸肩，再次朝左右看看："现在你老实说，魔术师死后警察有没有找过你？"

魏文魁点点头："找了。"

"他们问了些什么？"

魏文魁本不想说，或者不想都说。但是他毕竟是懦弱的人，在关乎自己一家老小性命的事情上不得不低头。于是便原原本本地把警察调查的内容以及自己的回答统统说给了对方。他说得很仔细，看得出，唐五羊听得也很仔细。

待他说完，唐五羊看了看天："也就是说，出事那天晚上警方已经找了所有的人?”

魏文魁弄不清他这里所说的“所有的人”是指谁,估计指的是和苏岷来往最多的人,而且应该和建筑项目有关。姚芬夫妇,当然,他们是老板,和项目有关。但是自己以及苏老师和项目无关。司机老鲁算不算一个?他想问,唐五羊却把话转到别的问题上去了,问:“苏岷真的没跟你交底?”

“没有没有,确实没有!”魏文魁急切地说,“你想想看,他如果跟我说了,我就不会去工地找你了,对吧? 你想想看……”

“哪怕一丁点儿都没透露?”

“绝对没有。”

唐五羊看上去相信了他的话,用力抽了几口烟,然后踩灭烟蒂,转移了话题:“后来警察又找过你没有?”

“没、没找过,再也没找过。”魏文魁看着唐五羊的脸,“他们大概知道我不了解内情。”

唐五羊嘘了口气,眼睛闪烁着一种贼光,凑近过来,又一次用手指头戳了戳魏文魁的胸口:“那……你想不想知道我为什么弄死变魔术那杂种?”

魏文魁一动也不敢动,不敢点头,也不敢摇头。

唐五羊续上一支烟,慢慢抽着,说:“告诉你好了,那狗日的弄走了我四百万块钱! 别害怕,我说的是真话。那是老板两口子付给我们的工程款,两百多人十个月的工钱,让那杂种用手段变走了。你是不是觉着不可思议,没错,我也觉着不可思议,但这是事实,一个朋友告诉我的。来,你也抽一口。”

唐五羊掏出烟盒硬是让魏文魁拿了一支,然后帮他点上。火光中,他看见魏文魁面如死灰。

“哈,吓尿了吧。”唐五羊弹弹烟灰,“是呀是呀,升斗小民,四百万可不是个吓死人的数。我知道,你现在在想魔术师。想不明白对不对?”

魏文魁僵硬地点点头:“我不信,苏岷好像不是那种人。”

唐五羊第三次戳了戳他的胸口:“所以说,你我都是傻×! 这么说吧,这笔钱背后的名堂很复杂,你问我我也说不清楚。但是肯定有,老子有消息来源。”唐五羊再次看看天,“好啦,我累了,你也该回家了。再啰嗦一句,管住你的嘴,千万管住——我也是被逼到了这一步,没办法。噢,对了对了,把你的手机号码给我,说不定我会联系你的。”

原本松了口气的魏文魁,马上又肉紧了,他发现自己如今居然无法摆脱这个人了。是呀,两个人的关系变了,现在是唐五羊在盯他。他不敢说不,老老实实把手机号码给了对方。唐五羊将号码输入手机,然后拍拍魏文魁的肩膀,朝来路指指,让魏文魁走人。

魏文魁便机械地转身走了。他觉得后背已经被冷汗打湿,脚底下轻飘飘的,仿佛害了一场大病。他不敢回头。唐五羊走没走他不知道,那已经不重要了,他想,在偌大的城市里,唐五羊就像一滴墨水掉进了黑夜……不同的是,今晚他心里多了三个东西:四百万、钱变没了、唐五羊……有消息来源!

4

老刑警欧扬久懒洋洋地歪在沙发里,听大马陈述三个月前的那件事情。天已经很晚了,大家都无精打采的。小郝时不时插一两句话,范小美坐在电脑前玩游戏,不知道是不是在听。楼道外边刚才乱糟糟的,怕是又有什么人被扭进来了。有一个显然是喝醉了的家伙大吼了一嗓子:“×你妈的,马拉多纳切掉了半个胃……”

大马看了看墙上的钟,兴趣索然地说:“队长,你们好像没有什么感觉,我看还是算了。”

“不能算!”范小美叫了一声,从电脑前抬起头来,然后扭向欧扬久,

“队长，你能不能坐好一点，不要让我太丢脸好不好？上次去贵州，你随地大小便，已经让我很没面子了……”

“太夸张了，丫头。我只是在墙角小小地解决了一下问题而已。我的前列腺不给劲，这你们都知道，再说了，那是在农村。又不是在欧罗巴购物中心。”欧扬久嘿嘿地笑着，坐正了身子，转向大马，“丫头说得对，不能算。老子刚刚进入情况。继续往下说——”

金棕榈佳苑那起命案发生的时候，欧扬久正带着范小美在贵州艰苦奔波，累得跟狗似的。是大马和小郝接的案子。欧和范两个人回来以后听了汇报，也没表示什么，加上嫌疑人的逃亡，案子迟迟没有进展。而且这两个月乱七八糟的事情忙得脚不沾地，那案子也就放下了。如今突然接到指挥中心的报告，事情方才引起重视。这时候别说欧扬久听着陌生，连大马他们都觉得那案子很遥远了。

小郝拍了拍桌上的那包材料，插嘴说：“事情显然来自这个叫魏文魁的人，他的手机号码我一直没删。他说的那些话，还有说话的口气，无疑想向我们报告什么，这一点接电话的人都听出来了。关键是为什么说了半截突然断了。我担心会不会出事？”

这一点大家的感觉比较一致。

欧扬久说：“这样吧，明天大马和小郝去见一见这个人。你们俩和他打过交道，交流起来会顺一些。必要的时候我和小美再出面。眼下的关键在于那个魔术师苏岷和许晓夫妇之间的关系；苏岷和凶手唐五羊之间的关系。这两组关系构成了这个案子的主体。三个月前你们的调查证明，今天报案的这个魏文魁事实上和案子本身无关，他突然报案，我估计是发现了什么新的情况。”

“电话为什么又突然断掉呢？”范小美问。

欧扬久站起来走到窗边朝外头看了看，然后双手搓着脸说：“很显然是情况发生了变化。咱们的人再打过去他不是一直不接么？肯定有变。

关于这个魏文魁和魔术师苏岷之间的关系我倒是很感兴趣。听得出，姓魏的属于比较老实，与世无争的那种人。"

大马说："是的，出事的当天晚上我们见了魏文魁，感觉确实如此。与魏文魁谈话之前和苏老师也谈到了他，苏老师也是这种感觉。苏老师说魏文魁是个老实人，不然的话他不会同意苏岷和他来往。"

"这个苏老师好像一直把苏岷当孩子看待。"范小美关上了电脑，看着大家，"都已经三十五岁的人了，和什么人来往应该是他的自由，苏老师管得了么？"

小郝道："你说得没错，她那个干女儿姚芬她就管不了。但是，人和人不一样，苏岷对苏老师的管束似乎很习惯。魏文魁和苏岷属于同一类人。队长，你好像想说什么？"

欧扬久确实想到了一个问题："伙计们，我想咱们还是说说钱的问题吧。魏文魁说苏岷借给许晓夫妇一百万——他们真的缺少那一百万么？"

大马从案卷中翻出一份表格，说："出事后我们请经侦组的老黄帮着查了查，情况是这样，在许晓和姚芬向苏岷借钱时他的账上确实没几个钱了。他们在城北买了一块地，把建设商品楼的钱挪用了，原本计划中会有两笔钱到账，可是到账时间晚了一些，这才导致许晓夫妇向苏岷拆借了一百万。"

欧扬久嗯了一声："也就是说，在钱没到账这段时间里，许晓的公司确实拖欠着工人们的工钱。"

"对。"大马拉了把椅子坐下，"工钱拖欠了不少，前前后后一共有四百多万，工地上的工人们也证实了这一点……我说队长，刚才说叙述案情的时候，你是不是真没听呀？"

"是呀，你这个队长当得也太操蛋啦！"范小美叫起来，"人家大马说得不是清清楚楚的么——唐五羊杀人的起因就是因为工人闹事，许晓夫妇又拿不出钱来！"

欧扬久笑起来，指着范小美的鼻子："你呀，怎么说你好呢？将来一定嫁不出去。谁家女孩子说话这么糙！好了，我着重强调这个问题，就是想把思路集中一下，说到底就是这笔工钱，可这工钱和魔术师苏岷有什么关系？唐五羊应该去找许晓和姚芬呀！"

小郝道："那两口子解释说，他一直在安抚唐五羊等几个包工头，还有他们手下的那些工人，也特别强调了向苏岷借过一百万。他们闹不清唐五羊为什么会盯上苏岷，一直感到很奇怪。"

范小美说："这就是问题的关键，是个大疑点。唐五羊杀苏岷恐怕就是这个疑点背后的原因造成的。"

"丫头说得对。"欧扬久道，"肯定有更深层的原因，对此许晓两口子都没说出有说服力的理由。看来我应该和他们见个面。另外还有一些小问题，苏老师收留过四个孩子，最后留下的两个……当然，我不是怀疑什么，只是想知道苏老师为什么做这样的善事，总应该有原因吧？再就是魏文魁叙述中说苏岷初二的时候和苏老师转学走了，一年后又转了回来，怎么回事？我想知道。"

大家自然答不出来。欧扬久也觉得自己把话扯远了。摆摆手说："算了，再议。下面说说案发现场的情况吧，第一个发现情况的好像是那个苏老师？"

大马点头道："是的，苏老师那天晚上找她儿子苏岷要冬天的羽绒服——至少老太太是这么解释的。她说每年都是这样，她在入冬以前都要把苏岷的羽绒服拿去翻洗一下，因为苏岷不太会照顾自己。她有苏岷的房门钥匙，因此成为现场的第一个目击者。"

小郝补充道："老太太还算镇静，用苏岷客厅里的那个电话报了案。后来我们仔细地搜索了现场的线索，确实只在那个电话上发现了老太太的指纹，别处没有。比较可疑的是，除了电话上的指纹以外，整个客厅再也没有发现其他指纹……噢，当然，唐五羊在酒柜的台子上留了两个指纹。”

欧扬久嘘出口气，道：“现场被处理过。”

大马：“对，被清理过。估计是唐五羊杀了人后干的。苏岷就死在那个酒柜的下边，是被勒死的。”

他翻出几张照片给欧扬久看，那是死者不同角度的照片，脖子上的勒痕十分清晰，皮肤有些擦伤。

欧扬久看了看照片，放下：“魏文魁的电话是苏老师给你们的？”

“对。”小郝道，“回到队里我们仔细地询问了苏老师一些情况，苏老师说到了这个魏文魁。当然，她也说到了她的干女儿姚芬及其丈夫许晓。”

“许晓夫妇……”欧扬久慢慢地走动着，然后站住说，“这两口子好像情绪很激动。”

“应该说姚芬情绪很激动，许晓还平静。”小郝道。

“还有一个老鲁。”

小郝道：“那是他们两口子的司机。公司的老人儿。”

范小美说：“队长，咱们俩是不是应该见见那对夫妇，苏岷和那个姚芬都是苏老师收养长大的，许晓又是个房地产商，这些情况很有意思呢！”

“我更想见的是那个苏老师。”欧扬久说。他点上烟抽着，若有所思，“是的小美，咱俩把手头上的事儿暂放一放吧，协同大马他们了解一下情况——我感觉这个案子可能出现转机了。明天，俩人一组，分头行动！”

5

第二天欧扬久调整了一下安排，让大马和小郝去见许晓夫妇，自己带着范小美去技工学校见魏文魁。他觉得还是应该先抓一抓第一感觉，看看这个魏文魁到底在案子当中是个什么角色。单从材料上看，此人像个局外人，而欧扬久一向认为，局外人陈述的情况往往更客观一些，甚至更真实一些。

天是阴的,加重了秋天的萧瑟感。树上的叶子开始泛黄了。

欧扬久告诉小美,直觉告诉他,这个案子的水可能比想象的深,不完全像大马介绍的那么简单。最值得琢磨的是那个苏老师,一个孤身女人,抚养了好几个孩子,默默地过了那么多年,背后难道没有些故事么?应该有的,一定有!

至于许晓夫妇和魔术师苏岷纠缠在钱上的情况,可能凶手唐五羊知道一些东西。要抓紧抓捕唐五羊!

范小美说:“那咱们是不是先去见苏老太太,这个魏文魁先放一放?”

“不,还是先见见这个人,抓抓感觉再说。咱俩毕竟刚刚接触这个案子。”欧扬久一边说一边用力咳嗽着,像是感冒了。范小美问他行不行,欧扬久说,“没问题,我昨晚上一直在想这个案子,坐在窗户边上抽烟,可能着凉了。不过我也思考出一些名堂。比如那位被杀的魔术师苏岷,脖子上的勒痕为什么会有皮外伤?一般来说,勒伤不会弄破皮肤。”

“想明白了么?”范小美问。

“不好说。”欧扬久实事求是地摇摇头,“后来我跳过这个问题又去想那个苏老师,想到最后还是没想出名堂。”

范小美说:“至少这说明死者脖子上的伤和苏老师这个人是你最关注的两个方面。”

欧扬久点点头:“可以这么理解。”

就这么叽叽咕咕,不一会儿也就到了那个技工学校。

学校刚好下课,门房指着不远处操场的边缘对欧扬久说:“看,那个躲在墙角抽烟的就是魏文魁。”

两个人朝门房点点头,便向目标走过去。那是个高矮、胖瘦、模样都很大众化的男人,不到五十的样子。

欧扬久让小美注意:“你看,操场上闹哄哄的,此人充耳不闻。”

小美明白:“对,看来他心里有事。”

对于两个突然出现的警察,魏文魁显然吃了一惊。虽然他很快就用一种故作的平静做掩饰,却仍然掩饰不了。欧扬久基本有数了,这不是一个心里很坚强的人。他开门见山,问对方昨晚上是不是报案了。话一出口,魏文魁的眼圈居然红了。欧扬久明白,这样的人不需要使用太强的手段他就会说实话。但是他快速决定不这样,平平静静地聊一聊可能更有好处。

“我、我……我看错了一个人,以为是……”

“以为是金棕榈佳苑那起命案的在逃犯。”欧扬久小声地帮他把话说了出来。

魏文魁用力点头:“是是,我以为是那个人。可、可打电话报案的时候突然发现不是……”

欧扬久在心里叹了口气,想:“这个魏文魁说谎话都不会说,既然不是为什么突然掐断电话?特别是指挥中心把电话打回去他不再接听,这说明什么?只能说明他已经处在了一个很糟糕的状态下。对,一个不能说话的状态!”

欧扬久不打算揭露他,而是盯住了话题的核心,道:“是这样,三个月前我出差到外地,接手那个案子的警察是我的两个部下。现在我,也就是那两个警察的头儿,想找你聊聊那个案子,你有时间么?”

魏文魁非常恭敬地注视着欧扬久,点头说他接下来刚好没课。欧扬久看看四周,指着不远处比较偏僻的一丛竹子说,我们到那儿去聊吧。刚好这时上课铃响了。

三个人来到竹丛边上,欧扬久给了魏文魁一支烟,解释说原本可以从其他的知情人谈起,既然你打了报案电话,咱们就从这儿谈起吧——那个在逃犯叫唐五羊。就谈谈唐五羊吧。

魏文魁迫不及待地说他只和唐五羊打过一次交道,不熟。欧扬久让他知道多少说多少。魏文魁就把相关的一些情况说了。和材料里记述的基本一致。

欧扬久一直在听,等魏文魁说完,他看了看天说:"也就是说,你认为魔术师苏岷在这个建筑项目中其实是不相干的一个人,是借给他干妹妹姚芬一百万以后出了问题?"

魏文魁说是:"虽然苏岷没有说得太明白,我认为就是这样。"

"结果导致了杀身之祸。"欧扬久看着他。

魏文魁的脑门儿上冒汗了,连连道:"不不不,我只是把我知道的说出来,是不是因此闹出命案,我不敢乱说。"

他很紧张,欧扬久心想。这加深了自己刚才的判断,魏文魁昨天晚上无疑是遇上事情了。他咳嗽了一声说:"根据我们了解的情况,那个时期许晓夫妇确实账上没钱,但是不久就缓解了。苏岷借钱给他们应该就在资金紧张的那个阶段。据你所知,那个阶段工人们是不是在闹?"

"据说他们拖欠了工人十个月的薪水……"魏文魁脱口而出。话说出口他才反应过来,这话是昨晚上唐五羊说的,但是想收回去已经不可能了。

欧扬久当然捉住了这一点,心里一乐没动声色。无疑,魏文魁昨天晚上碰上了某人,无疑就是那个唐五羊,从而知道了一些材料里没有的东西。脱口而出是源于语言的惯性。

为了不使魏文魁受惊,他不经意地把这个话题跳了过去,转而问道:"魏先生,你刚才说了不少苏岷和你的交往史,现在你能不能告诉我,你所知道的苏老师是怎么样一个人?"

感觉上魏文魁马上松了一口气,面部表情也舒展了一些:"噢,苏老师嘛……说实话,我直接和苏老师打交道不多,关于苏老师的情况基本上都是苏岷说给我的,三个月前我好像都跟您的两个部下说了。"

欧扬久和范小美相视笑笑,然后说:"对,你是说了一些,我现在想知道更多一些,比如苏老师的既往,你是否……"

"既往……"魏文魁想了想,"您是说她的历史……这有点儿不好办,苏老师的历史连她儿子苏岷都不一定知道多少,我就……我只知道苏老师是安徽安庆人,一九八几年才来到咱们这儿,孤身一人,在建成小学当老师,不久又调到了七中。苏岷就是苏老师教中学的时候收留的。姚芬就更晚了。"

"她的性格呢?"欧扬久看着魏文魁。此时此刻他已经确认,魏文魁正是自己感觉的那种局外人。一般来说局外人只可能是案子的某个入口,能给你传递一些局部的内容,更深层的东西还要打开来看,那就不是魏文魁这种人能帮得上的了。拖欠了工人十个月的薪水,材料里没说,是许晓夫妇故意隐瞒呢,还是他们不认为薪水的事情和命案有关——看来有必要直接见见那对夫妻。

魏文魁看着欧扬久,目光稳定了些。很显然,欧扬久给他的感觉还好。他说:"苏老师是个比较沉默的人,这脾气和苏岷挺相似。苏岷说他妈妈年轻的时候还略微好一些,上了年纪以后就不太说话了。但是她很爱她的孩子,这一点我能感受到。"

是的,这一点应该没有什么问题。欧扬久说:"她之所以第一个发现出事了,不正是要去苏岷那里拿两件羽绒服么?"

"对,您说得对。"魏文魁完全放松了下来。

欧扬久问:"你在说到苏岷的过去时,说他初二的时候曾经转学走了,关于这个你知道多少?"

"关于这个我只是从苏岷那儿听了个大概,苏老师完全不提这件事。当然,那时候苏岷岁数不大,我和他来往也仅限于我们俩,还没接触过苏老师……噢,我扯远了。"魏文魁笑笑,"是这样,苏老师好像是打算回安庆落脚的,便带着刚满十三岁的苏岷走了。但是他们只回去不到一年就回来了,原来的学校依然接收了那母子俩。姚芬就是回来时在火车站拣到的。”

欧扬久喃喃道：“苏岷那时候已经十三岁了，已经完全到了懂事和记事的年龄，比如回到安庆那一年发生了什么事，他一点儿都没说么？”

魏文魁摇头：“没有，好像没发生什么事。当然，我也没问。”

“你说他们母子俩的性格很像？”

“对，确实很像。可能当母亲的更善一些。”

“最后一个问题。”欧扬久竖起一根手指，“你回忆一下，苏岷死后的脖颈上……噢，算了，这个问题不说了。你好像很害怕。”

魏文魁说是，一想起苏岷的死状他就不舒服。

他们很友好地和魏文魁分了手。走出门后一直没说话的范小美迫不及待地说：“哎，有什么收获？”

欧扬久很满意的样子：“第一个收获，魏文魁昨天晚上恐怕是碰上凶手唐五羊了。这等于告诉我们，案子又苏醒了。第二个收获，唐五羊提到了十个月的薪水。要知道，工人的薪水一般是由工头分发的。处在夹缝中的工头会是一种什么心态，你是不是觉得有些意思。可以把这一点往凶手的作案动机靠。第三个收获，苏岷母子都是性格内向的人，这可以作为我们深入调查的一个性格基础。值得注意的是，魏文魁说，母亲比儿子更善一些，等于说儿子不善——有时候，这种软性东西会解释一些细小的问题呢。小美，给大马打电话，我现在就去见许晓夫妇，马上打。”

“那我呢？”小美掏出了手机。

“你还是要辛苦一下，盯住这个魏文魁。抓捕唐五羊恐怕还不能离开此人。”

范小美叫起来：“我说队长，你怎么这么不懂得怜香惜玉呀，我刚值过班！”

欧扬久叹息道：“没办法丫头，谁让咱们吃着碗饭呢。你要是不心疼我，我去也成。”

6

注意,此人在咬指甲。

欧扬久在见到许晓的第一时间里,就捕捉到这个细微的小动作。他小声提示大马注意,大马表示看见了。

咬指甲对于一个四十岁出头的人来说,若不是几十年焦虑性格落下的习惯,没有别的解释。看得出,他并不是不想掩饰这个习惯动作,但是他的努力失败了——尤其是面对精明的老探长欧某人。

当然,这是个非常有城府的人,欧扬久想。

许晓就站在落地窗前,不停地在看表。他说他在等一个很重要的电话。欧扬久说没关系,我们有时间。

他赶到许晓的公司时,许晓和姚芬正在楼上商量事情。大马和小郝在跟老总的司机老鲁闲聊。三个月前金棕榈佳苑命案发生时,他俩和老鲁打过些交道,还算熟悉。欧扬久赶到时老鲁起身笑笑走了。大马和小郝介绍了这个人的身份,欧扬久说材料里有这个人写的东西,好像是个草根出身。大马二人询问欧扬久那边的收获。欧扬久说尽管那个魏文魁没说,但基本可以肯定,他昨天晚上见过凶手,并且受到了凶手的威胁。

大马叹了口气:照此说来,一时半会儿魏文魁还拿不下。

欧扬久说:“不存在拿得下拿不下,魏文魁显然是个局外人,让小美盯魏文魁,目的是要抓那个凶手唐五羊。”

“你们这边怎么样,这个老鲁是否谈出点新东西?”

大马说:“新东西没有,老鲁说他隐约感到公司的运营似乎很不好,究竟有多不好他说不清。至于三个月前的案子,人死了,凶手跑了,他们这边儿还是那样。老总夫妇看上去在忙什么事儿,不好打听。”

欧扬久喃喃道:“嗯,看来公司确实有事儿,而苏岷卷入其中了。”

许晓就是这个时候从楼上来的，来的是他一个人，姚芬没见。

许晓对欧扬久的出现还是重视的，连连命人张罗烟茶。但是欧扬久感觉出此人的眼神十分闪烁，基本没有和自己对视过，再就是说话有些急。他让欧扬久等人坐一会儿，说他在等一个重要电话。说话时不自觉地咬了一下指甲。

最终那个重要电话也没来。许晓坐进沙发里，关了手机说："实在对不起，让各位久等了。"

他的气色不太好，瘦瘦的双颊上有两块很别扭的浅红，加上穿衣也不太讲究，走在大街上基本不会有人认为他是房地产商一类的有钱人。他的瘦骨架靠在沙发一角，双腿并拢，像优雅的女人似的斜着，很怪异。

"对不起，欧队长。怠慢了怠慢了，我听说过您。听说您很了不起。侦破过不少很复杂的案子。"许晓打开精致的烟盒递过来，里边是一种没见过的雪茄，"您尝尝这个。"

欧扬久拿了支雪茄放在鼻子上闻着说："噢，不错。"

他把烟点上，抽了一口，又慢慢地吐出来，道："许总既然知道我了不起。那咱们就不说废话了好吗？我想了解一下三个月前那个案子。想听你细谈一下。"

许晓的眼睛露出一种不解的意味："那个案子……对不起，我是说那个案子不是差不多了么？只要抓住凶手……"

欧扬久笑起来，又抽了一口："许总恐怕太不了解我们的工作吧？凶手都没抓住，怎么就说案子差不多了？换句话说，即便抓住凶手也不能随便下结论呀对不对……噢噢，听我说许总，我明白你的意思，你是奇怪我们怎么又来了对不对？是这样，现在是我想找你聊聊，毕竟发案时咱俩没谈过。"

许晓点点头表示听明白了。

欧扬久告诉他还会找他的太太姚芬聊聊，办案子嘛，双方都不能嫌麻烦。许晓让欧扬久他们等姚芬下来听姚芬讲讲就可以了,他强调说:我俩所知道的情况完全一样。

欧扬久摆手:"不不,一码归一码。趁着有时间,许总还是说说。"

许晓似乎感受到欧扬久话语中隐藏着的某种力量,没有再推诿。他以非常简要的语言把事情说了一遍,和材料里的内容并无二致。他显得非常不愿意谈向苏岷借钱的事,尤其表现出不乐意给苏岷股份。他把这些推到姚芬身上。他强调没有那一百万也一样可以度过财政危机,说到最后居然急了:"事实上工人们闹得并不厉害,只是那个唐五羊……"

欧扬久在这里抬起一只手:"对不起,我想知道唐五羊怎么知道你们有钱了——我指的是你们度过财政危机以后,因为事情恰恰发生在你们有了钱以后。从时间上推算好像是这样吧?"

"是的,确实如此。按理说悲剧是不应该发生的。"许晓平复了一下情绪,"但是我回答不了这个问题,我也不知道唐五羊怎么知道了公司的情况,更无法解释他为什么去杀苏岷!"

以上都是材料里有的,欧扬久希望掌握一些材料里没有的,于是问:"你好像是第二次用唐五羊这支建筑队,是吧?也就是说你本人也不是很了解唐五羊这个人,更不要说苏岷了。对不对?"

"对!"许晓点头道,"这两个人完全是两路人。"

"可是唐五羊偏偏把苏岷杀了!"欧扬久紧盯着许晓的眼睛。他发现对方的眼神闪过一丝非常不易觉察的惊恐,很短促,但是它没逃过欧扬久的眼睛,"许总,你们公司里什么人和唐五羊来往多一些?"

许晓想了想说:"自然是那些技术人员。还有……老鲁,对,老鲁也来往多一些,因为他管车。"

刚说到这儿,门外传来一个女人很无拘束的大嗓门儿。好像在说谁的报表有问题什么。许晓仿佛见到了救星似的站起来说:"姚芬来了,你们可以找她聊聊,我,实在对不住!"

欧扬久也正好觉得差不多了，便掐灭烟蒂起身。巧得很，他和许晓的手机几乎同时响起来。许晓掏出手机很快地朝着很远的角落走过去。欧扬久拿出手机看看，是范小美。

他叫上大马和小郝朝外走，差一点和走到门口的姚芬撞在一起。

“队长队长，你听得清么，我觉得我看见凶手了……”范小美的声音很急切。欧扬久看了姚芬一眼，快步朝着走廊的尽头走。他觉得姚芬在怔怔地看着他。

“说吧小美——这么快就有结果了？”

“是啊，这难道不是老天爷对我的照顾吗！”小美的声音十分兴奋，“队长，此时此刻，魏文魁正在和唐五羊说话。距我约四十米远，你们能不能过来两个人，我知道，大马和小郝都在你那儿。”

欧扬久：“能肯定么，我是说，那个人真是咱们的目标么？”

说老实话，欧扬久也觉得事情确实太顺利了，通缉了好久的目标这么轻易地就出现了，真是老天爷有眼——常说的有福之人不用愁。

小美被他的话弄恼了，声音尖利地刺着他的耳膜：“队长，你这个老家伙！我研究过凶手的材料，一眼就能认出那张脸！你连我的眼力都信不过么？快来吧，把那狗日的一举拿下！”

欧扬久不再犹豫，让小美盯死目标，他马上和重案组的老赵取得联系，让老赵派两个管用的人马上支援一把。说完便给老赵打电话。他听见姚芬的大嗓门又传了过来，还是在说报表的事。

是个厉害角色，他想，长得不错，看上去比许晓小不少。

“——老赵，我，欧扬久……”

7

魏文魁没想到唐五羊这么快就找自己办事。欧扬久他们刚走电话就来了。

电话里唐五羊的声音很阴森，他命令老魏到两路口东边的第一条巷口和他见面。这使刚刚褪了一身汗的魏文魁马上又冒出一身汗。这个唐五羊确实是个不折不扣的混蛋，人家警察找自己谈话还知道问问是不是有时间，而这个混蛋张口就命令自己去，没有商量的余地。而且，最使魏文魁想不明白的是，这个杂种怎么一点儿也不害怕，要知道，他毕竟是个被通缉的杀人凶手啊！

想到杀人凶手这几个字，魏文魁胆怯了。唐五羊的威胁言犹在耳，他不敢说不。好在接下来没课，时间是有的。

什么事情这么急？走出校门的时候他想。是的，昨天晚上他睡不着，一直也在想同一个问题，什么事情使唐五羊竟敢拿自己的脑袋来冒险。一般来说，杀了人应该远走他乡才是。或者像自己说的那样，钻到老林子里变成中国猿人算了。

他上了马路。

他不可能想到，就在他身后二三十多米远的地方，一双女孩子的眼睛正在盯着他。直到两路口，直到唐五羊闪出来，他竟然没朝身后看一眼。这使那个盯梢的女孩子确信他身体有些僵硬。是的，魏文魁一路上都处在紧张状态。

唐五羊是突然闪出来的，很像接头的地下党。他朝他笑，笑得很阴险。还是昨天晚上那一身，但是白天看上去感觉更逼真一些，逼真得让人腿肚子发抖。他嘴角朝上翘着，肚子有些前倾。然后他用大头皮鞋踢了踢魏文魁的脚。

“你气色不对呀，是不是发生了什么事儿？”

“还不是因为你。”魏文魁这才朝两侧瞧了瞧，自然什么也没瞧见，“我昨天晚上一夜没睡，你算把我毁了！”

有个骑电动车的小伙子冲了过去，看了他们一眼。

唐五羊望着小伙子出了巷口，说："老子原本是不想给你打电话的。可是我突然想起来，你认识那个苏老师。"

魏文魁的心一沉，苏老师，这杂种找苏老师？

"喂，你刚才接电话的声音有些不对。"唐五羊又踢了踢他的脚，"我能听出来，你说话的声音有些哆嗦。怕不是把老子卖了吧？"

魏文魁知道当时自己的声音确实在发抖，因为他没想到警察刚走这个追魂电话就来了。他原本希望和唐五羊的遭遇会像天上的浮云般随风飘去，说到底自己和唐五羊没有什么直接的关系，不存在什么必须继续下去的前提。可是想不到刚过了一夜，电话就来了。让他做到声音不发抖很难。

"何必说这个。"他看着唐五羊的脸，"我不想拿一家人的性命冒险。我是个胆小的人，不想当英雄好汉——你要找苏老师？"

唐五羊看来果然是试探他的，听了这话咧嘴笑了笑，说："对，搂草打兔子，顺带看看那个老太太。麻烦你带路……"

"找老太太干吗？"

"不干吗，就是想看看。"唐五羊看看天，"走，找个地方陪老子吃点儿东西，我连早点还没吃呢。"

说完这话，他不由分说地把一只胳膊搭在魏文魁的肩膀上，朝着巷口走去。这使暗中盯梢的那个女孩子完全地看见了他的脸，女孩子险些叫出来，随即兴奋地给她的队长打了电话。

通报完了以后，她看见那两个人已经进了一家很小的饭铺。女孩子在街对面一个小服装店的门后边站住，让看店的小姑娘把凳子上的那张报纸拿给她。小姑娘深深地看了她一眼，照办了。

越过报纸的上沿，能看见唐五羊的后背和魏文魁的半张脸。

这个坐法是魏文魁动的小小心思，目的不很光彩。他是怕过路的人看见唐五羊去报告，真那样的话，自己就浑身是嘴都说不清了。

唐五羊要了些吃的，给魏文魁也要了些。魏文魁哪有心思吃东西，他问唐五羊到底想干啥？唐五羊呼呼地喝着稀粥，然后胡乱地把一根油条揪成段泡在粥里，拿筷子搅着说："叫你不要问那么多，你就省省舌头行不——现在你说说，变魔术那小子和苏老师是不是穿一条开裆裤的？"

魏文魁苦笑着说："话怎么能这么说，苏老师是他干妈！当妈的对儿子好有什么大惊小怪的？"

唐五羊凑过来些，眼睛眯成了一条缝："那你说……变魔术那小子如果干了什么不是人的事，是不是只有他干妈知道？"

这话引起了魏文魁的警觉，使他马上联想到那个四百万："你、你什么意思？"

唐五羊用手直接捏了几根咸菜丝放进嘴里说："少他妈扯，现在是老子在问你！"

魏文魁这才意识到自己的处境，赶紧说："是是……可、可我真的不明白你什么意思。"

唐五羊收回身子，没有马上说话，看来在思考怎么说。这使魏文魁越发感到唐五羊可能知道什么秘密，是的……秘密。

街上传来一声刺耳的汽车刹车声，有人大呼小叫着奔跑，魏文魁伸长脖子朝外看去，见一辆面包车停止路中间，地上倒着辆自行车。估计没伤着人。乱了不一会儿便散了。他看见马路对面的一溜铺子，一个看报纸的女孩子坐在小服装店的门口在晒太阳。他收回了目光。

在整个过程中，唐五羊一直没有回头。魏文魁意识到这个家伙事实上还是很有心计的，他的帽檐始终压得很低，不轻易抬眼看人。碗里的油条已经吃下去了，粥还剩一些。

唐五羊点上支烟，抽着："哎，有件事想问你，苏老师对魔术师是不是比对姚老板好？"

姚老板自然指的是姚芬。

魏文魁点点头:“这个嘛……好像是,据我和苏岷的接触,似乎是这么回事。不过苏岷没有专门跟我说过,这些感觉都是平时一点点积累起来的。你……”

他想说你问这个干什么,突然再次想到自己的处境,没往下说。

唐五羊看着他:“说呀,怎么不说了?”

魏文魁摇摇头,道:“说什么,这只是我的感觉。对不起,你给我打电话就是为了见苏老师么?”

唐五羊点头:“没错,老子不认识苏老师的家,你带我去和她认识,往后就没你什么球事了。”

这混蛋的嘴确实封得很严。魏文魁想。当然,除了一点点好奇,自己并不特别想知道对方找苏老师干什么。

唐五羊看了看饭铺墙上的挂钟,说已经到了快吃中午饭的时候了。他让魏文魁吃一点,午饭以后去找苏老师。然后他又要了一笼包子。

“哎。”唐五羊往小碟子里倒了些醋,斜眼看着他,“苏老师的为人你知道多少?单从收养了那么多孩子看,这个老太太应该比较慈善……其实我妈也比较慈善,我就是她收养的。”

唐五羊有些动情地抬起头来,那眼睛里闪烁着的东西使魏文魁多少有些意外,他发现杀人凶手也不全都是狰狞无比的。尽管他没想打听他的身世。

唐五羊显然不是为了听魏文魁说什么,开始絮絮叨叨说一些比较遥远的往事,说着说着眸子里竟闪出些泪花。他的鼻子像伤风了似的嗡嗡起来,说:“说到底我他妈是个不孝的杂种,杀了人,迟早也是个死。我死了也就死了,我妈要是知道了,还不……”

魏文魁点点头表示理解。

可是……大概就在这个时候,他看见马路对面小服装店外边看报的那个女孩子,穿过马路快步朝这里走过来。

刹那间，他认出了她。他的脸色刷地变了。

唐五羊无意中注意到他的表情，马上机警地扭头朝外看。可是晚了，就在同一瞬间，至少有三条汉子扑了进来，那个女孩子也冲到了门口。随着饭铺的女服务员的一声尖叫，好几张凳子被撞倒了。唐五羊怪叫一声，像头猛兽似的用肘部撞开一个警察，然后抓起桌上装醋的瓷壶朝魏文魁砸了过来：“×你妈的王八蛋，你到底把老子卖了！老子饶不了你，老子……”

他的声音发不出来了，因为背后的警察勒紧了他的脖子。然后异常敏捷地把他摔倒在地上。那女孩子跳过来，闪电般地铐住了他的双手。

唐五羊咆哮着被押了出去。女孩子扭过头，对完全傻掉的魏文魁大声说：“走吧，这位爷，别愣着啦——”

女服务员突然想起什么，一把抓住魏文魁：“钱，饭钱！”

8

小郝轻轻地把门关上，一言不发地坐回欧扬久的身边。

姚芬在对面的沙发上坐着，手指头灵活而匆忙地摁着手机的按键，最后用力地摁了一下，将手机关闭，随即坐直了身子。在此之前她一直咋咋呼呼的，现在突然安静下来，双方居然不知道怎么开口。欧扬久把那根抽了一半的雪茄点上，示意大马将老板台上的那个玻璃烟灰缸拿过来，顺嘴问：“姚总抽烟？”

因为他看见烟灰缸里有几个又细又长的烟头。

姚芬那张漂亮的脸仰起来一些，这使她显出些傲慢。不过欧扬久第一眼就看出来了，这是个没有多少城府的女人，这股劲儿透着些肤浅。

姚芬把身边那个昂贵的挎包推开一些，以便两条腿放得更舒服，同时朝欧扬久笑笑：“欧队长，女人抽烟是不是显得特没教养。也许您不是这么认为的,但愿。”

这话说得让你摸不着头脑。

欧扬久笑着回答:“其实男人抽烟也是浪费自己家的水电费。买一斤带鱼还要十多块呢,是吧。”

这种更摸头不着脑的回答让小郝特想笑,他知道队长是故意调侃的。他朝老板台那儿看,就见大马刷刷地记个不停,很认真的样子。他闹不懂这种乱七八糟的对话有什么可记的。大马肯定在装孙子。

这时听到姚芬说:“欧队长,咱们这是头一次见面吧?上次好像只有他们俩。”

“对,那时候我在贵州忙活案子。一个偷情导致的悲剧。”

姚芬耸耸肩:“您刚才跟我老公谈完了么?干吗非要和我费唾沫?”

“是你老公让我们和你谈的。”欧扬久看着她的脸,“其实我倒真愿意和他多聊聊。可是他好像不怎么愿意费唾沫。”

姚芬笑起来,然后点了根烟,跷起二郎腿,很优雅抽着,说:“许晓那人真是没办法,这种事儿本来就应该男人来应付的,你说我一个女人,里里外外什么都要管……嗨,咱们言归正传吧。欧队长,您想知道什么?”

欧扬久把烟灰缸放在两个人都够得着的地方,说:“我当然什么都想知道。不过,在提问之前,我想告诉你个一情况——那个在逃的唐五羊,恐怕让我们……”

“哇,他是不是让你们逮住啦!”姚芬惊喜地叫起来。

欧扬久当然是故意放出这个口风的,目的就是想看看对方的反应。因为这一刹那的反应往往来不及掩饰。

看得出,姚芬的惊喜来得很自然,五官表情和身体语言非常合拍。由此再联想许晓的态度,可以看出很大的性格差异。他根据自己的经验设想,许晓如果处在此刻姚芬的位置上,顶多是个吃惊的表情。那么不妨认为,如果这夫妻二人厉害是一致的话,姚芬的这个反应应该更能代表他们真实的心理。换句话说，他们是希望抓住那个唐五羊的。为了确认这一点，欧扬久朝她笑笑："你们两口子是不是很希望抓住唐五羊？"

"那还用说么？唐五羊是杀人犯呀！"姚芬仍在喜形于色中。

欧扬久摆摆手指："不不，如果仅仅强调杀人犯落网的话，任何一个路人都会是你这种反应。我现在问的是——你个人的心情。"

"噢，"姚芬想了想，似乎明白了欧扬久的意思，"啊，你这人比较鬼。要说我个人的心情么……这么说吧，唐五羊落网，这个案子就等于了结了，也就省得你们三天两头地来烦我了——这么说你别不高兴啊，我就是这么想的。"

"不不不，你这么说我心里很高兴。"欧扬久实话实说，他觉得和这个女人交流起来比较舒服，比她丈夫痛快多了。于是他坐直了身子，弹掉烟灰，道："好了，我现在有些问题需要你回答，以便我们能彻底把这个案子了结，往后也就没人来烦你了。如何？"

"当然没问题。"姚芬说，"不过我可说不出来更多的，我老公想必把该说的都说了吧？"

"那不一定，他其实并没有说多少东西。他一直让我们跟你谈。比如说，你哥哥苏岷，我们谈的就不多，咱们最好谈谈他，可否？"

姚芬的表情马上变得很淡漠："他还有什么好谈的？该了解的你们不是早知道了么？"

她看看大马和小郝。

"前提是你们把该说的都说了。"欧扬久话中有话地看着姚芬。

姚芬似乎有些敏感，因为她的指尖难以控制地哆嗦了一下。欧扬久心有所动，暗暗更正着自己对此人的定位——姚芬恐怕比刚才感觉的要深一些，不可大意。

"欧队长，出事的时候你不在，我们可是有问必答的，他们俩可以证明。"她指指小郝和大马，口气有些不友善。

欧扬久摆摆手说:“姚总你听我说,这一点在材料里都有反映,我并没有怀疑你什么。现在我想说的是,有一些比较关键的问题他们可能忽略了,我想问一些没问过的问题。”

姚芬有所警惕:“凶手不是捉住了么?你们审问凶手不就全有了么?我不知道还有什么可问的。”

欧扬久进一步更正自己对此人的定位——不,姚芬的内心比她的外表不是深一些,而是深多了。是呀,怎么说人家也是一个地产公司的老总,不是傻大姐。

“这么说吧,”欧扬久看着姚芬,“我比较希望知道你眼中的苏岷,或者扩大些说,你眼中的苏岷和你干妈——毕竟你们三个人之间的关系非常与众不同。”

姚芬的表情慢慢变冷了,她看着欧扬久,好一会儿没说话。然后她的眼睛转向窗外,道:“你们当警察的是不是特想知道别人家的私事——这和案子有关么?”

欧扬久说:“没错,我们当警察的有好多让人不能容忍的毛病,其中就包括你说的这种‘打听私事’。但是我这里必须强调一点,我们所询问的一切都和案子有关,这是由我们的工作特点所决定的——非常抱歉。”

姚芬的目光收了回来,道:“嗯,是的。其实说说也没什么。他们俩人在我心中都曾经很好。我们一起生活,一起学习,后来长大了,各自有了自己的事业,直到那时候我们的关系仍然很不错。但是不瞒你说,我现在已经没有这种感觉了。你要问我为什么,三言两语说不清楚,一句话,老太太对我远不如对我哥好,你们知道,我这里说的就是苏岷。不是有两个孩子先后跑了么,原因也是这个。”

欧扬久歪歪头:“苏老师偏心眼儿。”

“她当然不会承认。不过我可能不应该有这种心态,因为毕竟是人家收留了我,把我养到这么大。可是心里……”

“明白，你的心理我完全明白。那么苏岷呢？你刚才的怨气是来源于苏老师，苏岷怎么样？”

“不怎么样。”姚芬毫不掩饰地说，“他觉得自己所得到的一切都是理所应当的，没长大以前也就算了，长大成人以后他依然如故，这就有些让人无法容忍了。这么说吧，他和老太太越来越……也许我这么说有些不像话，他们一个鼻孔出气。”

“我能明白，我能明白。”欧扬久用力点着头，“两个人是一伙的，对你不好。你是不是这个意思。”

“差不多吧。”姚芬道。

欧扬久透出一口气，思索了片刻：“那么我想进一步问一个问题，既然你们心里有这种疙瘩，你跟苏岷借钱……我是说，这种关系可是……”

“噢，你可能想得太那个了欧队长，我刚才说他们俩那些话，是纯粹内心的东西，我们之间面子上还是过得去的。说到借钱也不是白借，我们是给他股份的。这你们都知道。”

“我想更仔细地知道这件事，能不能再说说。”

“怎么说？”姚芬望着欧扬久的脸，“事情就是那么回事，我们拉不开栓了，跟苏岷拆借了一百万应急，同时答应给他相应的股份，没什么复杂的。”

欧扬久笑笑：“我想不明白的就是这个，你们怎么说也是一家房地产公司，一百万对你们来说简直就不是钱，你们会因为这一点点小事儿向别人借钱么？对不起，我孤陋寡闻。”

姚芬叹了口气：“看来您确实是孤陋寡闻，其实这种事情一点儿也不新鲜。看着挺不得了的东西，比如我们这个公司，的的确确有拉不开栓的时候。一百万有些时候真的很要命呢。你们可能觉得我们这些人个个光鲜得很是吧，其实不是那么回事。”

没有毛病。欧扬久想，谈话至此他感觉姚芬基本没有什么尾巴可抓。

或者事实的确如此，或者这个女人真的厉害，总之目前还不好判断。他清了清嗓子，说："好，谈谈唐五羊吧，你老公说他不太了解这个人，你呢？"

姚芬道："我老公说的是实话，他高高在上，唐五羊这一层的人他基本不太接触，但是我和唐五羊接触得比较多，抓工程是我分内的事。要说唐五羊这个人，我觉得……怎么说呢？我真的不明白他为什么会杀人！他在我的感觉里顶多也就是个浑人，有些时候不讲道理，打人骂人是有过的，但是杀人……"

姚芬有些没词儿了。

欧扬久说："莫非……你认为不是唐五羊杀的人？"

姚芬摇摇头："那倒不是，唐五羊杀人是事实，不然他就不会逃之夭夭了。对了，你们是怎么抓到他的？"

欧扬久笑笑："我们就是吃这碗饭的，抓逃犯还不是小菜一碟。姚总，下面这个问题我的两个部下已经问过了，但是既然你对唐五羊很了解，我还想再问一遍，唐五羊和苏岷是两个毫不相干的人，为什么会发生凶杀那样的事？"

姚芬立刻摇头道："我想不明白，欧队长，直至今日我最不明白的就是这个。"

"苏岷和唐五羊出事之前有没有过来往？"欧扬久问。

姚芬想了想，说："这个我说不准，真的，据我所知，应该没有——他们没有接触的理由啊。"

欧扬久点点头，提出了另一个问题："姚总，从魏文魁那里我们得知了一个情况，据说苏岷上初二的时候曾经转学和苏老师一起回到了老家安庆，但是不到一年又转了回来。你知道这是怎么回事么？"

"这件事我长大以后知道的。"姚芬说，"但是为什么跑来跑去的我说不清，我干妈从来没提过，我也没想过去问。对了，我就是他们回来时在火车站拣的，那时我是个孤儿。"

收获不大。欧扬久看看表。准确地说,收获不大,感觉多少有了一些。他最后问:“姚总还有什么可以说给我们听的么——我是说,你觉得有意思的情况或者什么难以解释的东西?”

这个问题他是顺嘴说的,没有抱什么希望,却不料姚芬嗯了一声,说:“是的,有个情况不知道有没有用,这是出事以后我回忆起来的,觉得有些意思,所以一直在我脑子里装着。是这么回事,今年四月,我,我哥,还有我干妈,坐老鲁的车到步行街购物中心,打算去给老太太买身衣裳。说老实话,我干妈对我虽然不如对我哥好,我还是很感激她的收养之恩的,每年都要给老太太买些穿的。这个老鲁最清楚,每年都是他开车。”

“就是那个方头大脸的老鲁么?”欧扬久问。

“对,就是他。”姚芬点头道,“那天步行街人不少,我们随着人流往前走。我哥一直在抱怨,说应该换个日子来。他那个人,习惯独处,人一多他就烦。干妈说没关系没关系,看看人也不错。就这么走着,谁也没觉得要出事。”

“结果出事了?”欧扬久很感兴趣地看着她。

姚芬也看着欧扬久:“对,莫名其妙地那天居然出事了。记得当时我们刚刚走上司马桥,冷不丁,坐在桥边的一个乞丐突然朝我们扑了上来。不,准确地说,应该是朝着我哥扑了上来——这个情节我后来回忆了好多次,百分之百那个乞丐就是朝着我哥去的,没错!我们当时都吓傻了,眼看着那乞丐把我哥扑倒在地,用力地撕扯我哥的头发,他的夹克衫也让乞丐撕坏了。乞丐手里还拿着个二胡,举起来就往我哥头上砸。幸亏我反应快,一脚踢在那家伙的腰上,不然我哥脑袋非开花不可。乞丐倒在地上,我哥爬起来朝乞丐扑过去。幸亏我干妈手快,一把就抱住了我哥。那个乞丐跌跌撞撞地跑了。当时围了不少人,还以为出人命了呢!”

姚芬拿起茶几上的矿泉水,咕咕地喝了几口,抹抹嘴道:“就是这么一件事,你们觉得有用么?”

欧扬久皱着眉，思索着说：“噢，我只能说这个情况确实很有意思。你觉得它和你哥的被杀案有关系么？”

“应该没有。”姚芬道，“我一直在琢磨，可是我说不出它和我哥那案子有什么关联。但是我一辈子也忘不了那乞丐恨不得把我哥撕着吃了的样子，眼睛血红血红的，太可怕了！”

欧扬久点点头：“你哥呢，他什么样子？”

“我哥……”姚芬似乎没有注意过这个问题，想了一会儿说，“还能怎么样呢，我哥自然是吓惨了，那事情确实来得太突然了。”

“你干妈呢，你干妈有什么表示？”欧扬久看着她。

姚芬想了想：“我干妈当时也吓得够呛，浑身发抖。她死死地抱着我哥，生怕出人命。”

“后来呢？”欧扬久追问。

姚芬不解：“什么后来？”

欧扬久解释说：“你说的是当时的情况，我想知道你哥和你干妈后来有什么表示。”

姚芬看上去很认真地回忆了一会儿，摇摇头：“后来这事就过去了，没有什么特别的表示……噢！”姚芬突然想起了什么，“欧队长，咱们先说到这儿好么，我突然想起还要见个朋友。已经晚了。”

双方站了起来，谈话很有趣地戛然而止。

9

“看，那个司机就是老鲁。”大马望着远去的奔驰轿车对欧扬久说。

欧扬久的双眼眯缝着，一直看到那车子消失，然后喘了口气，把烟点上，用力地吸着。过了一会儿他说：“二位，你们觉得这场谈话怎么样？”

小郝笑了：“结束得太利索了，就像电影突然断电。”

“你呢,你有什么感觉?”欧扬久问大马。

大马琢磨了一会儿说:“没什么特别的感觉,倒是你让我很意外。范小美那边还没有结果,你怎么就声称唐五羊被捉住了?”

欧扬久嘿嘿一笑:“不明白吧。第一,我对小美他们绝对信任,既然发现了,唐五羊就跑不了。第二,这一点最重要,我要捕捉那女人对唐五羊落网的第一反应,那一瞬间的表情一般来说是极其难以作伪的。”

小郝道:“那请问,你得出了什么结论?”

欧扬久抠了抠嘴角,说:“从姚芬的第一反应可以证明,她,或者说他们夫妇,并不怕唐五羊落网。由此,可以进一步认为,唐五羊对于他们并不构成直接的利害。”

小郝追问:“那,是不是可以认为——他们与此案无关?”

“不,我绝没那么说。”欧扬久摆摆手指,“我说的是没有直接利害,并不代表没有间接的,以及相关的利害关系。当然,也不排除我可能完全看错了,不排除她姚芬是一个极其高明的演员。”

极其高明的演员?小郝有些不解地看着欧扬久的瘦脸。他觉得队长和以往比较起来多少有些不一样。

他们离开了那座大厦,朝着来路走去。

欧扬久依然眯缝着眼睛:“我说的是不排除。说说你们对这个女人的感觉。”

小郝和大马都认为姚芬属于比较开朗的人,和她丈夫许晓的性格反差极大。由此想开去,许晓把谈话的事情推给他老婆,即说明他本人不善言辞,也说明他对姚芬非常信任。再由此继续想,就回到了欧扬久刚才的论点上——苏岷之死可能真的和他们夫妇没有什么直接的关系,否则许晓不会对他这个大大咧咧的老婆那么放心。

“当然,还是队长那句话——不排除姚芬是个极其高明的演员。”大马收住话头。

欧扬久大笑着拍拍大马的后背:“不管怎么说,老子今天就算入戏了。走着瞧吧……噢,可能是小美。”

他从口袋里拿出怪叫的手机,果然是范小美打过来的,刚凑近耳朵他就乐了,啊啊地大声应着,最后喊了一声 OK! 关掉手机。他悠然地扭头看着他的两个部下:“如何,伙计们,完全在我的预料之中,唐五羊到手了!”

“换句话说,咱们的故事可以收官了。”大马似乎有些遗憾。

“也不一定。”小郝道,“毕竟还没弄清唐五羊为什么要杀那个和他毫不相干的魔术师。”

“走吧队长。”大马催促道,“咱们这就去会会唐五羊。”

欧扬久思索了一下,摆手道:“不忙不忙,我倒是想先见见那个魏文魁。唐五羊既然已经到手了,咱们就用不着着急了。我要按照我的节奏来。这个案子感觉上很有意思。”

说完,他快步走去。

10

魏文魁看见欧扬久等人走进来,慌忙地站起身来。

欧扬久笑着让他坐下,并且给了他一支烟。

范小美咋咋呼呼地叫道:“队长,这种人你还给他烟抽,你应该给他两个耳刮子!”

魏文魁忙不迭地把烟扔在桌子上。

大伙都笑了,连范小美也没忍住。

欧扬久仍然笑着帮魏文魁把烟点上,自己也点上一支,边抽边说:“怎么样? 老弟,差点儿把自己玩儿进去吧?”

魏文魁点头哈腰:“是是是,我……我不应该。”

欧扬久把身子坐舒服些，然后委婉地打了个手势，让魏文魁把掌握的所有的情况全抖搂出来，不要遗漏。魏文魁哪里还敢保留，便一口气把昨天晚上的经过统统都说了。听完他的话，所有的警察都傻了。魏文魁说得口干舌燥，拿起茶几上的水想喝，可是欧扬久的眼神把他吓着了，赶紧放下了水杯。

“欧、欧队长……我可把知道的都、都交代了。”

欧扬久估计自己现在的表情一定非常吓人，于是呼出一口气，全身放松。然后好一阵看着天花板：“魏文魁，你说的很好，谢谢你，喝口水，你可以走了。”

“我？”魏文魁不相信似的站起来。

“对，你——可以走了。”

魏文魁如蒙大赦，哪敢久留，连水都没喝就连滚带爬地跑了。

欧扬久看着天花板，一言不发。房间里出奇的静，好久，他才收回目光，依次看着他的三个噤若寒蝉的部下。

三个人也在看着他。

他把手里已经灭掉的烟用力碾碎在烟灰缸里，起身挠了挠头皮，又在房间里走了两个来回，最后站住了，盯着大马和小郝：“怎么搞的伙计，你们俩居然不知道四百万的事儿？”

他的眼睛里仿佛要冒出火星子来，口吻冰冷瘆人。

大马和小郝心尖子已经发抖了，脸色煞白。他们求救似的看看范小美，看得范小美不开口都不成了：“队长，你别这样好不好？你坐下喝口水，听我说……说老实话，根据那些材料，我也没想过这里头会牵扯着四百万！”

“住嘴！”欧扬久突然咆哮起来，愤怒地捶着桌子，“公司欠了工人十个月的工钱，你们居然连问也没问一句。这不是混账么？”

大马知道再装孙子已经没有意义了，于是硬着头皮开口道：“队长，想打想骂你就招呼好了，我们两个没屁可放。不过小美说的是实话，当时我们的注意力全都集中在杀人案上，根本没想别的。工地我们去了，建筑工人我们也有重点地调查了，主要是调查唐五羊和魔术师苏岷有什么关系。真的没往这事儿上想。”

小郝点点头，说：“确实是这么回事儿，队长。你要是想发火，给我两脚行不行——谁都不是神仙。”

“就是队长，有些时候真是这样，脑子会铆在一个问题上转不过来。”范小美很有手段地拍拍欧扬久的后背，扶他坐在沙发上，然后优雅地扭头对小郝说，“还不把队长的茶端过来。”

小郝赶紧照办。

欧扬久的愤愤之色这才缓过来一些，让大家都坐下：“算啦，四百万这个事先不说。要紧的是，你们有没有从魏文魁的话中听出一句非常关键的话？”

三个年轻人互相看了看，大马说：“队长，你是不是指的那句话——魏文魁说，唐五羊暗示他有人给他通风报信。”

“没错儿！”欧扬久紧盯上一句，“通什么风？报什么信？”

三个人哑口无言。

欧扬久拿出教导人的口吻说：“听着，根据魏文魁的描述，唐五羊昨晚上在谈到消息来源的时候，说的是‘这件事情很复杂’——所谓‘这件事情’，毫无疑问就是指杀人这件事。那么，通的什么风，报的什么信，岂不是不言自明么？”

范小美点头道：“对，魏文魁说他感到这里头有个阴谋。而四百万则是这个阴谋的基础。是不是？队长。”

“应该这么说，”欧扬久打了个手势，“在一个拖欠工人工资高达四百万的背景上，某个阴谋暗中实施了，从而导致了那场凶杀。这是一组完整的因果关系。而作为凶手的唐五羊，至今都觉得他和苏岷是毫不相干的两个人。那么是个什么阴谋使这毫不相干的两个人撞到一起并玩儿出了人命呢？这就牵扯出了刚才那个问题，或者说，有个击发点——有人给唐五羊通风报信——这是此案的关键所在。”

小郝用手指敲着桌子：“那显然是个知道内情的人！”

“是唐五羊的同谋么？”范小美看着大家。

“有两种可能。”大马说，“一、同谋。二、躲在背后的操纵者。”

欧扬久靠在沙发里，拿过茶水喝了一口，道：“不管怎么说，补充进这些内容，你们那份材料就有了一个比较完整的轮廓——公司拖欠工人四百万工资——许晓夫妇向苏岷借了一百万救火——此后出现了某个阴谋——有知情人将相关的内情透露给唐五羊——唐五羊弄死了苏岷……看看，轮廓清楚了吧。这里比较别扭的是苏岷的出现，他应该与公司的经营无关的。当然，其中有一个连接点，就是他借给公司的一百万。可是，这一百万不应该导致命案呀，他分明在帮公司渡过难关啊！你们怎么看这个问题？”

大马说：“这可能就含在那个所谓的阴谋里吧？我说不准。”

小美和小郝接受这个说法。

欧扬久摆摆手：“姑且这么认为吧。我现在比较吃不准许晓和姚芬这对夫妇，他们从始至终压根就没有提及四百万一个字，而且还表现得泰然自若。这说明什么？”

大马道：“似乎也存在两种可能，一、他们认为凶杀案与此事无关。二、故意避开。”

小美敏锐地捕捉到他话中的一个关键词：“老兄，你说‘他们认为’是指什么？莫非是说……”

欧扬久道：“别想得太复杂，我懂大马的意思，其实就是字面上的意思——他们还没意识到凶杀案和他们有关。好啦，现在似乎该去见见那位唐五羊啦。”

11

“嗨,爷们儿,你就不能把上半截身子抬起来吗?”

欧扬久坐在唐五羊正面两三米远的地方大声说。他充满兴趣并且十分认真地打量着眼前这个杀人凶手。想试着从这个人的外表上寻找一些感觉,毕竟,这狗日的做事过于反常——谁杀了人还会故地重游,这有些说不通啊。

唐五羊抬头看了欧扬久一眼,姿势依然没变。他当然看出了这个老警察的分量,但是他不怕。怕有个鸟用,已然如此了,怕与不怕已经没有什么两样?

“老哥,能不能赏根烟抽。”他用力吸了吸鼻子。

欧扬久抬抬下巴。小郝起身点了支烟塞在唐五羊嘴里。

唐五羊用力吸着,然后扭动着身子坐直了腰。龇牙咧嘴地活动着脱了臼的左肩。这家伙确实挺壮的,欧扬久凝视着那张长了些疙瘩的脸。此人弄死个手无缚鸡之力的魔术师,简直他妈的算不上什么事情。不过他现在脑子里纠结的是,唐五羊和苏岷之间到底发生了什么事,以至于非要杀人?调查材料中缺少唐五羊的直接供词,其他人的口述只能停留在分析和猜测上。此外,许晓夫妇还隐瞒了一个“四百万”——他现在急需正面听听唐五羊的陈述。

不过,他开口问出的第一个问题却多少有些像废话:“唐五羊,你是不是想拉屎?”

这话差点使范小美等人笑出来。

想不到的是,唐五羊居然用一种类似于感激涕零的口吻说:“老哥,我看出来了,你这个人不错——让我先上趟茅房,回头你问什么我说什么。”

欧扬久摆手示意,上来两个警察带着唐五羊出去了。

范小美凑过来，毕恭毕敬地问：“队长大叔，你这叫什么战术？”

“没别的意思，臭丫头，我碰上过拉在裤裆里的。”欧扬久把烟头掐灭在烟缸里，然后拿过手机看一个短信，遂问小美，“上边怎么这么快就知道唐五羊落网了，催我们抓紧整理材料移送检方呢？”

大马说：“还用说么，肯定是老赵他们的人说出去的——不过也快了，有了唐五羊的供述，这个案子就差不多了。”

欧扬久没动窝，也没说话，仿佛充耳不闻。

范小美认真地观察着他的表情，然后神秘兮兮地对大马说：“你最好别自以为是，我劝你。”

大马也过来端详欧扬久的表情。欧扬久敏捷地揪住大马的鼻子，笑道：“你们俩真他娘的有病！看我干吗？我只不过对一个小小的疑点有些小小的兴趣，抽空思考一下而已。”

范小美救下大马，然后盯住欧扬久：“什么小小的疑点？”

“忘了么，就是苏岷脖子上的那块伤痕。”欧扬久眯缝着眼睛，“在我的印象里，勒毙的作用力是由外至内的，基本不会出现软组织伤。除非是扼死的。可是扼杀又不会在颈项部分留下勒死那种环形印记。你们不认为这里存在着比较明显的矛盾么？”

小郝一直在玩弄一支笔，听到这里停住手，问：“队长，你什么意思？是不是说……唐五羊杀人还不能确认？”

“姑且不这么说，我只是提出一个小小的疑问，而这个疑问你们没有提出来。”他看着自己的三个部下，然后拿出那几张苏岷被杀的现场照片指给他们看，在苏岷的脖子上，那块伤痕十分显眼。大马和小郝本无话可说，但还是争辩了几句，听上去理不直气不壮。欧扬久任他们说，直到他们自己收了口。

欧扬久没说什么，嘿嘿笑着放下双腿坐直了身子。

方便完了的唐五羊踢踢踏踏地走了进来，很舒服地坐回了原位：“老哥,谢了,你是个好人。"

欧扬久耸耸肩,摆摆手指:"别,千万别说我是好人,经我手见阎王的人多了去了。怎么样,言归正传吧咱们——"

"您请问,我一定如实招供。"唐五羊的表情看上去十分诚恳。

"好,我的第一个问题,也是最重要的问题,你为什么要弄死苏岷?或者说,非要下毒手么?"

唐五羊沉默了一下,无奈地点点头:"是呀,我现在连后悔都晚了。说老实话,我如果不把人弄死,现在的情况可能要好得多。我这个人是个火暴脾气,我妈说我早晚死在这上边,结果真让她老人家说中了。这么说吧,我完全可以不杀他。"

"一时性起?"

"对对,就是一时性起。一失足成千古恨。"

妈的,这家伙还一套一套的。欧扬久看着唐五羊,觉得这个回答比较符合此人的性格,就是所谓的激情杀人:"说说吧,你怎么杀的人?"

唐五羊看看范小美:"就是用那根被你们没收的软锁,勒死的。"

欧扬久意味深长地看了看大家,然后再次把目光集中在唐五羊脸上:"好,回到第一个问题,你为什么要弄死苏岷?"

"因为那王八蛋拿走了我们十个月的工钱,整整四百万呀老哥!"唐五羊突然间愤怒了,来得非常快,他下意识地想蹿起来,被毫不客气地按了回去。然后他的眼泪下来了,"我他妈冤死啦!是为了给那些下三滥的工友要钱,我真不是为我自己呀!可是他妈掉脑袋的是我……"

接下来,是一场惊心动魄的大哭,痛彻而绝望。

欧扬久一言不发,静静地等着他哭完。其他几个人也如同蜡人般一动不动,唯有脑子里回响着那三个字:四百万、四百万……

这才是凶杀案的核心所在!

哭够了,唐五羊举起戴铐子的双手蹭着脸,很不好意思地露出一个古怪的笑:“妈的,老子已经早就不会哭了。老哥,你接着问。”

欧扬久点上两支烟,让小郝递给唐五羊一支,声音十分平和:“说说这四百万吧,从头到尾,我要完整地听听。”

唐五羊一定是憋闷得太久了,终于得到了敞开述说的机会,于是便滔滔不绝地开讲。由于激动,他的脸色时白时红,嘴唇一直在发抖,声音是断断续续的,但是事情说得很清楚——

“这些开发商都他妈不是人,明明没有那么大肚子,非要吃这么大的工程。这和空手套白狼有什么两样?老哥,我是搞工程的,对他们这一套太清楚了!可是……可是老子没想到他们居然十个月发不出工钱,开始还能给百分之三十,越往后越不行了,百分之二十,百分之十,最后两个月干脆一分没有!您说说,都是有家有口的农民工,不就指着这点钱生活么?他们求我,给我下跪,好像是我吞了他们的钱,我他妈真冤呀——是,包工头十个有九个不是好东西,可我不是那种人呀!我没拖过工人的工钱!您可以去打听打听……后来我听说,老板两口子把我们的工钱拿去竞购一块地皮,而且还给关键人物送钱。再后来又听说这事情和女老板他哥有关,也就是被我弄死的那个变魔术的杂种,听说他掺和了进来。我找老板问,老板不说,我找了那个变魔术的,他也不搭理我——奶奶的,他那眼神我一辈子也忘不了,就跟看狗似的……噢,说远了。老哥,我想你能理解,知道了这些内幕,你说我能不生气么?可我忍着,我觉得人心都是肉长的,他们不至于太那个吧。可是偏偏就有这种人,有这种不是人的人。我说的不是老板两口子,说的是那个变魔术的王八蛋。我听说老板两口子最终没有买下那块地皮,准备把四百万块钱分几次打给我,我的火这才消了一些。等,就等着他们找我。可是等来等去,等到的结果却是那个杂种把银行卡变没了……”

“慢,”欧扬久立即警觉到有些听不懂这句话,“什么变没了?”

唐五羊的眼珠子几乎要鼓出来,声音骤大:“就是那个变魔术的杂种,他把老板娘的银行卡变没了?”

欧扬久听明白了。他很吃惊,但是他真的听明白了:“你的意思是不是说,老板娘准备给你的钱让苏岷使出手段变没了?”

唐五羊用力点头:“是,估计老板娘和苏岷说这个事情的时候把银行卡那给那杂种看,结果让那个狗×的三搞两搞给变走了……老哥,这种杂种不杀行么?结果,我,我去找他的时候没忍住……”

欧扬久知道,这里所谓的“没忍住”就是把人杀了,但他此刻已经来不及关心这个了,他更关心的是唐五羊重复使用过好几次的两个字,魏文魁也着重提示过这个:“伙计,稍等。我给你数着呢,你三次使用了‘听说’这两个字。换句话说,这期间你一直有信息来源。现在你告诉我——听谁说的?”

唐五羊大大地叹了口气,然后十分虔诚地看着欧扬久:“实话实说老哥,我到现在都不知道那个给我报信的人是谁。骗人我是孙子,那人给我发短信,我一看就明白了。”

“就是说,你是根据想象干的?”

“是是。噢,也不全是……那个变魔术的杂种我接触过,是个坏人。他干得出来。”

欧扬久关注的是那个手机短信:“说说短信。”

唐五羊道:“噢,前后一共收到三次短信,我一直储存在手机里没删——手机不是在你们手里么?”

范小美说手机在她的抽屉里,还没来得及看。

欧扬久点点头,继续盯着唐五羊:“真的不知道是谁?”

唐五羊加重语气说他真的不知道,那是一个陌生的手机号码,随即念出一个号码。

范小美起身去取手机,欧扬久又给了唐五羊一支烟,道:“也就是说,有一个你至今尚不知道的人,把相关的情况通报给了你,而你就是通过这些信息去找苏岷，去找你们老板，乃至最后杀了人？对不对？”

唐五羊点头道：“不错，就是这么回事。”

欧扬久沉思片刻，又意味深长地看看大马和小郝，然后探过身子压低了声音问：“唐五羊，我相信，你一定有过某种猜测，猜过对方是谁。或者说——感觉？懂我的意思么？”

唐五羊表示懂，但是面呈难色：“不好随便说老哥。不管我是不是个粗人，可我明白，这不能随便说？”

“也就是说，你有过猜测？”

“有过，这是真的，可我不能随便说……老哥。”

欧扬久靠回椅背，不再追问。他相信唐五羊一定有猜测目标，但是猜测的目标终究是猜测，不能作为证据。唐五羊不愿意说是能够理解的。

说话间小美拿着唐五羊的手机回来了。她按照那个号码找到了三条短信，她递给欧扬久看。欧扬久以时间顺序看来——

第一条：老板所欠工资已被他们拿去竞标行贿，特告。

第二条：据说姚之兄参与了相关事情，警惕。

第三条：竞标未成，工程款悉数被姚之兄使用手段弄走。

欧扬久放下手机，再次盯住唐五羊：“你莫非没对这个发信人有过怀疑？”

“有过有过。”唐五羊连连敲着座椅的扶手，“每次收到短信我都要把电话打回去。和你们一样，我也对这个人起疑，而且特别想把问题问清楚。我在这个城市没什么朋友，这个给我发短信的人肯定别有用心。”

欧扬久笑了：“你现在才明白那个人别有用心。”

唐五羊后悔得要死：“没办法呀老哥，我那时候太冲动了，都快被钱急疯了。杀人逃跑以后我有工夫静下心来回忆，这才觉得发短信这个人别有用心，老子是被他牵着鼻子走的。”

欧扬久嗯了一声：“如果我猜得不错的话，你所有打回去的电话都是关机。”

唐五羊用力点头道:“您是高人,老哥,都是关机。”

范小美凑近欧扬久的耳朵小声说:“队长,你再追问一下他可能就会把怀疑对象说出来了。”

欧扬久点点头,却没照她的话做,而是问:“唐五羊,咱们接着说,你收到那第三个短信以后就去找苏岷了?还是做了些别的?”

唐五羊道:“是这样,收到第二个短信后我找过苏岷,我知道,那里头所说的姚之兄就是指他。苏岷不愿意理我,为这个我们还差点动了手。隔了一个多礼拜,收到第三个短信,我没有马上找苏岷,我给姚老板打了个电话,可是她没开机。那时候我正一个人在外边喝酒,喝完酒我又给她打了一个,结果还是没开机。我就……他妈的,都是那肚子里的酒闹的!”

“你就去找苏岷了?”

“对,就是那晚上出的事,我把人弄死了。”

房间里出现了短暂的静默,随后欧扬久咳嗽了一声,口气变得严厉了:“好吧,现在该说说你杀人的经过了。我希望你想好了再说,任何细小的东西都不要遗漏。开始吧,那天晚上——”

唐五羊思索了一会儿,抬起头来说:“那天晚上出事的过程其实很简单,我去敲那家伙的门,他在家。他不想让我进屋,我把他推了一个趔趄。进屋关上门,我们俩就开场了。他不承认我说的一切,我想揍他,后来又忍住了。结果他不但骂我是流氓,而且冷不防给了我一个耳刮子。这下完了,我勒住了他的脖子,直到他断了气。”

欧扬久抬起一只手:“仅仅是用钢丝锁么?”

“是,钢丝锁。”

“你有没有上手?”欧扬久做了个掐脖子的动作。

唐五羊不假思索地说:“没有,那根钢丝锁足够了。苏岷的小身板经不住事儿,两下子就蹬腿了。”

欧扬久嘘了一声:“下面一个问题你一定要想好了再回答,苏岷的脖子有没有让你弄破皮?”

唐五羊有些拿不准,想了想说:“没有吧……我觉得没有。弄破皮总会流血的,我没记得有血。”

欧扬久看看表,舒出一口气道:“再问你最后一个问题,你觉得杀人那个晚上有没有在现场留下些指纹什么的?”

“那肯定是少不了的,我又不是专家。”唐五羊皱了皱眉头,“老哥,我……我弄不明白你的意思。人是我杀的,我认账。”

“你觉得苏岷当时已经死了么?”

唐五羊一愣,哑口无言。

欧扬久站起身来:“唐五羊,今天先聊到这儿,有话明天再说。把人带走——”

12

“是不是有感觉了,各位——人不一定死于唐五羊之手!”

欧扬久清晰而缓慢地吐出了这样一句话。此刻,他们老小四人已经坐在了机关食堂的小包间里。

灯光昏暗,映着几张神色不定的脸。

窗外,秋夜的风吹得树叶飒飒抖动。深墨色的夜空中瑟缩着几颗凉冰冰的星星。不很远的马路上,有一辆车疾驶过去,车灯在玻璃上晃出一团雪白。

大马嘀嘀咕咕地骂了一声。

小郝马上盯住他,声音很不友好:“你骂谁?”

大马毫不相让:“我骂我自己,不行吗?”

欧扬久嘿嘿地发出一声短促的笑:“两条狗掐起来了。”

范小美哼着鼻子:“他们俩现在一定恨透你了。队长。”

“是呀,这两个家伙自己跟自己较上劲了。”欧扬久指指他们剩在碗里的饭菜,“是老头子我伤了他们的自尊——至于吗?成败得失常有的事嘛!”

“可是我不明白,”小郝愤愤地朝欧扬久叫道,“为什么你一插手事情就全乱套了?”

大马没好气地更正道:“不对,他刚从贵州回来的时候也看过那些材料,并没有发现什么!”

欧扬久笑道:“对,这才是客观的表述。当时我只是对苏岷脖子上的皮外伤有些怀疑而已。真正导致乱套的是魏文魁昨天晚上的那个报案电话。是不是?准确地说,应该叫水到渠成。”

“可是队长大叔,他们俩真正愤怒的是……”范小美依次看看那两张年轻的脸,“你把他们已经认定的凶手否定了!”

在欧扬久的哈哈大笑声中,气氛缓和了。大马和小郝开始吃饭。范小美殷勤地给队长点了支烟。

欧扬久慢慢抽着,说:“没办法,伙计们,破案不能留有哪怕一丝一毫的疑点,这是我从你们跟了我以后三天两头教你们的。就案子来说,苏岷的尸体上表现出一组细小却非常重要的矛盾,我必须对这个矛盾给出有说服力的解释。”

范小美给自己也点了支烟,假模假式地抽着:“对,唐五羊非常肯定地认定他没有掐那个脖子,他相信是他自己用钢丝锁把人勒死的。而不管是谁,都不会在死去的人的脖子上再掐上一把。那么,换言之,这个人其实并没有死,是后来出现的一双手把他掐死了,留下了那块皮外伤——这才是完整而正确的过程!”

“是呀,范大小姐正在飞快地成熟着。”小郝依然愤愤。然后躲过小美的一巴掌,扭头问欧扬久,“队长,照此看来,这案子完全需要重新考虑了?”

“应该是吧。欧扬久疲倦地打了一个哈欠,我累了,伙计们,咱们能不能分头思考一晚上,明天再说?”

“不行!”

三个年轻人几乎异口同声。他们盯着欧扬久那张瘦脸,一副不依不饶的样子。

小郝恳求说:“坚持一下队长,不弄清楚某些问题我今晚上就过不去。我估计小美也和我差不多。”

大马连这种废话都不想说,直通通地问:“你给句痛快话队长,苏岷是不是死于他人之手?”

欧扬久闭上眼睛,慢慢地抽着烟说:“当然,如果唐五羊没有撒谎的话,对事情完全可以做出完整的分析。把握唐五羊的性格特征,做出结论——首先,这人很浑,属于三句话不对就上手那种人,所以他对苏岷的动手是非常可信的,他自己也从未否认过这一点。第二,他对苏岷有一种天然的敌意,认为苏岷打心眼里看不起他,对此,他十分敏感。在出事时苏岷不但骂他是流氓,而且给了他一个耳光。这是导致他动手杀人的直接原因。第三,唐五羊给我的整个感觉是个粗线条的人,把人勒死然后逃离现场十分符合性格逻辑——就是说,他没有确认苏岷是不是真死了。根据这三点,我认为唐五羊非常有可能没有勒死苏岷。正如小美刚才说的,是后来的一双手把他掐死了,并且弄破了脖子上的皮。此外,房间里的指纹被清理过了,这是无疑的。唐五羊会从容地清理指纹么?”

大马点点头,看看两个同龄人,再次盯住欧扬久说:“这一点看来不是什么问题了。第二点,队长,这里突然冒出一个发短信的人,你如何看待这个事情?我他妈觉得它比前一个问题还让人心惊肉跳!”

“阴险哪!”小郝叹道,“连唐五羊都感觉出对方的别有用心!甚至可以说,这是此案的根源!”

“不不不,”欧扬久摆摆手,“此案的根源依然是那四百万欠薪——它如同一包炸药搁在那里,随时可能出事。没有这包炸药,前提就不存在。而那个发短信的人咔嚓一声,打着了打火机。随后,浑人唐五羊接过了打火机,把导火索点燃了,然后跑掉……”

范小美一把拦住欧扬久:“队长,接下来的让我说——唐五羊跑掉后导火索却熄灭了,他不知道。他更不知道的是,在他之后又出现了一个人,再次点燃了导火索——这次炸了。”

四个人同时陷入了沉默。很显然,这个生动的比喻是对整个事件的完整勾勒。它解释了欧扬久一直强调的皮外伤那个疑点,同时梳理清楚了新的关键所在。归纳起来有四点——

1. 四百万欠薪的问题——许晓夫妇为什么埋下这个重要情况不说。(这是那包炸药,是此案的根源)

2. 发短信的人。他是谁?用心何在?(此人打着了打火机)

3. 唐五羊一怒之下“勒死了”苏岷,跑掉。(点燃了导火索)

4. 苏岷没死。(导火索熄灭了)这时出现了另一双手掐死了他——弄破了脖子上的皮,然后清除了指纹溜走。(再次有人点燃了导火索,引爆了此案)

新的关键所在是1、2、4。

大马把以上分析仔细地记录在本子上,然后敲打着第2点说:“我现在最关心的是这一点,发短信的人是谁?居心何在?我知道,所有的猜测都不具备破案价值。但是我还是希望大家都说说,你们心里有没有什么目标?”

范小美朝着欧扬久发火道:“我提醒过你,大叔,再加一点劲儿唐五羊就会说出来了。可是你对我的意见充耳不闻,置之不理!”

“火气小点儿,丫头。”欧扬久拍拍女孩子的后脑勺,“我那是故意的——听着,咱们不能把唐五羊逼得太紧,要留点空间给他。相信我的话，他今天晚上肯定睡不好觉，肯定满脑子都是这个事儿。”

“他是他，咱们是咱们——我还是希望都说说。”大马少有的固执，“即便不具备破案价值，说说也是有意义的。”

“你认为是谁?”小郝其实比大马还急，死死地盯着他。

小美也把目光落在大马的脸上。

大马咳嗽了一声，把笔记本合上：“行，我就说点儿浅见。首先，这是个知道内情的人干的。所谓知道内情包含两个方面。一方面他知道公司的财政状况，具体说就是那四百万欠薪。另一方面他知道唐五羊、许晓夫妇，以及苏岷的个人情况，也就是所谓的‘姚之兄’——注意，这里牵扯到姚芬和苏岷两个人。此外还有，就是苏岷把钱变没了这件事。各位，所有这些，使我想到一个人——”

小郝一拳砸在饭桌上：“老鲁!”

小美哇地一声叫，莫名其妙地在欧扬久后背上拍了一巴掌：“英雄所见略同!”

欧扬久打了一个嗝，饭桌上发出一阵哄堂大笑。

欧扬久瞪了小美一眼，缩了缩脖子，然后用眼角看着大马：“没错，个个都会想到此人。因为他在我们目前所接触的人中，最接近刚才你说到的那两个方面。”

大马却迟疑了：“是呀，大家。可是……我又不能不提出一个无法回避的疑问——凭老鲁的身份，他应该掌握不了那么多东西！因为他仅仅是个兼管一些杂务的司机。”

“是的，我一直拿不准的也是这个。但是我没办法让自己不这么想。”小郝有些懊恼，他看着欧扬久，“队长，我们前期的调查虽然比较差劲，可在一些人事方面的情况还是了解了不少。这个老鲁是公司的老人，两个老总都很信任他。同时他与建筑工地的一些人，比如唐五羊，也很熟悉——他确实最符合刚才说的条件。”

欧扬久无声地点点头，然后闭着眼睛思考了一会儿，说："嗯，现在不好做任何结论。你们的观点我不反对，但是我不能不对刚才提到的那个问题做进一步的思考——他如何知道那么多内情呢？这个问题很重要！"

范小美有些吃不准地说："难道还有咱们关注范围以外的人么？"

"这个我也想了。"大马道，"不排除有咱们关注范围以外的人，但就已经调查过的情况汇总，咱们关注的范围还是够大的。整个作案的源流也梳理得比较清楚了，所以我更倾向于是咱们关注范围以内的人。队长，你对这个发短信的人还有什么说的？"

欧扬久道："猜测终归是猜测，连唐五羊都明白这一点。你们不妨设想，就算唐五羊现在就坐在咱们面前，告诉我们他怀疑那人就是老鲁——各位，那又如何呢？充其量也仅仅是怀疑而已，没用。"

"那怎么办？"小郝有些上火。

欧扬久道："什么怎么办？继续调查！感觉告诉我，这个案子就是通常所说的，刚刚露出冰山的一角。"

"好吧。"大马打开笔记本，"现在说说第 4 个问题——唐五羊逃走以后谁来了？你们明白，我这里说的是那个真凶——他掐破了苏岷的脖子，将其致死，然后从容地清除了指纹溜走。各位有什么思路？"

欧扬久吐出两个字："没有。"

小郝越发急切："有没有可能是那个发短信的人？"

范小美当即摆手："不是他，那个人的目的是借刀杀人，利用唐五羊之手除掉苏岷，他不会亲自出场。"

欧扬久看着天花板喃喃道："小美，你说对了，借刀杀人是无疑的。发短信者利用的就是唐五羊的性格弱点——唐五羊是那把刀！但是这把刀非常可能没杀死人。借刀杀人者的目的应该是落空了。可是后来出现了一个目前还朦胧一团的人物，但这个真凶绝不是那个借刀杀人的人！"

"对，既然借刀杀人他就不会亲自出马。"大马表示同意，"那么现在这里有了三个行为人，第一个，唐五羊；第二个，发短信的人，也就是那个借刀杀人的人；第三个，真凶！”

“正确。”欧扬久抠出烟盒里的最后一支烟点上，“伙计们，这已经是非常重要的突破了，视野扩大了多少！唐五羊不再是我们关注的唯一重点。许晓夫妇及其四百万欠薪；别有用心的发短信者；真凶。这是新出现的三条线索，够咱们干的。听我的话，各自回家思考，把这些情况仔细想想。其实咱们需要关注的人很多，许晓夫妇、老鲁、苏老师，当然还有唐五羊——走吧，我实在困了。”

大家纷纷站起来，小美却叫住大家：“喂喂，还有很重要的一个事儿没说呢——唐五羊为什么突然出现在城里？”

欧扬久苦笑道：“一步步来，傻丫头。唐五羊就在咱们手里，你急什么呀！”

13

银色的奔驰穿过樱花饭店霓虹闪烁的拱形门廊，慢慢在环形车道边停了下来。姚芬面无表情地看了看手机显示的时间。

迟到了，姓宫那家伙一定不高兴了。不过无所谓，这家伙的仕途还有多长很不好说，跟他吃饭主要是稳住他，搞到贷款，不要耽误了后边的生意。

她把许晓捅醒，然后对老鲁说：“老鲁，上去跟我们一起吃吧，还是上次那个宫秘书长。”

老鲁懂事地说：“我还是回去吃吧。差不多了您打电话给我。”

“也好。”姚芬和许晓打开车门从两边下了车。

门厅里飘出一股淡淡的茉莉香味，使人神清气爽。老鲁开着车走了，姚芬打起精神挽着许晓的胳膊进了饭店。

饭店对面的小广场正在搞一个类似嘉年华的活动，彩灯闪闪欢声四起，聚集着不少花花绿绿的闲人。恐怕都是些吃了晚饭跑出来散步的老头老太太。

“走到哪儿都不得清静。”姚芬咕哝了一句。

许晓没吭气，只有皮鞋发出吱吱的声响。下午，他们俩和蚌埠来的地产商孙和平谈了将近两个小时，累得够呛，最终没谈出什么结果。孙和平过去是许晓的副手，因为姚芬强行进入管理层而负气离去，扯旗放炮地另立了一个山头。混到三线小城市去找饭吃。想不到，四年多的时间，姚芬立住了，孙和平也立住了，都干得风生水起，相互间也因为某些共同的利益而言归于好。现在孙和平的大本营扎在安徽蚌埠，业务却是四处开花。新近为了几个地块来找他们夫妇商量联手的事，一谈就谈到天近傍晚。许晓突然想起还要和市府宫秘书长吃饭，这才脱出身来。

事情一件挨一件，警察所谈的内容他俩一直没来得及细说。

“嗨嗨，你一下午皱着眉头，想出什么一二三没有？”姚芬在许晓的肋骨上顶了一下，“唐五羊被抓了，情况很不妙？”

许晓把胳膊抽出来，并不看姚芬的脸：“安静点儿好不好？现在不是说这个的时候。你倒是应该想想怎么通过姓宫的把咱们的意思传递给……”

他手指头往上头指了指，没再往下说。

姚芬不得不把满脸的忧郁藏起来，换上另一副让人心旷神怡的表情，火辣辣的眼睛便放射出几分妖媚——这对她不难。

和姓宫的那顿饭吃得还不错，熟脸熟屁股的，用不着装什么大尾巴狼。只是在推杯换盏的时候宫某不经意地提了一句欠薪的事，让气氛小有不爽。但是姓宫的没提上次封在香烟里的那几十万块钱，显然是心照不宣了。该说的话姚芬很有技巧地传递了出去，还算成功。这顿饭吃得不算长，很快宫某就看看表说他还有个局，不好意思不去，于是三个人就起身了。

送走了姓宫的，姚芬要给老鲁打电话，许晓摆摆手说："这儿离你干妈那儿不远了，咱俩散散步吧。"

于是两个人便沿着林阴路向前走去。

夜色不错，心情却起不来。这一天神经绷得紧紧的，一时间似乎放松不了。沉默了一会儿，姚芬到底开口了，她的耐性终究有限："哎，要不咱们找个安静的地方坐坐——事情看上去不妙。"

"不必，就这么说说吧，没人知道你我是谁。"许晓说。

姚芬挨近许晓："其实我第一眼就看出来了，你听说唐五羊被抓时闭了闭眼——是不是觉得特突然？"

"你呢？"许晓目视前方，"千万别告诉我你表现得特好。"

姚芬一改以往的那种盲目的自信，很少有地皱着眉头思索了一会儿，后来脸上舒展了一些："我想不出有什么不自然的地方。你说过，我这个人最大的优势就在于说话比较自然。"

许晓小声地笑了一下："我的原话是说，你的优势在于说谎话都显得很自然——说说吧，那个欧队长都问了些什么？"

姚芬便把和欧扬久谈话的主要内容述说了一遍，最后道："借一百万块钱的事情由于我哥死了，我那个说法应该没有什么漏洞。对唐五羊的介绍我是如实说的，也不会被人抓住什么。让我比较意外的是，那个姓欧的警察问到了当年我干妈带我哥回安庆的事，不知道他们是从哪儿听来的。我下午一直在想，他们问这个有什么目的？我想不明白。"

"别的没有漏洞么？"许晓还是有些不放心。

姚芬有些不悦，道："他们问什么我说什么，背后的事情我当然不会吐出去——你这个家伙！"

两个人分析了一会儿，没有什么问题。

继续前行了几步，许晓突然站住了，看着姚芬的脸："告诉你，不能有任何大意，姓欧的这个人，第一句话我就感觉出来了，比咱们接触过的那两个年轻警察厉害多了，是块老姜。特别是，你别看他东一榔头西一棒子的，看上去没有目标，其实他脑子里有章有法的。这种人最恐怖。”

“这还用你说，我懂，我和他聊的时间比你长——你把什么事儿都推给了我，好像还对我不放心。”

许晓压低声音，口气却很有分量：“不，我是对事情本身不放心——俗话说，一招不慎，满盘皆输——还有什么？”

姚芬再次把谈话内容梳理了一遍，道：“基本上就是这些。没有超出咱们的预想。但是姓欧的一上来就告诉我唐五羊被抓的事，你觉得有没有什么目的？”

“目的肯定有。”许晓毫不犹豫地说，“但是我们没有必要猜测他们的目的，把握好自己比什么都重要。尤其在细小的东西上。”

姚芬说：“这一点我觉得做得还行。噢，对了，姓欧的最后问我还有什么事情可以提供，我就把那个乞丐的事情说了，免得让姓欧的觉得我不主动。”

“他表现如何？”

“他听得还算认真。”姚芬乐了起来，“我不明白你这一手是什么意思。是不是想打乱警察的思路？”

许晓说：“谈不上，我也是随便那么一琢磨。最主要的是让对方随着咱们的意思走，又不留下缝隙。”

姚芬嗯了一声，口吻中露出些不踏实：“老公，唐五羊被抓了，四百万的事情咱们怎么应对？”

“以不变应万变，还是咱们最早的那个说法。只要咱们不走错棋。”许晓看看天，“我现在怕的是那个警察队长——走吧，别跟你妈吵架。”

两个人过了马路，进了一条小巷。

苏老师住的院子在小巷深处，这里原是个独门独院。后来来了两个女大学生想租西屋的那间房，老太太没跟谁商量便租给了她们，为这个姚芬还和老太太吵了一架。老太太警告姚芬不要干涉她的事。你们的钱我一分也不要,但是我自己的事情也不用你们说三道四。母女俩的关系就是这样子,已不是一天两天了。

老太太一直独身。过去的身世她从未对人说过,包括她最心疼的干儿子苏岷。姚芬曾经问过魔术师,不相信干妈瞒着他。

苏岷说:“信不信由你,我并不比你知道的多多少。听着,咱们最好什么都不问。俗话说了,知道事情太多的人,一般都没有好结果。”

姚芬道:“你这个人心里太黑暗了。”

是的,苏岷就是那种人,自己没有阳光,也不希望别人好。

政府在很多年前就想表彰老太太收留孤儿的义举。苏老师不搭理政府来的人,只让他们少管闲事。我收留孤儿,和你们的宣传风马牛不相及。几乎所有的人都认为她是个怪人。

老太太脾气怪,性格内向,当年没退休的时候还看不太出来,退休以后就非常明显了。也是在退休以后,姚芬开始和干妈越闹越僵,老太太连她和许晓的婚礼都差点儿没参加。

有什么原因么?没有,从一开始老太太就对姚芬态度一般,远不及对苏岷那么视同己出——那是真心疼!后来另外那两个孩子先后跑了,母女俩的关系似乎好了些,但是不久又不行了。真是闹不清为什么。许晓说是个性使然。

是许晓一直不许姚芬太过计较,毕竟是老太太收留了你。要按照姚芬的脾气,早就各奔东西了。

两个人进屋的时候,老太太正在缠毛线。打了声招呼便没什么话了。北房一套,住着个孤身老太太自然显得空旷。苏岷死了三个月了,房间里仍然残留着一种很不好的气息。在不算亮的灯光下,苏老师那张脸憔悴得非常厉害,头发眼见着越发白了,眼圈深深地陷进去,在脸上留下两块阴影。

许晓在那只吱嘎作响的沙发里坐下，给了老太太一支烟，自己也抽上一支，无话。

姚芬则厨房厕所地检查了一番，回来说："妈，你是不是三天没吃饭了？冰箱里的剩饭都馊了。洗碗池子里的碗一个礼拜没洗了吧？"

老太太毕竟是有文化的人，抬头看着她的脸道："我的事儿，你还是少操心吧，管那么多干吗？"

姚芬急了，刚想叫，许晓抬手制止了他。然后转向老太太，放低声调说："妈，我们今天回来是有件事想告诉你——妈，你听了肯定高兴，那个杀人犯被抓住了！"

老太太的脸一下子转了过来，想说什么却什么也没说出来。

姚芬指责许晓："你急着说这个干吗？让妈激动成这样。"

苏老师对姚芬的话置若罔闻，依然看着许晓。那眼神中并没有什么兴奋，而是漠然，无可名状的漠然。许晓最后不得不移开了目光。老太太随即咳嗽起来。姚芬给她捶背，她推开姚芬的手，很费劲地喘息着，止住了咳嗽。

"你们两个是不是觉得坦然了？"苏老师开口问。"我儿子死了，如今凶手抓住了，你们的良心没事儿了。是不是？"

许晓叫起来："妈，你这是什么意思？"

苏老师的目光抬起来一些，依次看着眼前这两个人，声音越发沙哑："一切皆由你们而起，现在你们反倒一身轻松了。"

"妈，你可不能胡说！"姚芬大声道，"要说凶手杀的是我或者是许晓，你这话还说得过去，他杀苏岷，和我们有什么关系？"

"钱，有钱的关系，是钱把你和你哥串联起来了，凶手就是为了钱而杀人的。"苏老师的口气丝毫不让步。

许晓让姚芬声音小些，然后委婉地对老太太说："妈，你是说那一百万么？我们原本说好借好还的。可我哥他要股份，我们没办法，就给他折算了一些股份——我们没有对不起他嘛。”

姚芬看看窗外，听到这里扭回头说：“我们还吃亏呢懂不懂？”

苏老师脸色灰白，不再言语，房间里一时间死一样沉默。后来许晓放平了心情，絮絮叨叨地开始给老太太讲解事情的前后经过，老太太一言不发。

等许晓说完了，苏老师看着他说：“不管怎么说，两条人命啊！”

听得出，她并没有因为唐五羊落网而高兴，而是想到了他的下场……说这话时，老太太的气息很不均匀，胸口明显地在起伏着。

许晓和姚芬对视了一眼，姚芬说：“妈，也许我们不该来。原本以为你会高兴呢——现在看起来你倒挺心疼那个杀人凶手。”

苏老师一动不动地说：“别说了，你们走吧。我想清静清静。”

姚芬怔了一下，一甩屁股走了。许晓快步追到门口，又返回来，把两包好烟放在茶几上，才一步一回头地走了。

苏老师仍然一动不动。

两个人一前一后走出巷口，看见那辆灰色的奔驰已经停在那儿了。许晓追上妻子，一把抓住她的胳膊。四目相对，谁都没说什么。后来许晓把姚芬往阴影处拉了拉，小声说：

“听着，别冲动，现在情况不一样了，警察动了起来，咱们千万不能冲动懂不懂？冲动是要坏事的！”

姚芬看着夜色中远去的车子，好一会儿才平静下来，无声地点点头。而后看了一眼停在街对面的奔驰，低声说：“要不要让他知道？”

许晓点点头：“事情总要发展的，他迟早会知道。”

姚芬嗯了一声，表示明白。

两个人穿过马路，走到车子跟前。老鲁伏在方向盘上睡着了似的，姚芬敲敲车窗，老鲁马上直起身子，把窗子放下来。

“噢，我睡着了。没耽误事儿吧。”老鲁揉着眼睛。

姚芬和许晓心照不宣地对视了一眼,笑道:“没有,我正想给你打手机呢。老鲁,你可真是对我们太了解了。”

许晓偷偷踢了踢姚芬的脚。

两个人上了车子。奔驰轻轻地一颤,无声地朝前滑去。

开出一段路,姚芬趋身凑近老鲁的耳朵,小声说:“老鲁,还忘了告诉你了。公安局的人说,唐五羊被抓住了。”

老鲁噢了一声,然后又噢了一声:“嘿,孙猴子还是没翻出如来佛的手心!”

14

欧扬久睡不着觉,晚上十一点多了,仍然毫无睡意。这种情况很不常见——他意识到,这个案子可能使自己陷进去了。此种情况也好也不好。好,在于会倾情投入,不好,则在于会在某种程度上跳不出来。

累,当然很累。但是大脑还在精神抖擞地工作着,处在极度的兴奋状态。他缩在起居室那只破沙发里,双腿平伸着搭在沙发前面的长条茶几上,腿肚子旁边是一个装了不少烟头的易拉罐。满屋子烟,跟着火了一样。老婆已经骂了他上百遍了,没用。

妈的,陷进去了。

多年的破案经验告诉他,自己碰上了一个非常不一般的案子。这类案子会使人激动,使人不由自主地起劲儿,使人思维异常活跃……他活动了一下屁股,又撕开一包烟。

一个幽灵在空气中游荡着——他眯缝着眼睛看着袅袅上升的烟雾,脑子里不断地重复着这个词汇。

幽灵!

他无法一下子回忆起那个老鲁的容貌,毕竟只看了一眼。他一直在努力地试图把这个名字从脑子里驱逐出去。但是很难，这个名字的确像幽灵似的在他脑海中飘来飘去。

公司的经营状况，唐五羊的行为轨迹，被某只看不见的手巧妙地纠结起来，然后通过苏岷之死，构成了本案的外在形态。至于内在形态，也就是案情的真相，有待于进一步侦查。

问题的关键是：这个看不见的手——是老鲁么？

欧扬久发现，自己一想到老鲁这两个字就非常烦躁，心里头很毛。因为在完全没有任何证据的情况下焦躁地盯在一个人身上，是非常盲目和没有意义的。但是，他妈的……不光自己这样，大马他们三个年轻人也是如此。不太妙，非常不妙，一旦走偏了，会整体地偏离正轨！

他坐起来一些，把烟头摁灭在易拉罐里，拿起玻璃杯喝了口茶。然后给小郝打手机。

“干什么呀，让不让人活啦！”小郝迷迷糊糊的声音传过来。

欧扬久用力地咳嗽了一声：“听着伙计，你他妈明天一早就行动，把那个给唐五羊发短信的号码给我调查清楚。务必！嗨，你他娘的清醒一点儿好不好，我跟你说事儿呢？”

小郝咕咕哝哝地把他的话重复了一遍。

欧扬久站起来走到窗前朝外看着：“对，就是这个意思——务必要查清楚！小子，咱们现在处在一个非常不容易跳出来的坑里，对，一个泥潭。老子满脑子都是那个老鲁，太他妈糟糕了……不不不，我绝不是要把老鲁从思考重点里排除，他仍然是我思考的重点。我的意思是说，咱们现在需要采取有实际目的的行动，用实在的东西校准思维方向。懂了吧，对，就是这个意思。行了，你睡吧，我给你一天的时间！”

关了手机，他去卫生间撒了泡尿，然后重新坐回破沙发里抽烟。是的，必须开始有实际意义的行动才不会走偏。手机短信必须查清楚，必须！现在最关键的就是这个！

客观地讲，今天一天收效甚大，抓住了唐五羊，弄清晰了案件的大体轮廓，接触了许晓夫妇并抓住了一些感觉。一些重要的内容有了——

四百万欠薪（命案的初步背景）；

苏岷把钱变没了（杀人的触发点）；

唐五羊弄死了苏岷（疑点：很可能没弄死）；

三条短信（幽灵的诱导）。

没错，今天一天的时间，天助般地理清了这关键的几点。魏文魁虽然胆小，但是功不可没。

不过，表面上看，案件构成这条线非常清晰。但是往深处思索就会发现，这条线的两端：一端是许晓夫妇，一端是那个幽灵——这两端恰恰很朦胧。后一端让小郝从调查手机号码入手没错。前一端呢？要不要再次接触那夫妇俩？显然是有必要的。但是欧扬久不太有把握的是，那对夫妇非等闲之辈，必须抓住他们的命门才行。行么？现在还不好说。

许晓夫妇是一对最初接触比较明朗，实际上越谈感觉越深的人，从他们身上撕开口子绝对不容易。比如那四百万，他们可以找出非常冠冕堂皇的理由来解释。对自己是惊心动魄的，对他们已经早就胸有成竹了。不能寄太大希望。

他觉得有些口渴，杯子里的水已经没了。他一口接一口地抽烟，抽得眼睛都睁不开了。

除此之外，当然就是那个真凶——唐五羊如果没勒死苏岷，真凶是谁？当然，现在还回答不了这个问题，可以先将其作为问题放在一边，全力关注目前的切入点。从目前的掌握看，最关键的切入点依然是那个幽灵，通过调查短信寻找它。再有呢？许晓夫妇，是的，许晓夫妇也是一个切入点，仅仅那四百万就可以狠狠将他们一军，但是感觉上也不太有突破的把握。再退呢？唐五羊，这个已经打开的口子还没挖干净，下午的审问显得很粗糙，有没有可能获得新的突破？而且唐五羊返回来的目的还没来得及问。

对，从现实出发，抓紧把思路整理清爽。就像一张纸，揉成一团不行，要小心地把这张纸抹平——把不清楚的细节搞清晰。

思路一通，困意顿时袭来，他胡乱地找了件大衣捂在肚子上，一歪脑袋便昏睡过去……

天一亮，欧扬久就叫上大马开车去见唐五羊。

唐五羊看上去也没睡好，眼珠子红得可怕。他看见欧扬久马上容颜大展，吼吼叫叫着要烟抽。

“唉呀老哥，我做梦都盼着你来呀！你看你看，心诚则灵。”

两个人把烟抽上。欧扬久一时间还找不到话头，他让唐五羊说说一晚上都想了些什么。

唐五羊嘴角上挂着白沫子，眼睛上夹着眼屎，嗓子有些发炎似的难听：“唉，上半夜我一直在琢磨那个给我发短信的人，越想越觉得恐怖。老哥呀，说句不负责任的话，我觉得那家伙有点儿借刀杀人的意思。”

欧扬久发现唐五羊一点儿都不糊涂，是个很会动心思的人。

他没什么表示，嗯了一声：“接着往下说。”

唐五羊啐了口唾沫，抹抹嘴角：“后来想不下去啦，想死也想不出是谁。我琢磨，那个杂种不是对着我来的，他的目标是变魔术那家伙，要不就是两个老总。”

“你想问题还是挺有章法的。然后呢？”

“然后？对对，然后。然后我就开始琢磨你们审问我的经过，想呀想呀，嘿，想到最后我越来越觉得我可能死不了啦！然后我就开始激动，激动得我呀……可惜没烟抽……”

“停停。”欧扬久做了个暂停的手势，“谁说你死不了了？我说过么？你毕竟把人杀啦！”

唐五羊愣了一下，然后咧着嘴笑了：“老哥，你吓唬我。我明明觉得你们对我勒死人有疑问呀——是不是有疑问?"

大马喝了一声:"严肃点儿,现在是在问你呢!"

欧扬久道:"是呀,现在是我们在问你,不要搞颠倒了。"

唐五羊一下子急了:"你们说苏什么岷的脖子上有块伤……是不是说过,可是我没把他弄伤呀——天地良心!"

姥姥的!这个家伙确实不简单!欧扬久心里骂了一句。脸上却还是那招牌似的表情:"那我问你,你能不能确定在勒紧苏岷脖子的时候,那脖子上有没有伤?"

唐五羊没有马上说话,而是扑通一下子跪下了,双眼刷地涌出了眼泪,声音变得嘶哑。欧扬久顿时心跳加快,他看见了一张绝处逢生般的脸。

"我往死了在想那块伤呀!老哥。向老天爷发誓,我勒住那混蛋的脖子的时候,那上边什么都没有!光溜溜的。我记得我还想呢,妈的,我们这些人的脖子都跟黑车轴似的,这王八蛋的脖子怎么这么白呢!这是真话,老哥,那脖子上边百分之百没有伤!绝对没有呀!"

是的,欧扬久想,唐五羊的回忆具有很强的心理逻辑。也就是说,自己最初的那个疑点在这里得到了进一步的印证——苏岷脖子上的伤和勒痕是两码事。

他让唐五羊起来,说道:"好,继续往下说——接下来你就跑了,连验证一下人死没死都没有?"

"没有没有。我吓疯了!"唐五羊用力地摇头,"我记得我在苏岷的屁股上踩了一脚,开门就跑了……噢,对了,我昨晚上想起一个情况,我逃跑时可能没关上那个房门。"

欧扬久只觉得心头猛烈地哆嗦了一下,似乎有一股力量狠狠地撞在了胸口上,呼吸竟然有几分急促。

他追问:"你说什么?你踩了他屁股一脚?"

"是是,我那是不由自主的。就踩了一脚。"

欧扬久觉得有些晕,他让大马录一录唐五羊的口供,便转身出门到走廊上去抽烟。他愤怒地发现自己忽略了一个非常重要的问题,和大马他们一样,没有注意到一个近乎常识性的现象。

今天的天有些阴,窗外灰蒙蒙的。他靠在墙上,平抑着自己的心。太阳穴突突地跳着,有细细的汗珠子沁了出来。

大马完事的时候,他已经在抽第二支烟了。

"齐了队长。"大马向他晃了晃录音笔,"唐五羊是来找他相好的——他在城东有个女人。"

欧扬久什么都听不进去了,把烟扔在地上踩灭,拉着大马就走:"快,伙计,今天的收获可能比昨天还大,这个案子有模样了。×他妈的,咱们都是猪,包括我在内! 一群猪!"

二人开车直奔刑警队。欧扬久一路上不置一词,双目无光,仿佛陷入了深深的迷蒙之中。

在大马印象里,这种情况很少见。

15

范小美在队里整理文件。欧扬久和大马冲进来时,她正把文件装进档案袋里。大马把门在背后关上,然后无声地朝范小美指了指欧扬久的后脑勺。其实小美已经看出来了,队长的神情有些不同以往。欧扬久两眼有些发直,双手哆嗦着点烟,却又马上抬起头来吩咐道:"小美,赶紧把那些照片拿出来,快!"

然后又点烟,坐在沙发里呼呼地抽。

"是这些照片么?"范小美把苏岷被杀案的材料包取出来,抖出一堆照片。

欧扬久把烟叼在嘴角，埋头在照片里开始奋力地刨，很快就刨出几张不同角度的死者全身照。

“过来，你们俩过来。”他把其他照片拨拉开，然后依次把找出来的那几张现场照一排摆开在茶几上。这时他吐出一口长气，把烟掐灭，扔在烟缸里，直起腰来。

“注意观察，我现在不问你们。待会儿你们告诉我，死者的这个姿势有什么特别的含义没有。”

说完他闭上眼睛一动不动，只有胸口在起伏。

大马和范小美互相看看，然后真的仔细地把那几张照片端详了好一会儿，最后小美把欧扬久捅开了眼：“队长，我们看完了。”

欧扬久并不睁眼，问道：“有什么想法？”

范小美：“没有想法。队长。有什么话你就说吧，我担心你的神经要出问题。”

欧扬久倏地睁开眼睛，再次扫视了一遍那些照片，然后看着两个人，道：“大马，我不想说你什么了。小美没去看守所，尚可原谅。你，孰不可忍！我问你，唐五羊最后对我说了几句什么？”

大马想了好一会儿，道：“他说他在苏岷的屁股上跺了一脚，然后就逃跑了。他强调他很可能没关房门……”

小美一听，大叫出声：“什么，他没关门？！”

大马点头：“是的，唐五羊就是这么说的。”

“也就是说，”小美的声音更高了，“那……那个苏老师在说谎哟——根据材料里的描述，她那天晚上是用钥匙开的门。证明门锁了！”

大马：“没错，这里有些名堂。”

欧扬久朝他们飞快地摆着手：“停停停，咱们先不说关没关门的问题。我现在想说的是，咱们早先的思路有毛病，不，说是毛病不太准确，应该说，咱们早先的思路过于简单了……不不，也不是简单的问题。这么说吧，咱们的思路被一层想当然的东西蒙蔽了，对——想当然的东西！”

他捅捅大马的小肚子：“伙计，你刚才已经把唐五羊的话重复了一遍了，难道还没看出来么——我指的不是没关门的问题……笨蛋呀！唐五羊说他在苏岷的屁股上跺了一脚，可你们看，苏岷分明平躺在这里，屁股在下边！”

两个年轻人怔了一下，蓦然醒了。

大马叫道：“噢，我的天哪——死者被翻了个身！”

“对！”欧扬久重重地在大腿上拍了一巴掌，“苏老师的叙述说她一进门就看见苏岷躺在地板上——那句话应该是不真实的！注意，我这里说的是‘应该’。明白么？”欧扬久的眼睛里放射出奇异的光，这样的表情确实很少见，“应该是不真实的，二位，我现在已经找不到合适的词了，也就是说，我不敢肯定苏老师说的是实话还是谎话，但是苏岷在唐五羊逃掉的时候一定是俯卧的，也就是屁股朝上趴在地板上！”

他盯着两个年轻人，停止了述说。两个年轻人只有一种感觉，事情在这里发生了微妙的变化，而队长正在为这个新的发现而激动，又为早些时候没发现这一点儿而愤怒。这两种情绪交织着。

“怎么理解，队长？”范小美忍不住了。

欧扬久再次把目光投在死者那几张照片上，久久注视，最后说：“你们俩听着，我觉得苏岷平躺在地板上的这个姿势在向我们述说着什么。你们有感觉么？”

这次先产生感觉的是小美：“我……我感觉好像有人对他实施过抢救……”

“OK！”欧扬久大叫一声，“说对了丫头！大马你看，苏岷平躺在地板上的姿势就是小美说的被人抢救过。对不对！”

“嗯，我好像明白了。”大马说，“苏老师干的。可她为什么在调查的时候只字没提呢？”

欧扬久摆摆手:“她为什么没说先放一放。现在摆在我们面前的实际上是三个问题。一,唐五羊逃跑时苏岷是俯卧着的,因此他才可能在他屁股上踩了一脚。而那时,苏岷其实还没死,只是唐五羊没有发现而已。二,有人来了,掐死了他。这时候苏岷应该被翻过来了,因为扼杀的伤痕在脖子的前部。但是他那时一定不是现在这个样子,不会平躺得这么规范。三,苏老师来了,对他进行了施救。从这仰卧的姿势看,苏老师使用的是最通常的那种心脏复苏术。”

欧扬久做了两下往下按的姿势。

两个年轻人当然全听明白了,是的是的,这里出现了三个人:唐五羊、真凶、苏老师!

“我×,队长,事情严重了!”大马很少有地骂了句粗话。“也就是说,在唐五羊逃跑后和苏老师到来前,有一个人进来了。”

“是他掐死了苏岷！在脖子上留下伤痕。”范小美跟上一句。

欧扬久软软地靠进沙发里,心中十分复杂。是的,这个突然出现的情况使案情一下子前进了一大步。脖子上的伤,唐五羊的嫌疑,俯卧到仰卧的变化都解释清了。但是又冒出了刚才没说的那个问题:苏老师为什么隐瞒了这一行为——抢救他的儿子,这是个很正常很可信的行为呀？为什么没说?

大马道:“队长,咱们是不是去见见苏老师?”

欧扬久没有马上说话,大脑飞快地转动着。好久,他才动了一下身子,慢慢地点上一支烟:“当然,人肯定是要见一见的,和那个案子有关的人就差这个老太太没见了。但是现在咱们要做一件事。他坐直了身子,来,你们看。”

两个年轻人凑了过来。欧扬久把那几张死者的照片重新摆好,一一指点着说:“你们看,死者上衣的胸部有两个黄铜扣子,这是两颗装饰性的扣子。我想说的是,如果有人对苏岷实施过心脏复苏术的话,是不是应该在扣子上留下掌纹？你们看，只要有那个动作，这两颗扣子就绕不开。”

大马点点头：“对，那件上衣我们保存得很好。不过，这上边的掌纹好像已经采集过了。”

“喔，太好了！”欧扬久的眉毛舒展开了，“真这样的话，咱们就省事了。大马，你现在就去技术科，把扣子上的掌纹和苏老师报案电话手柄上的掌纹进行比对，现在就去——首先咱们应该确认苏老师对她儿子进行过施救。”

大马应了一声快步去了。

欧扬久这才觉得口干舌燥，让小美给他泡一杯茶。

小美边干边说：“队长，你觉不觉得大马和小郝他们俩有些自卑——他们折腾了好一阵子，无果。咱们一回来，事情立马就活了。”

欧扬久笑笑：“别高兴得太早，丫头。感觉告诉我，这个案子比咱们想象的要深，非常深！”

小美把茶放在茶几上，拉了把椅子坐下说：“你上手了，深不深还是问题么？队长，我发现你这次很兴奋。”

“说得对，丫头。”欧扬久摇晃着脑袋吹着茶叶末，喝了一口，“一个刑事警察会接触许多案子，但是真正能考验你智慧的案子非常稀有，眼前这个案子就属于这种……”

刚说到这儿，大马回来了：“他妈的，技术科的那些兔崽子把我们奚落得一塌糊涂，一口一个地管你叫大师——队长，你觉得你是大师么？”

“不算，还有一步之遥。”欧扬久很得意地笑了，然后让大马坐下，“好了，先把这个放一放，该听听另一部分了——唐五羊后来跟你交代了些什么？说说吧——”

比较有意思。大马拿出录音笔：“他说他回来见一个相好的，他说他太喜欢那个女人了，但是进城以后却不敢去见人，他怕咱们有埋伏。”

“还是个情种。”欧扬久笑了笑。

大马继续道:“想不到的是,他居然说他有可能的话想见见苏老师。你们自己听吧。”

录音笔开始播放大马询问唐五羊的那一段——

大马:好了唐五羊,现在应该说说你回来的目的了,昨天没来得及问。

唐五羊:我知道,你们昨天的心思不在这儿。你们关心的是四百万欠薪和有人给我发短信那件事儿。

大马:我们关心什么用不着你操心,回答我的问题。

唐五羊:我能不能保密?这是我的个人隐私。

大马:正常情况下你当然有这个权利,我们也不会见着谁都打听别人的事——可现在不同了,你是犯罪嫌疑人。

唐五羊:是是是,我说……不过你们头儿怎么走了,他是不是犯病了,怎么说走就走了?

大马:别打岔,回答我的问题,你回来的目的!

唐五羊:好吧,说了也没什么,我回来看我的女朋友——满意了吧。

大马:女朋友?你女朋友?

唐五羊:老弟,我是个男人,而且身体这么好,有个女人是应该的呀。你眼睛睁那么大干什么?

大马:慢慢……你多大了,年龄?

唐五羊:四十一,虚岁四十二了。

大马:你没结婚么?

唐五羊:结了,孩子都上中学了……噢,我明白了,你是不是说我在外边乱搞女人——不瞒你说,是这么回事儿。可是这回老子真动了心了。

大马:听这意思,你搞的还不止一个。

唐五羊:(笑)这没什么大惊小怪的,我们这种人走南闯北,靠硬扛是扛不住的,走到哪儿野到哪儿呗,露水夫妻,提上裤子谁也不认识谁。

大马:真他妈一群渣子!

唐五羊:你说我什么都行,反正就是那么回事儿。不过这次见了他妈的鬼了,老子动了真感情,瞧上城东那女人了。

大马:结果你就回来了。

唐五羊:是呀,感情这东西真他妈的……我不能在外边乱窜着找野鸡呀。一是怕落网,二是要对人家女人来点真的——忠诚一点儿对不对。

大马:就是(念出一个手机号码)就是这个女人么?

唐五羊:没错,就是她。我如果能出去,马上就得去找她,老子实在是喜欢这个娘们儿。

大马:你觉得你能出去么?

唐五羊:说不准,可能行吧。对了,我这次回来还有另一个目的,如果可能的话,我想偷偷去看看苏岷的那个干妈。

大马:哦,什么意思……

唐五羊:没什么意思,我就是觉着自己把人家的儿子弄死了,有些对不住人,我想给老太太留几个钱。可是现在我不一定去了,人好像不是我弄死的,我越想越不是……而且我看出来了,你们头儿在这事上有想法……

……

欧扬久哈哈大笑,让大马把录音笔关上。道:“这个唐五羊非常可爱,他妈的,这林子大了什么鸟都有,他居然想去看苏老师。”

范小美道:“队长,他对你的感觉很准哟!你不觉得么?”

欧扬久嗯了一声:“那么多进城务工的,为什么他能当上大包工头儿,总有他的道理。”

大马道:“那么队长,咱们要不要去见见唐五羊那个姘头?”

范小美叫道:“你太低俗了,大马。那是人家的女朋友!”

“有空儿的时候当然可以见见。”欧扬久站起来,朝门口指指,“来吧,咱们的比对结果恐怕出来了。”

技术科的小宋很无聊地进来了。把结果交给范小美,又跟欧扬久要了根烟就走了。与此同时,小美欢叫起来了:"队长,你可以算是大师了。救人的正是苏老师!"

"可惜没救活。"欧扬久呢喃道。他眯着眼深思了一下,随即朝门口走去:"走吧,咱们这就去见见那位老太太。"

几分钟后,车子驶出了分局的大门。

16

很可惜,赶到苏老师家的时候,苏老师不在,大门紧锁。欧扬久在台阶上坐了一会儿,然后写了张条子塞进门缝里,便带着两个年轻人走了。

他让大马往郊外开,说是想去透透气,思考一些问题。

范小美说:"你先别思考问题了,我现在就有一个问题问你。既然你总是强调第一眼的印象很重要,包含了许多可遇不可求的信息。可你为什么还给那个老太太留条子?"

欧扬久坦白地说:"你说得不错丫头,那些话我确实说过。但是,我不想对一个失去儿子同时又已是风烛残年的老人要什么心眼儿。突然袭击还是算了。从另一个角度说,事情已经过去好几个月了,一个饱经风霜的老人或许早就迟钝了。所谓的第一印象不一定可靠。"

"我同意队长说的后一点。"大马开着车说。

范小美嗯了一声,用一种商量的语气对欧扬久说:"队长,这次你的介入应该说非常顺利,有一种势如破竹的感觉。你算算,从前天晚上魏文魁打报案电话,到现在才四十个钟头,四百万欠薪的事浮出了水面。苏岷把钱变没了的线索也冒出来了。更重要的是,出现了一个给唐五羊发短信的人——这条线索简直太他妈关键了!哎,别皱眉头,队长,我再也不说粗话了。还有就是咱们抓住了唐五羊,会见了那对隐瞒了某些事实的地产夫妻。而刚才又通过苏老师的施救行为，确认出事那天晚上有三个人进入过那个房间。唐五羊回城的目的也搞清楚了……队长，你还有什么想不通的问题需要到郊外去想？看看你这张脸吧，绿得已经跟菜帮子似的了——简直他妈的……”

话没说完肩膀上已经挨了一巴掌。

欧扬久眯缝着眼睛叼着烟卷，觑着车窗外的景色：“你这个女孩子彻底跟我们学坏了，我很担心你以后嫁不嫁得出去。你看看，粗话张嘴就来，比我还糙。大马，你觉得咱们是不是应该把她开掉。”

大马说：“早就该开掉了。不过我他妈也不明白，咱们到郊外去干什么？”

范小美哈哈大笑。

欧扬久让大马注意力集中，依然不温不火地说：“你们俩给我听着，我发现呀，这个案子就像一个橘子，外边有一层皮，里边则是另一些内容。也许这个比喻不太准确，但意思差不多。你们看，唐五羊杀人未死。真凶来了，把苏岷掐死，跑掉。苏老师来拿过冬的羽绒服，发现儿子被杀，进行心脏复苏术，失败，然后报案。这就是案子的整个轮廓，就像外边的橘子皮。现在，这个橘子皮被剥开了一个口子——有人给唐五羊发过三个短信。”

“让我说吧队长。”范小美接过话头，用很好听的声音说下去，“通过这个口子，咱们看到了案件的起因，也就是那四百万欠薪。通过这四百万欠薪，咱们知道许晓夫妇隐瞒了一些决定性的东西。再通过那三个短信，咱们确认了一个知道内情并且居心叵测的人物，这个人物以短信为手段，刺激唐五羊行凶。此外，苏岷把钱变没了。苏老师避而不谈施救的事。唐五羊有一个相好的女朋友。苏老师曾经带年幼的苏岷回老家安庆。以及姚芬向我们描述的乞丐袭击苏岷一事……对不对头儿，这就是橘子皮里边的一大堆内容。”

“这样吧大马，这个丫头咱们暂时留下。”欧扬久呵呵笑了，“她的思路有时比我还清楚——啊，你们看那片藕长得多好！”

“那是一片荷塘，队长。”范小美道，“而且荷花早就开败了。”

欧扬久温柔地看了她一眼：“可是丫头啊，水面下边的藕已经长成了。”

大马把车子缓缓地停下，说：“队长，你这话里藏着话呀。”

三个人下了车，朝前走了几步，望着不远处那片荷塘。

欧扬久说：“我只是想换换脑子，这四十个小时涌进脑子里的东西太多了，我现在想单独思考一下，琢磨琢磨那个至今没见过面的老人。”

三个人思考了一会儿，思考不出名堂。范小美认为欧扬久过于关注这个问题似乎没有必要。大马不同意小美的说法，可自己又说不出什么有力的理由。欧扬久来回走着，指出有些东西最初只是一种感觉，确实不一定有意义，但是干这一行，任何一点感觉都不应该忽略，这是职业性质决定的。然后他说到苏老师留下的这个明显的事实，说：“我现在能解释的是，从材料上的记载分析，大马和小郝在询问苏老师的时候根本没有想到还有那么一场救人。因此所以没有任何有针对性的提问。苏老师则处在失子之痛中，也仅仅以为那是个正常的行为反应，不用专门叙述——这是我为了说服我自己所给出的唯一解释。”

范小美抓住他的话头：“为了说服你自己——听这意思你并不完全认可这个解释？”

“我当然要保留这个疑问。”欧扬久道。然后他转向大马：“伙计，那天晚上你们撤离现场后直接回的刑警队，是不是？”

“是。”大马看着队长，“技术部门忙他们的，我和小郝主要是询问能找到的相关人员。魏文魁的手机号码就是苏老师提供的。”

“当时许晓夫妇还没来。”

“对，因为是苏老师报的案，所以全程在场的只有她。我们回到刑警队以后通知了许晓夫妇和魏文魁。魏文魁先来了。”

“嗯,接下来你们询问魏文魁和苏岷二十多年的关系。是的,魏文魁是站在他的立场上做的陈述,整个感觉上苏岷这个人还凑合。我想知道的是,在魏文魁到来之前的这段时间里,苏老师的表现怎么样?她一直没说话么?”

大马道:“苏老师一直很沉闷,有些受惊过度的感觉,两只手看上去一直在发抖。我们仅就案子本身做了一些询问,得知苏老师是去拿羽绒服的。她很真切地记得她是用钥匙开的门,所以如果唐五羊确实逃跑时没有关门的话,那个真凶杀了人后显然是把门关上了……你想说什么?小美?”

范小美说:“这些是明摆着的。我想说的是房间里的指纹,你们认为是谁擦掉的?是那个真凶么?”

大马点头道:“当然是他。我们在这个问题上没有忽略,拐着弯地问过苏老师。苏老师越听越糊涂——看得出,显然不是她擦的。而且她还专门强调电话听筒上有她的指纹,这说明她明白指纹的重要性。”

“魏文魁快说完的时候许晓夫妇到了?”欧扬久问。

“对,同时来的还有那个老鲁——他是司机。”大马扬着头回忆了一下,“现在留给我的印象是,姚芬有些歇斯底里。许晓和老鲁不太说话。我们对魏文魁的问话还没结束,就让那几个人去看尸体了。是的,现在想起来,姚芬确实有些表演的成分。”

欧扬久不再问了,又开始望着那片荷塘发呆。好一会儿他转过头来:“以后你们再也没有询问过苏老师?”

“是的。”大马认可。“发出通缉令以后,这个案子就放下了,直到现在。队长,你的手机——”

欧扬久看看哇哇作响的手机,小声道:“可能是苏老师。”

随即他走到一边接通了:“喂,苏老师么?”

一个苍老而疲惫的声音传了过来,语速很慢:“是我。你说你是公安局的,可是这个手机号码我怎么没印象?”

欧扬久很欣赏老太太的记性,他知道,老太太留的手机号码是大马和小郝的,于是说:“我是那两个年轻人的队长,刚从外地回来,想和您谈谈。”

“是因为凶手抓住了,是么?”

欧扬久小声说:“看来您女儿把情况告诉您了。”

“是,她们两口子昨天晚上来的,说凶手已经落网了。既然已经落网了,你们用不着再和我谈了。”

欧扬久道:“不不,有些情况还是应该聊聊,事情可能比您想象的要复杂。我们现在过去可以么?”

“不要。”老太太声音提高了一些,“我做点吃的就要午休了,你们如果一定要来的话,下午两点半以后——你说你姓欧?”

“对,欧扬久。”

“下午见吧,欧队长,我在家等你们。”电话挂了。

欧扬久轻轻地关了手机,转身看着两个年轻人:“许晓夫妇已经把唐五羊落网的情况说给苏老师了。”

“这两口子的水很深呀。”范小美皱着眉头:“这样行不行,队长,现在咱们去见许晓夫妇,给他们来个突然的。”

欧扬久想了想,摆手道:“不,还是顺着思路一条线一条线地来,许晓那头暂时不急。我现在比较关心的是小郝,他怎么一点动静也没有?”

“估计通信运营中心那边不太好说话。”大马道。

17

事实上,大马的话音刚落,小郝的电话就到了。

小郝告诉欧扬久,移动通信运营中心这儿非常不好办事,乱。看来想调查各种隐秘内容的人真的不少,一上午他就看见两起打架的,都是女的来调查丈夫的通讯纪录。运营商不给,就大闹。咱的事儿一直没人管。这不,刚刚拿到咱们要的东西。

“队长,情况看上去非常奇怪。”小郝的声音挺大,背景乱糟糟的,“一两句话说不清楚,我现在就回队里。”

“通信记录到手了?”欧扬久关心的是这个。

小郝说:“到手了,我这就回去。队长,你们是不是不在队里?”

“我们在外边,马上就往回赶。”欧扬久关了手机。“走吧伙计们,小郝说情况看上去非常奇怪——这小子平常不说这样的话。”

大马发动了车子,很快就上了路。

二十多分钟后,他们回到了队里,小郝也前后脚到了。小子一头的汗,进屋就把昨天的剩茶水喝了。他说他连早点都没吃。

“队长,这社会变得我都快不适应了,通信运营中心那种地方都跟菜市场似的,人满为患。看过《手机》那个电影么?手机确实挺可怕的,什么秘密也别想瞒住。”他把一条长约一米的纸条子扔给欧扬久,“不过队长,你看看,这个通信记录比较费解。”

“手机的机主是谁?”欧扬久最关心的是这个。

小郝找了一块大概是半年前开包的方便面啃了一口,道:“姓名是谁运营商那儿没有登记,据说以后实名制了就有了。你看看现在手机号码到处都有卖的,靠号码找人已经没有意义了。”

范小美插嘴道:“就是,报刊亭子都在叫卖呢。”

小郝指着纸条说:“咱们是公安局的,人家倒还客气,个人去查可就麻烦了。一般的不管。特别是那些调查第三者的,商业秘密的等等,一般不管。”

“那当然,都给看岂不天下大乱了。”欧扬久把纸条在茶几上抹平。

那是一种很白的打印纸，打印着该手机的所有通信记录以及时间和来电号码等等，通话没有内容，但短信的内容很完整。

“啊，你们看——”欧扬久有些兴奋，“最后三个短信正是唐五羊收到那三个。嗯，看来这个手机就是用来搞阴谋的。”

小郝吃力地咽下一口方便面，说：“你别高兴队长，调查这个人恐怕还要费些力气。我为了信息多一些，让运营商把这个号码从开始使用一直到最近的通信内容全都打印出来——一般来说人家即使帮你调查，也要你提供一个时间段，因为全打印出来会非常长，有的能长达二十多米。由于咱们是调查命案，所以人家比较重视。”

“这是全部？”欧扬久问。因为，要按小郝的说法，这个记录也过于短了些。

小郝抹抹嘴唇，道：“对，是全部。这个手机显然没怎么用过。再加上我刚才说的没有实行实名制，调查起来比较难。不过队长，你看开头那个。”

欧扬久把纸条向圣旨似的拿起来，目光移到最上头。那是个短信——

王树民，你这个王八蛋！

“喂，都欣赏欣赏，这是该手机发出的第一条短信。”欧扬久笑着把纸条递给小美。然后问小郝，“你怎么解释这个？”

小郝道：“你别不在意，队长，恐怕只有这个短信对咱们有点帮助。你看，这里提到了一个叫王树民的人名。至于怎么解释，我想，这很可能是试验一下手机号码有没有毛病。一般人买了一个号码总要试一试的。”

“那个名字呢？”欧扬久盯着问。

“有两种解释。”小郝道，“第一种解释，买这个号码的人给一个叫王树民的人发个开玩笑的短信。第二种解释，买这个号码的人本人就有个手机，发了这个短信试验一下新号码的接收效果。从纸条上反应的情况看，应该属于第二种，因为这是一个来电——上边有个来电号码。你注意到没有？”

欧扬久表示看见了，他捏着下巴思考着说：“你是说通篇只有这个人名可能对咱们有用？”

小郝指着大马手里的纸条说：“你往下看就知道了，使用这个手机的人可能有毛病。他发了至少四五十个毫无疑义的号码……”

“慢！”欧扬久抬手道，“什么叫毫无疑义？”

大马开口道：“小郝说得对，确实毫无疑义。咱们现在使用的手机号码基本上是13或者15开头的，但是这上边居然有16、12、17等等开头的——是不是精神病？而且，这个手机号码是去年年底买的，如果经常用的话这张条子至少也得有好几米了，之所以这么短，是因为中间有相当长的一段时间没有使用。”

范小美说：“大马说得对，这些错误的号码都是相对集中的一段时间内拨打的，此后至少有好个月没有使用。然后就是发给唐五羊那三个短信——时间很清楚。”

欧扬久点点头，表示听明白了。

大马继续道：“就说这个‘王树民，你这个王八蛋’吧，是买号码那天从另一个手机上发过来的，显然是小郝所说的，是买手机的人用他自己的手机发上来试验用的。紧接着，第二个是通电话，也是用那个手机打过来，分明是试验新手机的接听功能。所以我觉得，这是某个人给另一个人买的。”

“而那个‘另一个人’似乎有精神病，在接下来的日子里拨打了许多错号。”欧扬久很认真地说。

范小美道：“而这个脑袋有毛病的人叫——王树民。”

“这就对了。”大马说。

欧扬久歪着头：“嗯，还有别的可能么？”

小郝道:“自然有。另一种可能是,这个王树民是个不相干的人,或者干脆是编造的一个名字。买号码的人仅仅为了试验试验——他也可以叫为张树民,李树民。”

欧扬久看着纸条:“如果那样的话,这个名字就没意义了。”

一时间沉默了。

大马道:“我还是觉得有意义。你们看看,这条子上从头到尾只有这里提到过一个人名,然后就是些错误的电话号码。最后是发给唐五羊那三个短信。最有可能的是,这个手机号码是某人买给一个叫王树民的人的。队长,我坚持认为这个名字有意义。”

欧扬久表示接受,道:“换句话说,是这个叫王树民的人给唐五羊发了短信?你们觉得可能么?”

大伙都想了想。大马说:“从一般关系上看当然是这样,但是需要证实。”

欧扬久马上抓过座机给看守所打电话,然后大声请求看守所把那个唐五羊叫来听电话。然后他点了支烟坐在沙发里等,后来突然想起什么似的问小郝要不吃块水果糖,说话的时候已经从口袋里掏出几块不成型的东西扔在茶几上,随即电话那边有人了,欧扬久坐直了身子:

“喂,唐五羊,你听着……喂喂,你听得清我的话么?我现在问你一个名字,你要说实话,知道就是知道,不知道就是不知道。王树民——王八蛋的王,树,树木的树,民,人民群众的民——有印象没有。”

唐五羊的声音哇哇地响:“没听清,你再说一遍。”

欧扬久提高了声音又说了一遍。

唐五羊沉默了一会儿,大声道:“什么鸟人,没听说过!”

欧扬久厉声道:“唐五羊,你要明白你的处境,给我放老实点。到底有没有印象——王树民!”

“没有!”唐五羊的声音有些不耐烦,“老哥,你是办案子还是……”

喀嚓,欧扬久把电话挂断了。四个人互相看了看。欧扬久想起什么似的让大马把魏文魁的手机号码说一说,然后按照这个号码打过去。

通了,魏文魁的声音传过来:“喂,哪一位?”

“我,欧队长!”欧扬久把声音放平和些,“魏文魁,你别紧张,我只是想向你打听一个人。对,打听一个人——想想看,你听没听说过一个叫王树民的名字,王,国王的王,树,大树的树,民……对对,国民党的民……有没有印象?”

魏文魁的声音有些犹豫:“王树民……王,欧队长,印象里好像没有。不过你等等,我再想想……王树民,王树民……对不起,欧队长,我的社交圈里没有这个人。”

欧扬久:“不限于社交圈,只要你听说过!”

魏文魁:“中央电视台是不是有一个……噢,不对,那个人不叫王树民。欧队长,我真没听说过这么个人。”

唉,拉倒吧!欧扬久挂了电话。

四个人又是大眼瞪小眼。

欧扬久有些沮丧:“走走走,咱们还是先吃饭去吧。晚了就没菜了。”

一行人叽叽咕咕地往食堂走,欧扬久让大家想想,还有谁可以询问。范小美说可不可以问问许晓夫妇?还有老鲁?欧扬久琢磨了一下,认为还是不要着急,以免暴露自己。

范小美突然叫了起来:“喂,咱们傻呀!为什么不给这个买手机的人打个电话试试看呀?”

顿时豁然开朗。

可小郝一句话就使大家哑巴了:“我可不傻,在运营公司就给这个号码打了过去。是个女的,贼横贼横的,劈头盖脸把我骂了一顿,说我性骚扰。”

众人大笑,进食堂各自弄吃的。然后一人一个金属盘子端过来坐下。

欧扬久问:“你说什么话性骚扰人家了?”

“我、我……”小郝有些跳进黄河的感觉,“我他妈说我是公安局的。结果那边说她最烦公安局的,说公安局的没一个好人,打击一大片——然后说我性骚扰。咔,关机了!”

众人又是一阵大笑。

大马说:“队长,看来咱们不得不使用最原始的办法了,请户籍部门帮咱们调查这个名字。”

小郝笑道:“如此之大众化的名字,至少给你查出一百八十个。”

“然后咱们一个一个去排除。”范小美做了个无比绝望的表情。

欧扬久也很为难,挠着头皮说:“名字如果是买手机号码那个女人编的,咱们就没辙了……不行,小郝,你现在就打一下试试,看看那个女人是不是能接受你,试试看——”

“我不说我是警察,我说我是银行的……算了,还是让小美试吧,女人给女人打电话,她不会再说什么性骚扰了吧。”

小美很乐意,赶紧掏出手机对着那个号码打过去。可是很遗憾,对方没开机。

“两条腿走路吧。”欧扬久像没有办法地说,“小郝下午再去一趟电信运营中心,查这个女人的通信资料,从中看看有没有可能找到寻找此女人的线索。如果可能的话,咱们先找这个女人,再考虑王树民的事儿。没办法伙计们,这是确认王树民最便捷的途径。另外请户籍部门给咱们一个王树民的名单,再原始的也要试一试。”

他看看表:“现在已经不早了。歇一会儿咱们还要去见苏老师。对了大马,你把唐五羊踩了苏岷屁股一脚以及苏老师没说的那个情况给小郝说说。他还不知道。”

大马说:“也就是说,只有你可以歇一会儿,我们不可以。”

欧扬久看着他:“是这个意思。”

大马也看着他，好一会儿才道："算了队长，你岁数大，不跟你计较了。现在还有个正经事儿没说呢——咱们一直在聊这个王树民，可是你注意到没有，这些记录的中间部分疯疯癫癫的，但是给唐五羊发的那三个短信却非常有逻辑，这个怎么解释？"

欧扬久打着哈欠，道："这个事儿现在无法解释，因为还没弄清楚根本性的东西，所谓王树民究竟是怎么回事？到底有没有这个人？还都是未知数。"

范小美同意欧扬久的意见，对大马说："你急什么，目前能肯定的是，唐五羊收到的三条短信来自这个手机，至于发短信的是个什么人，不是正查着么？"

小郝看着天花板说："丫头说得对！"

18

苏老师是个面无表情的老太太，目光迷离，一头白发有些蓬乱，脸的轮廓隐隐透出些当年的风韵。但是毕竟老了，又经受了丧子之痛，给人的感觉比较凄婉。欧扬久他们赶到的时候，老太太已经坐在屋里等着了，还泡了一壶花茶。

谈话进行得不太顺，苏老师一开始什么都不愿说，只是反复问一句话，那个凶手能不杀么？人走到那一步也是没办法的事。

欧扬久觉得自己的心有些触动，不由自主地。

这确实是个有文化的老太太，心智不乱，思路也不乱。但是这个问题仍然使人感到意外，他看着老人的脸，听着她把这话说了三遍。随即欧扬久开口了："苏老师，您这是给凶手求情么？您要知道，法不容情！"

老太太没接欧扬久这句话，慢慢地把目光扭到一边。放在膝盖上的手有些发抖。后来她指着大马说："案子的情况我跟这个同志谈过，我把我知道的都讲了,让我重复说似乎没必要了。我的心还要流一回血呀!欧队长。”

看得出,那件事对老人的刺激不是一般的严重。

说了一些安慰的话,苏老师的情绪平复了些。

欧扬久沉吟了一下,说:“这样吧,苏老师,我提问题,你只消用最简单的话来回答。如果有些无法回避的问题使您难过,请您千万理解。”

苏老师点了点头,道:“我当然理解。请吧——”

欧扬久犹豫了一下,然后清了清嗓子,道:“苏老师,首先我想知道,出事那天晚上你是八点多去的金棕榈佳苑。进入那个小区之后您是否碰上过什么人?三个月前,天还是比较热的,您明白我的意思么?”

苏老师嗯了一声:“明白,你是说小区里应该有人是吧?对,我是碰上一两对散步的年轻人,但是人家在谈情说爱,恐怕没有谁注意到我。倒是在苏岷住的那栋楼下边碰上一个熟人,姓马,马老爷子,他也看见我了。”

欧扬久拍拍大马的腿,因为这个问题大马他们没问过。然后他微笑着,看着苏老师道:“然后您就上楼了,是吗?”

“是,我和马老爷子随便聊了几句话就上楼了,我儿子住六楼,我乘电梯上去的。这些情况我都跟这位同志说过了。她看着大马。然后我就开门走了进去……”

记录里说,老太太一进门就看见了尸体,吓得冲上去大叫,当时她还没有意识到人已经死了。问题出在接下来,也就是她没说的部分——她对苏岷进行过心脏复苏术。材料里只是说她发现苏岷死了以后,歪歪倒倒地冲到沙发那里打报警电话。

欧扬久轻声说:“苏老师,我这里要提问一个纯粹的技术性问题——您看到尸体的时候,苏岷是趴着的,还是仰着的?”

苏老师没有马上说话,而是抬起头来再次看欧扬久的脸。很显然,这个老警察提问的方式和他旁边的那个大个子不一样。欧扬久同样在看着她，表情温和。

“是仰着的。”她说。

欧扬久拿出一张现场照片，递过去：“对不起，请您看看，当时您儿子的姿势是这样的么？”

苏老师下意识的闭了一下眼睛，好一会儿才睁开，看看照片：“噢，有些不同。对，这是我给他做人工呼吸时放平的。刚进来的时候，他是很别扭地躺在那里。”

哦，老太太根本就没有想回避那个问题！

多少有些出乎意外，欧扬久想。是的，有些意外——仅仅是“有些”而已。事实上早有心理准备了，因为不顾一切地抢救儿子，对于一个母亲来说几乎不是问题。

但是仍然有些意外。

“您把他放平了，然后……”欧扬久比划了个动作，“进行心脏复苏，是吗？”

“是，就是这样。”苏老师平静了下来，眼睛也略微亮了一些，“我知道你为什么问我这个——因为我上次没说对吗？”

“对，我想知道您为什么没说？”欧扬久点头道。

苏老师的目光移开一些，轻声说：“你要知道，欧队长，我当时完全吓懵了，给他做人工呼吸完全是不由自主的。直到我明白一切都是无济于事的时候，才停住手，慌慌忙忙地打电话报案。”

这个解释完全符合逻辑。

欧扬久转动着手里的打火机，大脑似乎有些纠结。这是很反常的情况。一般状态下，能想通的问题是不会在他心里驻留的，但是这个“符合逻辑”的回答似乎有些挥之不去。

对，挥之不去。

“苏老师，请允许我再问一句，无论如何……我的意思是说，无论如何您……怎么说呢？您似乎不应该忘记这个插曲……也许这么说不太准确，但是我确实认为正常情况下这个行为是应该让我们知道的。您说呢？”欧扬久看着老人的脸。

老太太梳理了一下额上的碎头发，不急不徐地说：“欧队长，您是不是认为这里有什么问题？”

“不不，您不说也没关系，我只能认为您确实觉得那个抢救行为不是什么大事。”

苏老师加重语气说：“事实上的确如此——我毕竟头一次面对警察的提问，一点儿经验也没有。现在我明白了，应该把所有细节都说给你们。对吧？”

话说到这一步，再追下去就显得不厚道了。

欧扬久拿出一支烟，问苏老师可不可以。苏老师从身后拿过一个烟灰缸，说：“抽吧，给我一支。”

两个人点上烟，开始扯一些其他问题。欧扬久问到了老人收养孤儿的事，苏老师很勉强地应付着。后来实在不想说了，欧扬久透出一口气说：“好了，老人家，咱们换个话题——那天晚上您除了碰上那两对谈恋爱的年轻人和一个姓马的老爷子以外，还有没有碰上其他人？”

苏老师似乎感觉到了什么：“我不明白你的意思，凶手不是抓住了么，那天晚上的事情还有那么重要么？”

欧扬久点点头：“我想您应该明白，我们问的每一个问题都是有目的的——因为这个案子还有些不太明白的东西。”

一直没说话的大马插言道：“那个凶手即便最终被杀头，也要让他心服口服。”

欧扬久明白大马这句话背后的意思，因为一开始苏老师就表现出对那个凶手的些许理解（姑且这么说）。这，有些反常。

苏老师似乎没有怎么在意这句话，而是回到了欧扬久的问题上。她说:“有没有碰上其他人不太好说,远远近近的还是有几个人的,但是,那只不过是些乘凉的人。真正称得上碰上的,应该是那个姓马的老爷子。”

到目前为止,谈话应该说还是比较正常的。移动尸体的原委苏老师也讲得比较合理。欧扬久的感觉却仍然有些纠结。他努力放平心态,商量似的:“老人家,我们这么问没有什么不合适吧?”

“噢,当然没有,你可以继续问。”苏老师十分坦然地抬了抬手。

欧扬久点头道:“我想了解了解苏岷和姚芬,您能谈谈么?”

苏老师看着欧扬久,表情平静:“刚才咱们说了,我收养了四个孩子,有两个没多久就跑了,剩下的就是苏岷和姚芬。您是为了破案,还是为了……”

欧扬久诚恳地说:“这个问题我不得不问一下,因为苏岷被杀了,我要尽可能地多了解一些情况。您能不能告诉我,苏岷和姚芬这兄妹俩平时关系怎么样?”

这句话使苏老师多少有些动容,沉默了片刻才道:“实话说,不怎么样。儿子死了,我不想说他什么不好,但是他确实有些不好的地方,至少她不应该借给姚芬一百万块钱。”

欧扬久嗯了一声:“苏老师,我想您是明白的,这个案子和钱有关系。因此我想请您仔细说说这方面的事。我们找过姚芬,但是谈得不太彻底,您能说说么?”

苏老师表面上依然是平静的,但能感觉出,她开始激动了,又点上一支烟,老太太说:“姚芬两口子是商人,商人什么德行我就不说了,但是他们也有拉不开栓的时候我倒是没想过。更没想过她会找她哥哥借钱。欧队长,这些情况你们都掌握了吧。”

欧扬久听出来了,苏老师虽然说了苏岷的不好,但是对姚芬夫妇的厌恶显然更甚一些。他说:“嗯,是的。但是今天主要想听听您的。”

苏老师说:“姚芬他们那个公司搞得怎么样,我从来不太关心,搞出些问题也没有什么大惊小怪的。但是苏岷手里那几个钱毕竟来得不太容易,找谁也比找他好呀。一句话,没有那事就没有后来的……”

老太太说不下去了。

欧扬久叹了口气,道:“也就是说,您认为凶手杀人和借钱这件事有关?”

“那当然。”苏老师看着欧扬久,“没有借钱这件事,凶手就没有理由和我儿子扯在一起!可是这中间有了利益纠纷,事情就不好说了。估计你也知道了,苏岷要了一些股份。”

欧扬久点点头:“于是事情就不一样了。”

“更要命的是,”苏老师有些克制不住了,“不知道什么人把公司内部的情况告诉了那个包工头。唉,造孽呀!那些人都是些什么人哟!可是……我也不是不能理解……他们毕竟已经十个月没拿到工钱了!”

看来苏老师对事情的来龙去脉还是很清楚的,特别重要的是,她这里说“不知道什么人把他们公司内部的情况告诉了那个包工头”,这句话差不多已经切入要害了。至于接下来说到“十个月没拿到工钱了”,正是谈话开始时老太太表现出某种对凶手的理解的根源。嗯,这个老太太一点儿也不糊涂。

“苏老师,您是否听说过苏岷在钱上玩了什么手法?”欧扬久故意没说出那四百万。

苏老师却听懂了,怒道:“是不是说我儿子变魔术变没了四百万——那是姚芬两口子放屁!我就不相信他们那么傻,能让人家把那么大一笔钱变没了!再说了,就算变走了银行卡,苏岷也拿不走钱呀!这纯粹是编出来的谎话。”

看来包工头唐五羊还没有这个老太太明白。

欧扬久看着苏老师道:“老人家,现在比较重要的一个问题是,你是否思考过,是什么人把公司内部的情况告诉给了那个包工头?”

苏老师浑浊的眼睛突然亮了一下，右手抬起来一些，指着欧扬久说："你算问到最该问的问题了。出事以后我一直没停止思考这个事儿。姚芬两口子是不会把公司的内部情况说给外人的，他们瞒还来不及呢！我儿子也不会说，因为他并不是很清楚那些事，也不熟悉那个包工头。我觉得他们公司有坏人——就是他们公司的人！"

欧扬久脑海里又一次冒出老鲁那张脸，但是他说出来的却是另一个名字："苏老师，您听没听说过一个叫王树民的人？"

"王什么？"苏老师歪着头问。

"王树民。"欧扬久努力把这三个字清晰地吐出来。

老太太思索了一会儿，摇头道："陌生，没有听说过，是姚芬他们公司的人么？"

欧扬久道："这是我们正在调查的人，是哪儿的还没搞清楚。苏老师，您刚才说坏人就是姚芬他们公司的，有什么可疑的目标么？"

"没有。"苏老师看上去有些累了，"这个事儿很要命，不能随便怀疑谁。"

欧扬久看看苏老师的样子，扶着膝盖站起来："苏老师，您累了，咱们今天先说到这儿吧。我本来还有两个问题想问您，找时间再说吧。"

"什么问题？"苏老师倒也没有挽留的意思，只是顺口问道。

欧扬久迟疑了一下，说："听魏文魁说，在苏岷上初二的时候，您曾经带着他回老家安庆一年。我想问问……噢，苏老师，您怎么了？"

就在这一瞬间，苏老师突然脸色煞白，脑门上有汗冒了出来，那对浑浊的眼睛闭上了，手无力地抬了抬，说："啊，我确实累了，走吧，你们走吧，我想休息了……"

大马显然感觉到了什么，想追问。欧扬久扯了他一把，两个人轻手轻脚地告辞了。

19

窗外是一片迷迷蒙蒙的雾霾状的东西，使整个城市变得朦胧难辨。但是正前方的电视塔还是看得清的。许晓已经在窗前站了半天了，凝视着那电视塔发呆。姚芬坐在沙发里，很少有地沉默着，她说不清这雾霾什么时候开始出现的，总之中午就有些天阴了，阴得像她此时的心情。

中午许晓说："姓宫那家伙好像听到了什么风声。"

姚芬的脸马上就白了。

老公是个话少的人，这一句比十句还要命。两个人关在房间里一个多钟头了，许晓一直不太说话，脸上阴得能滴下水来。不用问，姓宫的一定传递了什么信息过来，而且一定不是好消息。姚芬中午饭都没吃，胃口一下子就没有了。姓宫的上上下下牵连着一大串人物，形成了一个能量极大的网络。这些年对此网络的慷慨"投入"，使他们两口子获益匪浅。现在，这网络显然要出问题，那么，最先被牺牲掉的很可能也是他们，即所谓的成也萧何，败也萧何——生和死的问题这么快就降临了，极其出乎他们的预料。

"老公，你能不能坐下，咱们商量商量？"姚芬最终还是开口了。

许晓没听见似的伫立不动，他看着那电视塔在雾霾中似乎在漂浮，像一个白浪中的小岛。他喃喃地说："你看电视塔旁边那个写字楼，完全看不见了。"

姚芬心里头一沉，走过去看。果然，那栋写字楼居然一点儿都看不见了。那楼是他们前年盖的，许晓说那话似乎隐含着什么不祥之兆。她靠在许晓的肩膀上，很少有地感受到一种疲乏。是的，一个女人，再强也是女人，也许要依靠，特别是在某种重压到来的时候。

她说："怎么突然一下子就下雾了，太奇怪了。"

许晓更正道："这不是雾，它的学名叫霾，比雾含的水量大得多。你别靠着我，我的肩周炎这几天挺厉害。来吧，咱们坐会儿。"

两个人回到沙发上坐下，许晓拿起茶杯喝了口茶，慢慢咀嚼着一片茶叶，道："姓宫的前前后后拿走咱们多少钱了。九百万有没有？"

"我都记着呢，肯定不止这个数。"姚芬抓过包，想找那个小本子。

许晓摆摆手，意思是算了。他说："这个人其实挺可怜的。我经常觉得他像一条狗，就是猎人打猎的时候带着的那种狗。跑前跑后的，把猎物叼回来，讨好，可是顶多得到一块骨头。那九百万落进他手里的恐怕只有一点点。但是最先倒霉的很可能是他。"

姚芬沉默了一会儿，脑子有些乱。然后道："关键是咱们，他们谁倒霉不倒霉都不重要，关键是咱们——姓宫的说什么了。"

"什么都没说，他给我发了条短信。"许晓掏出手机，找到那条短信看了看，然后递给姚芬。

姚芬看见手机屏幕上有这么几个字——

老兄，你们的保密工作好像没做好。

姚芬的手哆嗦了一下，手机差点儿掉在地上。她看着许晓，眼睛里流露出些许恐惧与错愕交织的神色："难道是……不会吧，应该不会！"

最后四个字几乎是叫出来的，随即她捂住了嘴。

许晓看着她，表情依然沉静："会不会这种话现在最好别说了，风声毫无疑问是从咱们这儿放出去的。但是我不明白，怎么会传到姓宫的耳朵里？很显然，从他的短信看，他一定是从咱们之外的来源听到的。我很担心，姚芬，咱们可能做了件蠢事。"

姚芬无话可说，正如许晓说的，很可能做了件蠢事。就像老百姓说的，一步错，步步错，如今竟发展到生死存亡的境地，还搭进去一条人命。

"老公，我害怕……"她很少有地露出一副可怜的样子。

但是许晓没有可怜她，只是轻轻叹息了一声："现在说什么都晚了，恐怕是咱们的设计出了问题。我、我现在只祈望这是一场虚惊。”

沉默，只有沉默。

姚芬点了支烟慢慢抽着，然后抬起头来想说话，可就在这时，门被敲响了。许晓朝姚芬使了个眼色，提高声音道：“进来——”

门开处，秘书小黄探进头来：“董事长，老鲁想见您。”

这时的姚芬已恢复了常态，她看了许晓一眼，然后问小黄：“老鲁不是到飞机场送人去了吗？”

小黄说：“老鲁说飞机场通知今天不能起飞，他回来汇报一下情况。”

许晓挥挥手：“好了，让他进来。”

小黄的脑袋一闪，不见了。两口子不易察觉地对视了一眼，随即老鲁走了进来。他朝两位老总躬了躬身子，轻轻地把房门关上了。姚芬又瞟了许晓一眼。

“人没走成？”许晓示意老鲁坐下。

老鲁却没有坐。他点点头，说：“机场会通知的，送人的事情不用两位老总操心。”

说完这话，他咽了口唾沫，好像有别的话说。

姚芬说：“老鲁，是不是有事？”

老鲁马上点点头，有点儿虚胖的脸上似乎冒出一层汗珠。他挤了挤那对藏得很深的眼睛，不好意思地笑了一下：“啊啊……是，是有点儿个人的事。可是我……”他的目光特意在姚芬的脸上停留了一下，“姚总，我有些不好意思说。”

“那等你什么时候好意思说再说吧。”姚芬调侃了一句，眼睛自然而然地眯了起来，公司的人熟悉这个表情，这说明女老总在观察你，在试探你，在琢磨你。

老鲁注视着女老总这个眼神，突然笑了：“姚总，您是不是觉得我这个人不太靠得住？”

很突兀的一句话，两个老总同时感到了一种异样的气氛出现了，尽管还是这三个人，但从前绝对没有过这种气氛。简言之，老鲁从来没有这么说过话。

“老鲁，你想说什么?”许晓开口了。

“噢，没什么没什么。”老鲁很笨拙地摆摆手，脸色有些潮红，“许总，我想借点儿钱——钱。”

反常！绝对反常，许晓不动声色地看着眼前这个人，谁都知道，老鲁虽然在公司里仅仅是个司机，但是这个司机和其他司机不一样，怎么不一样，天知地知。用古代的一个名词，可以称之为“宠臣”。但是今天，这个宠臣似乎……有些叫劲——这只有他们能听得出来。

许晓似乎语带弦外之音地叹了一声：“哦，太阳从西边出来了。”

这句话分明是对姚芬说的，类似于某种提示。

姚芬不可能听不出来，她眼珠子转了转，再次笑了：“来来，老鲁，你还是坐下，站着我看着别扭。”

老鲁仍然摆摆手，说：“没事儿，我还是站着吧。两位老总不同意的话，我走着也方便。”

是个人都听得出来，话中有话。

“你要钱干什么?”许晓的表情有些和缓，又有些暧昧不清。“你的工资在咱们公司可是不低的。”

最后这句话分明是提醒。

老鲁哈了哈腰，样子十分谦卑。但是说出来的话并不谦卑：“看来两位老总手头不太方便，算了算了，就全当我没说。我先走了，先走了。”

说着便转身往门口走。许晓在后边叫住了他。

“回来老鲁，你的困难我们会考虑的。”许晓看着老鲁转过脸来，努力使自己做出个笑脸，“你要多少钱?”

老鲁迟疑了一下，然后慢慢伸出一个巴掌：“五十万——老家我三叔要盖房子，张口就跟我借五十万，我凑不出来。”

“你老家有几个叔？”姚芬道，口气已经很硬了。

老鲁看着姚芬，不急不徐地说：“三个，大伯死了，还剩下二叔和三叔。借钱的是我三叔。”

“我知道是你三叔。”姚芬恼怒地说，“问题是你开口就是五十万，是不是以为公司是开银行的。”

感觉上老鲁怔了一下，随即再次哈腰：“息怒姚总。我不借了，唉，我忘了公司的难处了。对不住。”

说完再次往门口走，这回许晓没有说话。

门关上以后房间里依然静静的，只听得见两个人的呼吸。后来许晓无声地在茶几上踹了一脚，震得杯子乱蹦，空气骤然凝固了。许晓没有这样过，姚芬不敢看他的脸，心似乎在往下沉。

“你……”姚芬的目光和许晓接触了一下，赶忙避开，“你觉得他……”

许晓一言不发，房间里突然像死一样沉默。

姚芬终于忍不住了，倏地站起来，声嘶力竭地朝他喊了一嗓子：“你说话呀，难道咱们就毁在他手里么？”

许晓凝视着她，语气依然是老样子：“你说的是姓宫的，还是老鲁？”

“我说的是他们俩，你不觉得是一回事儿吗！”姚芬的眼泪突然下来了。“你说得对，咱们可能真的干了一件蠢事！”

“覆水难收。”许晓喃喃地咕哝了一声，闭上了眼睛。“姚芬，谁都觉得自己最聪明，可直到撞了南墙，才知道根本不是那么回事！”

姚芬盯着许晓那张没有表情的脸，很少有地把声音放得很慢：“你在责备我？”

许晓摆摆手：“不要那么敏感好不好，现在已经无所谓责备不责备了，我担心咱们要完蛋！”

声音虽然不大，却是字字千斤。姚芬无言以对。两个人就这样静默了约摸一分钟,姚芬突然有一种麻木的感觉:“老公,我觉得事情也许没有那么可怕。你说呢……”

许晓沉思了一会儿,道:“怕就怕这只是你的一厢情愿。”

姚芬焦躁地把手指绞在一起:“你是说,姓宫的受到了什么人的威胁?是不是这个意思?”

“对!”许晓十分肯定地在沙发上拍了一巴掌,“而且他认为是咱们漏了风——是呀,只有咱们能漏风。”

姚芬再也说不出话了。

20

欧扬久说过,这个案子很像一个橘子,外边一层皮,里边还有东西。现在,这层皮剥开了一个口子,露出了里边的肉——这是欧扬久亲口说的。而今所表现出的一切都还在他的预言当中,可是老家伙一下午沉默不语,让人心里极其不踏实。

这个情绪显然和面见苏老师有关。

小郝回来了,说情况不是很理想。根据那个女人的手机号码整理出一长串通信记录,但是想通过这些记录找到王树民显然不现实,能找到这个女人就已经很不错了。他把情况汇报给队长,欧扬久嗯了一声就不理不睬了,天知道他在想什么。三个人溜出房间嘀嘀咕咕。小郝和范小美询问大马苏老师那头的情况。大马把情况一一告诉他们。两个人一致认为,很可能是队长最后询问苏老师那个话题触动了什么神经。

是的,没错,苏老师肯定是被触动了。可是队长怎么也被触动了呢?难道苏岷转学去安庆那件事藏着秘密?大马征求二位的感觉。

小美说:“毫无疑问,队长是被苏老师的表情触动了。他那个人满脑子都是问号,这既是他的长处,也是他的短处。”

“可是我不明白，”小郝道，“那么久远的事了，和眼前的案子有个狗屁关系？”

“是呀，有个狗屁关系？”

大马说：“别这么说，二位。咱们不如他的地方就在这儿，今天是历史的延续，永远别忘了这一点。我看见苏老师当时的脸色了，刷地就白了——肯定有问题！”

“有问题谈问题，一个人瞎琢磨什么。”范小美伸着脖子朝办公室里看了看，看见欧扬久仍然一动不动地窝在沙发里，嘴里叼着烟，头发里一缕青烟冉冉上升。她在门上敲了敲。

“进来吧，你们这些家伙！”欧扬久终于有声音了。

大家一窝蜂似的进了屋。欧扬久直了直身子，把烟头在烟缸里弄灭，道：“你们在楼道里嘀咕什么呢？没说我的好话吧？来，谁帮我把鞋脱了。”

他高高地抬起两只脚。

看见两个男人没动静，小美只得走过去把他的两只破皮鞋拽下来，重重地仍在地板上。那两个男人哈哈大笑，欧扬久也跟着笑，然后指指小美说：“小美，晚上我请你吃宵夜。”

小美说：“你这个当队长的越来越不像话了，你是不是觉得这样特开心？”

欧扬久盘腿坐在沙发上，说：“好啦，咱们开个碰头会……”

“开你个鬼！”小美痛痛快快地把他推倒在沙发里。

闹得差不多了，言归正传。欧扬久说道：“我知道你们在琢磨我，明着告诉你们吧，我现在满脑子都是苏老师……”

“慢，队长！”小郝抬起一只手，“听你这意思，外边这层橘子皮还没有剥下来，你就开始惦记橘子里边的东西了？”

“其实两者本是一体。”欧扬久说。“我知道，你们怕弄乱了。不会的，肯定不会的。其实我们从苏老师那儿了解到的主要内容依然是橘子皮这部分。落实了苏老师确实对苏岷进行过心脏复苏。其余的大马也一定告诉你们了。”

小美说:“对,现在基本上弄清了出事那天晚上的基本脉络。咱们还用不用去金棕榈小区调查一下?”

大马说:“去可能还是要去一下的。队长还没有实地看一看。单从苏老师叙述的情况看,显然唐五羊走后和她上楼之前,真凶去过杀人现场。唐五羊杀人走时,苏岷是俯卧的姿势,房门没关。而苏老师上楼后门是关着的,进去以后苏岷已经变成了仰卧。而后苏老师放平苏岷的身体,进行了心脏复苏术。”

“是的,基本情况就是这样。”欧扬久说,“比较麻烦的是,那天晚上能够出面作证的只有个姓马的老爷子——这一点不太理想。我们要想确认苏老师的说法,或者进一步扩大到对真凶的寻找,线索显然太少了。”

小郝问:“队长好像对苏老师还不完全相信。”

小美道:“废话,对谁也不能完全相信。”然后转问欧扬久,“队长,你能不能说说你对苏老师这个人的分析结果?你一个人呆在屋子里那么长时间了。”

欧扬久摆摆手:“我现在什么也说不出来,一直在瞎想。要说什么的话……大马,你回忆一下,有两个地方比较让人琢磨,我一直对这两个地方有一种挥之不去的感觉。”

大马说:“我知道,你指的应该是苏老师有一种为凶手说话的感觉对不对?我也感觉到了。”

“对,这是一点。还有一点,就是苏老师为什么会忽略给苏岷做人工呼吸这个事儿——不应该呀?尽管苏老师解释得比较有说服力,我还是……”

几个人再次把这两个比较小的细节分析了一阵子,但是就像欧扬久所说的，分析不出什么结果，仅仅是一种挥之不去的感觉。

欧扬久挥挥手，仿佛在拂开眼前什么东西："算了，咱们不想这个了。还是说案子——金棕榈佳苑我一定是要去看看的。可能还要跟苏老师再谈一谈。这个老太太很值得琢磨。"

范小美说："感觉上苏老师很讨厌许晓夫妇俩，现在苏岷死了，苏老师可以把许多事情推到许晓夫妇身上。是这样么？"

"正是！"欧扬久十分肯定地点点头，"所以我还要找机会见见她。归纳起来，橘子的这层外皮是越来越清楚了。目前的聚焦点就在那个把公司的秘密泄露出去的人，我们可不可以认为这个人就是发短信给唐五羊的人？"

三个年轻人毫不犹豫地认为就是此人！

欧扬久说："这一点我和你们基本一致，只是我想留一个小小的疑问，既然是公司的重要机密，知道的人应该仅限于许晓夫妇，连第三个人都不应该有。当然，任何事情都有可能发生些意外。目前要做的是，通过寻找王树民，设法找到那个给唐五羊发短信的人，这个小郝没有进展。小郝，那个说你性骚扰的女人还是没开机么？"

"没有。"小郝很恼火地摇摇头，"想他妈通过运营中心找这个女人，可是运营中心非常不配合，我一下午都在和他们磨嘴皮子。"

"别着急，慢慢来。"欧扬久点上一支烟，"刚才户籍部门已经给我来短信了，说他们找到一百一十几个叫王树民的，让我们去排查，这个事儿小美来吧。寻找王树民的事儿先这样。再一件事就是去金棕榈佳苑看看，找一找相关的人，比如那个马老爷子。苏老师进入案发现场的情况目前有所解释，但是真凶的线索还一点儿都没有，争取能找到一些。再就是许晓夫妇，有必要再见一次。你们说呢？"

大家都同意。欧扬久靠在沙发上，有些疲惫地问："想想还有什么遗漏的没有？"

范小美叫起来:“嘿,你装傻呀,苏老师的那个情况你还没说呢?”

“哪个情况?”

“嘿,你真是气死我了!我一直等着你谈那个情况呢——就是关于苏岷初二转学那件事。不是说苏老师脸色大变么?”

欧扬久嘘出一口气,想了想说:“刚才咱们说的是橘子皮那部分。而这个情况显然属于橘子肉了,不知道怎么谈。”

小郝道:“把你的想法谈出来呀!”

欧扬久扭脸看着他:“我说孩子,问题的关键是,我好像一点儿想法也没有。”

范小美叫道:“噢,说了半天你刚才一直呆在屋子里是在冒傻气呀?你不是一皱眉头就是一个主意么?”

欧扬久摊开双手:“不幸得很,这次我真的琢磨不出来。”

大马道:“算了,不跟你磨嘴皮子了。你就说说苏老师突然脸色大变有没有意义吧?”

“当然有!”欧扬久道。

“什么意义?能不能和手里这个案子扯上关系?”

欧扬久站了起来,没有马上说话,他依次把几个年轻人看了一遍,道:“我像你们这么大的时候,几乎没有我不敢想的东西。有些想法后来被证明是无稽之谈。但是也有些想法则把我的思路引向了一个更深的层次。刚才我一直在找的就是能把我引向更深层次的感觉——但是我不得不承认,我老了,没有找到准确的感觉。”

三个年轻人没话可说了。

欧扬久转过头来问他们:“你们有什么感觉?”

大马说:“谈话我参加了,我觉得当时苏老师闻之色变一定是有原因的,这个原因可能源于苏岷。也可能有更深层的东西。”

小美有些皱眉头,似乎明白了队长的心情:“队长,看来你在想更深层的东西是不是？与苏岷有关是无疑的，但是更深层的东西没有往下想的途径，对不对？”

欧扬久道：“完全对。问题就在这儿，一般来说，思想遇阻便是撞南墙了，要想突破，必须展开调查。大马，你心里有个准备，必要的时候，咱们需要对某些过去的事情进行调查，以你为主。比如苏岷初二转学那件事。”

大马看着欧扬久：“这就是你刚才琢磨的结果？”

“算是吧，这是我多年积累的经验。即便调查的结果和案子毫不相干，也应该这么做。”

有人敲门，随即治安科的小胡进来了，递给欧扬久一张光盘，说：“几位都在。这是我们科长吩咐的，我把半年来能找到的收容社会乞丐的录像资料给你们剪了一个光盘，有没有用反正我是交差了。欧队，给根烟抽。”

欧扬久赶紧掏出烟来送上去。

小胡走后，欧扬久晃晃那张盘：“看看，袭击苏岷的乞丐，就属于橘子肉的部分。”

21

再次见到许晓夫妇，双方感觉上都有了些不言自明的东西。特别是姚芬，那对眼睛不像头一次那么肆无忌惮了，是的，有些收敛。欧扬久第一时间就捉住了这个感觉，他心里有了些底。

原本想让小美到金棕榈佳苑去踩踩道，小美却非要跟着来，她说她对许晓夫妇非常有兴趣，于是欧扬久让了一步，带着她和大马来了。小郝还是老任务，去信息中心追踪王树民那条线，也就是那个说他性骚扰的女人。

那条线很重要,小郝虽说满腹牢骚,还是去了。

欧扬久三人是直接上门的,没有事先打电话,结果许晓夫妇恰恰在一起,正好。对于他们的到来,那两个人倒也没有什么惊慌,表现得比较自然,收起桌子上的一堆图纸就坐在了对面的沙发上。姚芬还算自然地笑了笑,但能看出她心里是虚的。许晓依然如故。秘书小黄张罗着给三个警察送上茶,就懂事地走了。

欧扬久摆着脑袋吹开茶叶末,喝了口茶,然后朝那二位笑笑,道:“实在对不住,我们这些不受欢迎的人三天两头来,可能会对你们有负面影响——有什么反应么?”

许晓夫妇互相看了一眼,许晓说:“您多虑了,你们穿便服,没有太大关系。再说……所谓影响三个月前已经有过了。欧队长,是不是那个包工头供出了什么东西?”

嗯,他们关心的果然是这个!

对于许晓的主动,欧扬久多少有些意外。当然,这也从某种角度印证了自己的一些想法——许晓对自己这个处处逞强的老婆八成有些不放心了。

“是这样。”欧扬久果断地免去了所有过渡性言辞,直接进入主题。他知道,自己现在所掌握的情况,已经完全有条件采取进攻性策略了。他目视着对方,眼睛眯成一条缝,“既然两位老总都在,我就不绕弯子了——凶手落网,案子往前突进了一大步,咱们之间的某些交流障碍已经不存在了。我们今天要确认几个比较重要的问题,希望两位老总配合。”

许晓慢条斯理地从那个精致的烟盒里拿了根雪茄,然后把烟盒推倒欧扬久面前:“请,欧队长——您放心,我们会配合的,我俩的手机已经关了,今天上午都是你们的。”

“好极了!”欧扬久不客气地取出一根雪茄,顺手在茶几上磕了磕,然后掏出打火机,但是他随手把两样东西放在了茶几上,说,“我现在很想听听你们二位对唐五羊杀人这件事的想法。三个多月了,估计你们把该想的都想遍了吧?”

这时候需要直接而快速出手,不能拖泥带水。小美抿着嘴笑了,她最佩服欧扬久的这一时刻。因为这一时刻欧老爹的眼神极有神采。

眼见着姚芬的眼皮快速垂了下去,但许晓却仍然镇静自若。欧扬久觉得自己对这对夫妇的特点应该调整一下了,姚芬终究还是不行,有骨头的是许晓。这么想的时候,就见许晓很从容地把雪茄点上抽了一口。

“欧队长,我们从来没有过什么完整的想法。唐五羊杀人可能和公司的运营情况有些关系,但是具体到杀害她哥哥苏岷,这中间有些什么联系,是我们三个多月都没想明白的事。”

“厉害!”欧扬久心中喝彩。许晓的本事终于露出来了——正面回答了你的问题,却等于什么都没说。这还不是最厉害的,最厉害的是,他同时在暗示你,公司的运营情况根本不想隐瞒,这就使你的拳头只能打在软棉花包上。

“许总,”欧扬久却也不含糊,迎头而上,“你为什么认为唐五羊杀人和公司的运营情况有关系,能不能具体谈谈?”

许晓摆摆手指:“不,还是你问我答,这样可能更有针对性。”

欧扬久一针见血地笑道:“许总想看看我们具体掌握了些什么情况,对吧?”

许晓也跟着笑了,化解了脸上的尴尬:“一定要我说,那我就说说。可以这么说,前一个时期是本公司资金最紧张的一个时期,唐五羊杀人应该和这个有关系。也许欧队长已经掌握了,我们欠了工人十个月的薪水,总数高达四百万。”

非常聪明,刚开场就把这个大大的要点化为无形。

“我以为二位还要隐瞒这个呢?”欧扬久低声道,目光始终没有离开许晓的脸,“对,唐五羊提供了这个情节。许先生,我想问问,唐五羊那样的包工头，能扛得起这四百万么？”

“不不，”许晓摆手道，“我们一共有六个工程队，唐五羊只是其中一个，具体到他的那个队，可能……让我想想，可能牵扯到一百一十多万吧。”

欧扬久嗯了一声，目光转向姚芬：“姚总，咱们上次谈话的时候你可一个字也没露啊——不管是四百万还是一百一十多万？”

他一定要把球踢给姚芬的，看看女的怎么说。

姚芬没有太犹豫，抬头一笑：“欧队长，这很重要么？别误会，我想说的是，这对我们公司无疑很重要，但是对于唐五羊杀人，似乎没有什么必然的联系。我那天没以为这个事情一定要说，因为他仅仅是我们的公司财务状况，属于商业秘密。”

果不其然，欧扬久确信他们早就有了准备。但是，无论怎么准备，他们仍是防守的一方，欧扬久当然要采取攻势。

“慢，姚总是不是想告诉我，拖欠工人的那四百万薪水和此案毫无关系？”

“不不！”姚芬有些慌，情不自禁地看了许晓一眼，然后她声音突然提高了一些，“欧队长，我只是说，似乎没有什么必然的联系。”

欧扬久很开心地站了起来，如同在刑警队那样自由地走了几步，然后道：“姚总，既然谈到了那四百万，可不可以就此说说贵公司的运营情况？我以为，有没有必然的联系还不一定呢？别急……”欧扬久朝对方打了个手势，“我想说的是，我们双方看问题的角度不同，你们认为不算什么事的东西，对我们也许非常重要——因为咱们现在谈的是案子，不是盖楼。所以，我是专家！”

姚芬原本是想反驳的，欧扬久的一席话使她老实了。

许晓却不动声色地接了上来：“欧队长，按说公司运营的情况属于我们的商业机密，我太太不愿意谈，想必您能理解。但是现在您把话说到这个分儿上了,那就敞开说说吧——是的,说了你们可能不信,我们这么大的一个公司也有走投无路的时候。前些日子我们账面上的资金非常吃紧,只有不到二十万元了。至于原因么,很复杂,一方面是做砸了一笔金融市场的投资,更重要的是,战线拉得太长,投入了太多的资金,说俗了,就是买了太多的地皮……总之,资金链差一点儿就断了。"

小美插嘴道:"资金链断了是不是就等于破产了?"

许晓看了小美一眼:"你可以这么理解。但是,毕竟没有断裂。我刚才说,我的账上还有二十多万。"

"后来你们怎么又有钱了?"小美逼问一句。

许晓这回连看都没看小美,道:"很简单,我们出让了一块地皮,你们可以去查。"

大马拍拍小美的手背,把话题拉回来:"那么请问,你们既然有二十多万,为什么不给工人发工资?"

许晓笑了,分明是笑大马的外行:"这位同志您可以算算账,我欠薪十个月,共欠四百万,一个月就是四十万。也就是说,我即便把账上的钱全发给工人,也只能解决一半人的薪水。一半人拿到了钱而另一半拿不到……几位想想,是不是比不给还可怕?"

"嗯,有道理。"欧扬久表示能接受这个解释,"许先生继续。"

他已经对这个滴水不漏的许某产生了兴趣。

许晓把熄灭的雪茄重新点上,慢慢地抽着说:"所以就出现了欧队长盯着不放的那个情况——唐五羊杀了人。我和我太太一致认为,唐五羊杀人不排除和欠薪这件事有关,但顶多是间接的关系,因为死者并不是我们公司的人。欧队长,我觉得我已经说明白了。"

欧扬久笑着坐回沙发上,道:"看看,咱们开始剑拔弩张了。特别是许总,你好像已经准备好了对付我们的所有问题。"

许晓瞟了欧扬久一眼,牵动了一下嘴角:"没办法欧队长,咱们共同面对的是一起既严重又严谨的事件，需要认真对待。我想我没错。”

“没错，当然没错。”欧扬久看着他，慢慢地收敛了笑容，然后用慢而且低的声音缓缓问道，“那么请问两位，唐五羊说那四百万被苏岷变没了——这是怎么回事?”

出手极快！眨眼间抛出了那个要命的问题。

许晓夫妇沉默了一下，但不是很惊慌。随即许晓拍了拍姚芬的皮包：“这事儿是你造成的，你说说。”

大马和小美也一齐看着姚芬。

姚芬被他们的眼神看得有些发毛，避开他们的目光，反倒把脸转向欧扬久：“事情……事情是这样的，欧队长。因为我们和我哥借了一百万块，这你是知道的，为这一百万，我们给了他百分之一的股份，还立了字据。”

姚芬说着从皮包里掏出一个不大不小的夹子，从里边找出一张折叠着的纸，递给欧扬久：“您看看，这字据上写的一清二楚。我们一人一份，不知道你们找到我哥那张没有。”

欧扬久接过字据看了看，借钱给股，写得确实很清楚。他摇摇头说：“我们没看见苏岷那份。”

许晓插言道：“一定在她干妈那儿。他哥什么都跟她干妈说。”

小美道：“我插一句，你们后来那化解欠薪的钱，就是你们出让地皮的钱?”

“不错，正是。”许晓说。

欧扬久把字据还给姚芬，很清楚，他们夫妇已经完全有所准备了。但是，必须听听他们的说法，因为这个情节是唐五羊杀人的动因，非常重要：“姚总，我现在想听的是，你哥哥怎么把那四百万变没了?”

姚芬故作不解地叫道：“你忘了么？欧队长，他是魔术师啊!”

“魔术师也不可能变走四百万呀！那是多大的一堆!”欧扬久比划了一下。

姚芬噢了一声，叫道："不对，欧队长，那仅仅是一张卡！"

欧扬久怔了一下，而后夸张地在脑门上拍了一巴掌："哦，原来如此。说说看，他是在什么情况下把这张卡变没了？"

这时双方之间的气氛已经变得十分古怪，不好形容。

姚芬喘着粗气，感觉上有些招架不住了似的。许晓则不同，平静如常。他恐怕看出了欧扬久是故意这么问的，口吻中有几分不悦："欧队长，我相信你不会真的以为我太太背着四百万去他哥哥那儿吧，这么问有意思么？"

欧扬久进一步体会到这家伙的厉害，耸耸肩道："对不起，我必须把每一个细节弄明白。请继续——"

姚芬清了清嗓子，道："事情是这样的，那天我去见我哥，告诉他我们可以还他那一百万块钱，并给他十万块钱的利息。希望他把那百分之一的股份归还给我们。当然我太大意了，或者说根本没想到他会做手脚，我给他看了那张存有四百万块钱的卡，又拿出了刚才您看到的那份字据。当时不少东西摊在茶几上。结果，我哥拒绝了我的一切要求，还和我吵了一架。我气哼哼地回到公司，马上就发现那张存有巨款的磁卡不是原来的那一张了。于是，我马上返回去，结果我哥没在家。"

"变没了？"欧扬久歪着脑袋看看对面那夫妇俩。

"对，只有这一种解释。"许晓道，"她哥哥是玩儿牌的老手，怎么想象都不过分。"

"你们怎么面对？"欧扬久追问一句。

"当然要通知银行，冻结这笔钱。"姚芬说，"你们可以去调查。"

欧扬久相信这个情节是经得起调查的，于是迅速摆脱这个话题，调转了说话的角度："听着两位，我现在就要问到最关键的问题了——请你们解释一下，这个仅仅集中在你们夫妇与苏岷三人之间的情节，却如何成了唐五羊杀害苏岷的直接诱因？不妨告诉你们，唐五羊是得知了苏岷所作的手脚，才杀人害命的！"

这是一记重拳，是欧扬久留在最关键是使用的。

随即他明白，这记重拳见效了。眼看着那对夫妇同时噤声，失去了所有的攻击性，姚芬的脸完全是不由自主地变成了惨白色。老练的许晓也抖动了一下嘴角。

房间里一时间静得可怕，只能听到壁钟的滴答声。

"欧队长。"许晓声音依旧地开口道，"从一般道理上您说得是对的，不应该有人知道这个秘密，但是有一个可能是存在的，"他抬手指了指那扇房门，"我们不敢肯定会不会有人无意中听到……"

所有的目光都集中在那扇门上。

欧扬久无声地站起身，走到那扇门前，把门拉开个缝隙，他看见不远处坐着的秘书小黄。然后他扭回头来，轻声问："你们是不是想说，在无意之中外边的人听到了你们相关的议论。"

许晓郑重地点点头："对，只有这种可能！"

"谢谢。"欧扬久依然让门敞着一条缝，而后款款地走回来，"我们的问题基本上就是这些。最后还有一张盘请姚总看看——那个机器能播放光盘么？"

他指指墙角。

姚芬点头道："可以。但可不可以问问是什么内容？"

欧扬久笑道："乞丐，是一些乞丐的录像资料，不是发生过乞丐袭击你哥哥的事么，麻烦看看这里有没有那个袭击者——"

十分钟后，三个人轻快地离开了公司大楼。

"怎么样，伙计们，是不是很过瘾？"欧扬久情绪很好。

大马和小美对视一眼，同声说："不——过——瘾！"

欧扬久一边一个地搂住他们的肩膀："结束得太快了，是吧？"

"可不！"小美道，"你为什么不能再追问一下，他们两口子眼看着就快招架不住了。”

欧扬久道：“NO，NO，你小看他们了，他们绝对坚持得住。”

“为什么？”

欧扬久道：“想想，那两口子一句话就把接下来的所有可能都堵死了，何等高人。有人从门外听到了，多聪明的解释呀——是的，哪怕它生硬得要死，不自然得要死，可你无法反驳？对不对？所以他们只需咬死这句话，就平安无事。”

大马道：“队长，我想知道的是，他们这句话是真实的么？”

“绝对真实！”欧扬久毫不犹豫地说。“因为这是唯一的可能。”

两个年轻人想了想，确实如此。

小美道：“队长，你是不是觉得那两口子前面所说的也都是真实的？”

“我没那么说，但是我相信他们认真地权衡过利弊，因此，其中真实的部分还是占有较大的比重。”

“比如说呢？”小美盯住不放。

欧扬久道：“比如说他们公司的运营情况。你一定想说他们运营中肯定有黑幕。是的，绝对有！这里有许多种掉脑袋的可能，比如豪赌、洗钱、贿赂，以及……这么说吧，非主业以外的名堂多得很，随便插手哪一项，都可能使他们一夜暴富或者一夜输个精光。但是正因为他们可能这么干了，那夫妇俩才会把即将面临的种种可能全部考虑进去，用来对付我们。你们不觉得他们设想得非常全面么？”

小美道：“明白了，就像去年咱们破的那个铜爵命案。你说过，越是设想得完整全面，越有可能做鬼！”

欧扬久道：“对，丫头，心中无鬼的人根本用不着去设计，懂么？别看他们今天对答如流，恰恰证明了他们心中有鬼！”

“那么，乞丐问题呢？”大马问。“姚芬说一个都不是？真实吗？”

“真实。因为相关的线索原本就是姚芬提供给咱们的，她用不着隐瞒这个?”

“把乞丐的事情拿出来说,会不会是她声东击西,转移咱们的注意力?”小美不放心。

欧扬久早就想过这个,道:“有可能存在你说的这个目的,但是那个线索是客观的,不管他是什么目的,我关心的是那个线索。也许那个线索本身和姚芬无关,但会不会和苏岷有关呢?”

小美琢磨了一下,点头道:“嗯,有道理。队长,你这个人特像海里头那种八爪鱼,所有的东西都要抓住。”

欧扬久笑道:“当然要抓住,所有的情况都不能忽略。那个乞丐咱们还是要继续找的。”欧扬久看看天,“丫头,现在我命令你留下,等一等那个小黄秘书。听着,见了她好好问一下,门外能听到里边的说话声么?记住,这里感觉上有很大名堂。至于还问些什么,你根据情况掌握。”

小美急了:“你这个老家伙!怎么又是我?”

欧扬久还没说话,大马却看着天道:“这是人民对你的信任,丫头。”

22

欧扬久三人走去的时候,许晓一直站在窗前注视着。此刻,三个人早就消失在他的视野里,他却仍然站在那里不动。已经熄灭的雪茄烟叼在他的嘴角,在窗前形成一个沉静而严肃的剪影。

他的夫人窝在沙发的一角,如同一只生了瘟病的母猫。房间里很暗,只有窗口的天光投射过来一些,在她的脸上涂抹了一层病态的苍白。

墙壁上的钟依然从容不迫地走着,滴答、滴答……

“老公,”姚芬终于叫了许晓一声,把长长的腿收了回来,半高跟皮鞋从脚上掉下来,在地板上磕出一个声响。“你能不能让小黄送两杯咖啡来,我怎么觉着浑身一点力气也没有啊?”

窗前那个人踱了回来,无声地在妻子对面坐下。

他没有叫咖啡,而是面无表情沉默了一会儿,然后吐出一口长气:"坐起来好不好,你那是太过紧张造成的应激反应。"

说完这话他仰起头来看着天花板,口气中生出一种由衷的赞叹:"姓欧的简直是个艺术家呀,老婆——看来人们把他吹得神乎其神是有道理的,就是个艺术家。把破案搞得有声有色,有缓有急,有高有低,一会儿如疾风摧树,一会儿又如雨打芭蕉,游刃有余,却又点水不漏,辗转腾挪似凌波微步,虚实有度若……"

"别闲扯啦!"姚芬气急败坏地喊了一嗓子,忽地坐了起来,"我这儿都快疯了,你还有心思玩儿什么酸文假醋,有病啊!"

许晓朝她嘿嘿一笑:"我很正常,老婆。我问你,刚才咱们应对姓欧的可有漏洞?"

姚芬缓了口气,有些吃不准地说:"好像还行。"

"对呀!"许晓一拍大腿,也就是说我和他打了个平手——亲爱的太太,能和欧扬久打个平手,难道不值得我得意一回么?"

姚芬差一点哭出来,却笑了:"你真是个疯子!"

许晓歪着身子,尽可能把身子松弛下来,认真地说:"老婆,看来你还不真正了解我呀,我是个喜欢挑战的人,而且要战而胜之。没输给姓欧的,就是一大胜利!"

姚芬却没办法使自己乐起来,忧虑地说:"你觉得你和他打了个平手,真的么?说不定人家已经抓到咱们什么把柄了呢?"

"不!"许晓一摆手,"我刚才从头到尾地想了好几遍,没有漏洞。公司的内情咱们没有隐瞒。你哥哥把钱变没了死无对证。最重要的是,最后咱们强调了有人在外边听到了我俩的谈话,将最重要的疑点给出了最合理的解释。此三点,毫无漏洞。"

姚芬说:"你觉得最后一点他们会相信么?"

许晓说:“他们相不相信都没有关系,因为那是真实的!真实的就是主动的,你明白么?”

“滚你个主动吧,主动还把我紧张得要死。”

姚芬站起来,打开房间的顶灯,因为天已经很暗了。然后她开门让小黄弄两杯咖啡来。小黄看了看表,去了。姚芬也看了看表,叫住小黄说:“算了,咖啡不要了。你下班吧,我和董事长还有一点小事。”

小黄问:“要不要老鲁等一下?”

姚芬有些烦的样子:“还用说么,他是司机!”

说完关上了门。

小黄怔怔地对着那房门看了一眼,走了。

许晓对耷拉着脸的姚芬说:“你应该注意自己的情绪,特别是警察来过之后,我不是嘱咐过你么?”

说这话时,许晓满脸的志得意满已经退去。又恢复了以往的面部表情:“老婆,你觉不觉得咱们应该跟宫秘书长联系一下。”

“你要是能跟姓宫的也打个平手就好了。”姚芬不冷不热地嘀咕了一声,坐下,“说老实话,姓宫的那个短信闹得我一晚上没睡好,吃了好几片安眠药。”

是呀,许晓仰在沙发里,默默地发了一会儿呆,然后又坐直了身子说:“是呀是呀,真正的心病——王八蛋,他到底是试探咱们呢,还是真的受到了什么人的威胁?”

“他有必要试探咱们么?从咱们这儿拿到过那么多好处,有什么话不能直说。”姚芬有些愤愤然。“索性跟他摊牌!”

许晓恼了:“信口胡说!摊什么牌,下一步的贷款还要指望他运筹呢,否则咱们的危机还在!说句不好听的,他要是完了,咱们也就差不多了!”

姚芬无力反驳他这句话,耷拉着眼皮沉默了一会儿说:“唉,我现在宁肯他是在试探咱们,撑死了再给他点钱——怕就怕他真的受到了什么人的威胁。老公,他为什么给咱们发那么一个不清不楚的短信,有话不能直说么?”

“不会是天意吧?”许晓眉头紧锁,“怕是咱们还没死在姓欧的手里,先要死在姓宫的手里了——不行,我要给他打个电话……”

他一下子坐起身子,抓过了茶几上的手机。

姚芬扑过来,一把摁住了他的手:“别……你想没想好?”

许晓沉思了片刻,道:“你别紧张,我知道怎么说。来,用你的手机,他总不会连你都不理吧。”

姚芬犹犹豫豫地把手机递给他。许晓咬了咬嘴唇,毅然拨通了宫秘书长的电话。

通了。响过几声,传来了宫某的声音:“喂……”

“是我。”许晓靠在沙发上,眼睛看着暗下来的窗外。他听见姓宫的发出一声短促的笑。

“我就知道是你——你老婆一向不愿意跟我交流。喂,你们俩是不是在一起?”

许晓嗯了一声:“是,我们一直在分析你……谈不上紧张,我们是不解。秘书长,你能不能直说,你那个短信究竟什么意思?”

宫某的声音有些沙哑:“不会吧许总,意思很清楚呀!”

许晓道:“我是不是可以理解为,你受到了什么人的威胁?”

姓宫的又发出一声短笑:“我觉得我已经说得很清楚了。”

许晓迟疑了一下,说:“秘书长,咱们不是一天两天的朋友了,说话从来很爽快,容我直截了当地说一句,如果是我们什么地方做得不周到,您说出来就是了,不必……不必过于含蓄。”

宫某古怪地嘿嘿了两声,突然严肃了:“许总,你是个聪明人,应该明白事情的严重性。你觉得我是个随便说话的人么?既然发了那样的短信,就证明……(突然咳嗽起来)”

许晓把手机拿开些,看了老婆一眼,一直等到咳嗽停息,才开口:“您慢慢说,就证明什么?”

宫某说:“就证明你们的事情泄露了!”

“不会吧!”许晓又看了老婆一眼,声音提高了些,“莫非有什么人对你说了什么事?”

姓宫的一字一顿地说:“匿、名、电、话——注意,许总,有人暗示我,你们夫妻俩做了件很可怕的事!”

许晓沉默了,心脏好像挨了重重的一拳。对方说得很明白,确有人给姓宫的打电话:“这样好不好,咱们见上一面。详细谈谈?”

“不!”姓宫的断然拒绝,“你不认为咱们这种时候应该保持距离么?说不定暗中有人盯着你我呢! 现在你告诉我,你们究竟做了些什么? 姚总她哥哥的死,究竟和公司的事有何关系?”

不用再问了,事情确实发生了。

许晓努力地平静着自己的声音,道:“秘书长,我们公司在您的帮助下已经度过了难关,整个过程您都是清楚的,这和姚芬她哥哥的命案扯不上关系!”

对方再次发出几声嘿嘿的冷笑,随即戛然而止:“许总,你觉得咱们现在还有必要辩解么? 你应该好好回忆回忆,是不是什么时候把不应该让外人知道的情况说了出去。我提示你一句,姚芬她哥哥是不是把好几百万块钱变没了?”

许晓打了个冷战,周身突然有些发木,心里恶骂了一声,口吻竭力放低了些:“我……我不明白您说的……”

对方的声音也软了下来:“好了,我知道你现在相信了我的话。因此许总,咱们不说什么渡过难关的话好不好。你我心里一清二楚,难关还没有过去,你还需要一大笔融资才可能活命。而这个时候,咱们遇到了来自暗处的威胁,这就是现实! 事情必须摆平,这就是你应该做的。时间不早了，我还要陪曹副书记去见几个韩国人，有什么话再找时间……”

“好吧。”许晓知道只能说这些了，“那……我们保持联系。”

关了手机，他感到浑身无力，口干舌燥。姚芬问了他句什么，他没听清。然后他转过身来，看着妻子的脸说：“姚芬，也许咱们真的把事情搞砸了。”

姚芬声音有些发颤：“姓宫的说了些什么？”

许晓在房间里走动起来，腰有些佝偻，仿佛一瞬间老了十岁。外边的天已经彻底黑了，好像刮起了风。许晓走到窗前朝外看了一会儿，然后双手在脸上用力搓了好一阵，声音感觉上平静了一些：“姚芬啊，小不忍则乱大谋——当时我好像说过这个话。唉，可惜我仅仅这么说了说，没有坚持，结果……天要灭我呀！”

姚芬无话可说，她不再追问了，她知道，事情确实变得充满危机了。她走过来靠着许晓朝外看。许晓搂住她的肩膀，她哭了。

“老公，姓宫的他……会不会……”

许晓摆摆手指头：“别着急，别着急，我感觉他还不至于。说句不好听的，真到了走投无路的地步，姓宫的那一串大大小小，都是咱们的垫背的！”

“噢不！”姚芬最怕听的就是这句话，“只要再弄进一笔资金，咱们就活了——难道姓宫的不懂么？”

许晓的脸上泛出一个可怕的微笑：“……所以，事情还没有坏到不可收拾的程度。走，咱们该放松一下了。洗脚去吧，然后吃点东西。”

两个人关了灯，走出房间。

楼道里很暗，姚芬搂紧许晓的胳膊，走到电梯口她仰起脸来对许晓说：“老公，你觉得咱们是不是可以考虑弄五十万给老鲁？”

许晓看看左右，低声道：“只怕给都给不出去了……噢，不说了，隔墙有耳。”

不幸被许晓言中，当姚芬随后说出可以借给老鲁五十万元时，老鲁一边发动车子一边谦和地说："谢谢姚总，钱，我搞到了——咱们直接回家，还是……"

"去洗脚。"许晓淡淡地吐出三个字。

"明白。"

车子朝前滑出一段，而后无声地加速，驶上了夜晚都会的车流。

23

"等等，小黄。"

一侧的梧桐树后闪出个女孩子，压低声音叫了她一声。

小黄停下脚步转过头来。她认出那是刚才三个警察中的那个女警。说实话，她挺喜欢这个女孩子，她长得有几分像许晴，却比许晴多出些英气与野性。小黄朝女警笑了笑，眼看着自己乘坐的那路公交车开走了。

"能跟你说几句话么？""许晴"笑着朝她眨眨眼，"耽误你坐车了吧？要不我请你吃冰淇淋。"

小黄又笑了笑，随即望了望远远近近逐渐亮起来的霓虹灯。

"你一直跟着我么？"

"是呀，我一直在后边看着你走路。你走路真漂亮，像模特似的——你是不是学过？"范小美引着对方离开了马路边，然后从行道树边上穿过一排万年青，朝远处那家不起眼的冰淇淋小店走过去。她真的很高兴和这个女孩子谈谈，因为她很让人喜欢。

小黄跟着她，似乎很认可她的恭维。她说："你是不是有什么很机密的事情要跟我说——但是我觉得你应该去演电影。"

对于小黄这前后不搭的话，范小美报之以微笑，说："演电影真的那么有意思么。我接触过一个导演，整一个大流氓。"

两个女孩子同时大笑起来。这时她们已经进了冰淇淋小店的店门。有一个穿得和饭店服务生差不多的男孩子把她们引到一个靠里边的角落。范小美一边走一边告诉小黄，自己喜欢现在的职业，比较刺激，同伴也好。

小黄说：“你们那个瘦老头子感觉上挺神秘的。”

范小美招呼她坐下，凑近说：“不瞒你说，我就是因为有他才干得这么起劲儿的，换成别人我早跑了——给你来一份哈根达斯好不好？”

“你呢？”小黄很优雅地坐下。

范小美让服务生弄两份哈根达斯，然后坐下说：“你一个月拿多少钱？”

小黄说：“你呢？”

范小美算了算，说：“差不多能吃两百份哈根达斯。”

小黄笑道：“我比你多吃三十份。”

“是呀是呀，你是个小白领呀。我呢，一个……”她收住口，没有说下去，眼睛朝四周瞟了瞟。然后压低声戏谑道，“一个走到哪儿都不招人待见的警察。别笑，你是不是挺怕我的？”

小黄还是忍不住笑：“我干吗要怕你？我又不是坏人。”

范小美聪明而灵巧地把话切入进去：“可是你们公司有坏人。”

小黄这回不笑了，就那样怔怔地看着范小美。随即冰淇淋上来了，两个人开始吃。

小黄说：“你盯着我，是不是要打听什么事？”

范小美的眼睛眯起来，这是被欧扬久传染的，一琢磨事儿就这样。她揉了揉鼻子，对小黄说：“话说到这儿我就不绕弯子了。你知道，我们来找你们老板是为了调查姚总她哥哥被杀的那个案子——那个案子你们都知道了吧？”

小黄点点头：“这种事情传得可快了，谁不知道？可是我不明白，事情已经过去好几个月了，难道还没结束么？”

范小美点点头：“是的。看起来你并不太清楚那个案子的情况，这么说吧，三个多月了，那个杀人凶手一直没有抓到，案子就没有进展。现在这个人落网了，所以，案子重新启动。小黄，估计跟你说案子的事你不一定感兴趣，我找你是想问一些我们感兴趣的事。你不会对我产生反感吧？”

“不会，你这个人挺好的。”小黄的话很由衷，“可是我一个小秘书，能帮你们什么忙？而且……”

小黄似乎有些难言之隐，范小美让她直说。

小黄说：“我这个人胆小，如果因为我的话使什么人倒霉了，我会睡不着觉的——你、你刚才说我们公司有坏人？”

范小美大口吃着冰淇淋，说：“这些东西你不要想得太多。你首先要相信我是正义的化身，我——正义的化身！你如果相信了这一点，咱们的谈话就顺了。”

“当然，我相信。”小黄点头道。

范小美笑笑：“好了，我现在问第一个问题——你在你们公司干多少年了？”

“三年多一点儿。”小黄看着她，“三年半不到。”

“你们公司的经营情况你是否了解？三年多了，感觉也会感觉出一些。”范小美不留神把一大块冰淇淋掉在桌面上。

小黄对这句话反应了片刻，道：“可能不行，我说不出我的感觉。我就是一个小秘书，干的都是杂务事。我就是觉得老总们忙忙叨叨的，一会儿高兴，一会儿发愁。反正……反正挺忙的就是了。”

“最近半年呢？公司的经营好像出了些问题。”范小美不得不引导她一下。

小黄思考了一下，点头道：“对，似乎是。据说我们许总去了两次澳门,据说是去赌钱了。”

“OK,你上路了。”范小美又把一块冰淇淋掉在桌面上。她看看左右,飞快地埋下头把那块好东西吸到嘴里。

小黄朝她笑起来:“你这人真逗!”

“你说你们老板去澳门赌钱?”

小黄也不安地看看左右:“不要传出去啊,是老鲁对我说的。”

“就是那个司机么?”

“对,他可是个能人,公司的事情他都知道。两个老板的心腹。”

“他说没说许总为什么去赌钱?”范小美小心地问。

小黄认真地说:“老鲁说公司可能有财政危机了,许总不得已才那样做的。”

“结果呢?”范小美追问。

“结果我就不知道了,老鲁没再跟我说。”

范小美用纸巾擦擦嘴角,道:“看看,我说你上路了嘛——刚才说的就是我想知道的。你还知道些什么?”

小黄摇摇头:“大概就这些了。”

范小美转移了话题:“你一天到晚就坐在老总的办公室外边么?”

“是呀。我是个小秘书呀!”小黄好像觉得对方有些大惊小怪,“我的学历不行,能干上这个已经很不错了。”

范小美凑近一些,低声问:“那我问你,你坐在外边,老总在里边说话你听得见么?”

“听不见。”小黄看着小美,“你问这个干吗,觉得我是特务?”

小美没理睬她的话,追问:“有没有可能听到一言半语?”

“你这个人什么意思?”小黄不高兴地站起来。

小美赶紧让她坐下,解释说:“怎么说翻脸就翻脸了,我不是你姐们儿么!我们谈的是很重要的问题对不对?我这么问是有道理的,你不用懂,只告诉我有没有可能?”

小黄沉默了一会儿,又仰着脖子想了想,说:“除非老板没关好门——哎,我问你,你诡诡秘秘的把我弄到这儿来,什么意思吗?怕别人发现?”

范小美直起腰,靠在沙发背上:“我怕人发现?笑话。我们进进出出你们公司都是公开的,我怕什么?我是不愿意让别人看见你和警察接触,为你着想,懂不懂!”

小黄看着范小美,似乎懂了。却突然有些紧张:“喂,我好像真的不应该和你接触,你们这些人太……”

“太什么?”范小美问。

小黄摇摇头:“我不说了,反正咱们俩一出这个门就谁也不认识谁。真倒霉,我怎么扯到你们的事情上去了。”

范小美轻轻地拍了一下桌子:“真扯淡,你忘了我是正义的化身了——继续吧,能不能谈谈老鲁这个人。”

“不谈了。”小黄把脸扭开……可是突然,就见她突然间脸上绽开了花一般站了起来,“天哪,姚菲!姚菲——”

范小美顺着她的目光看过去,就见小店门口进来一个个子高高的姑娘,大眼睛,长脸,头发染成酒红色,一副大大咧咧的样子。可能是小黄的音调太高了,她吓着似的转过头来。

“姚菲——”

小黄冲了过去。那个姑娘似乎突然间认出了冲过来的人,嗨了一声,一下子把小黄拥进怀里。范小美看着这一幕,半天没反应过来。

随即小黄松开双手,转身对小美叫道:“嗨,姐们儿,你知道吗,我们俩已经快十年没见了。她是我的死党!”

范小美无言以对,只能朝她们傻笑。

那两个人说了一阵子,小黄再次扭过头来:“嗨,姐们儿,你简直太伟大了,你知道么?她今天晚上就要赶火车去北京,从那儿去澳大利亚——

你说说，如果你不把我弄到这儿吃冰淇淋，我们俩就错过啦！”

范小美这才知道自己无意之中成全了一件好事。

不过谈话显然无法继续了。拉倒吧，这个小秘书恐怕也就知道这些了，别为难人家了。小美快快乐乐地和小黄分了手，心中很是愉快。她走在路上，享受着秋天夜晚的惬意，然后给欧扬久打了个电话。

欧扬久什么也没问，只是让她赶快回队里去。说小郝好不容易弄清楚了，骂他性骚扰的那个女人叫丁宝玉。

“见他娘的鬼了，咱们又不是红楼梦，怎么冒出个贾宝玉？”

“丫头，你耳朵有问题么？丁宝玉！又是一个大海捞针呀！”欧队长的声音听上去比较焦虑。

24

小美回到队里的时候，小郝已经窝在沙发里睡着了，手里攥着半根香蕉。大马说小郝现在很容易疲劳，结婚以后身体明显不如从前了，那个生龙活虎的小郝已经变成了明日黄花。

范小美对欧扬久说：“队长，大马这家伙表面上看挺老实的，其实一肚子龌龊。说说看吧，那个贾宝玉有没有戏？”

欧扬久说：“我说丫头，原本让你去梳理户籍部门帮咱们找到的那一百多个王树民，你却非要和我们去见许晓夫妇。现在又出了个丁宝玉，你说这事情是不是越堆越多了。怎么办？”

范小美指着大马：“让他去呀，我负责王树民，他负责贾宝玉！”

“再说一遍，丁宝玉！”欧扬久非常无可奈何地打了个哈欠，“走吧，咱们几个出去找点饭吃，让小郝睡一会儿——我就不明白，找个人怎么这么难。小美，你怎么还不动，吃东西呀丫头！”

小美嘿嘿一笑，道：“本小姐已经吃过了，和那个小黄吃的哈根达斯！”

“哈……哈什么斯?”欧扬久没听说过。

大马说:“那是一种有钱的阔太太吃的东西,一种非常高级的冰淇淋。一份至少二十块呢!”

“噢,什么鸟冰淇淋那么贵。小美找时间请我吃一回。现在我命令你,丫头,跟我们出去吃,顺便把你了解的情况说一说。”

三个人关上灯出了门,路上范小美把从小黄那儿得到的情况一一述说给他们俩听,两个人听得很认真。

街上,行人三三两两,都是酒足饭饱那种。小美问那两个人为什么到现在都没吃饭。两个人互相看看,大马说:“不瞒你说,离开许晓那儿以后,我们又去了苏老师那儿,结果刚刚触及相关的话题,苏老师就恼了,把我俩轰了出来。”

小美哈哈大笑:“也就是说,欧扬久这张名片并不是到哪儿都管用?恐怕你们又触到人家的疼处了。”

“说得对,丫头。”欧扬久一脑门的官司,“苏老师一直回避苏岷初二转学那件事。因此,我们商定,大马从明天开始,带着一组的小丘调查这件事。你什么意见?”

小美拿腔作调地说:“我看不出这件事有什么调查的价值,那是几十年前的事了,为何还要浪费人力?大马应该派去处理王树民和贾宝玉那事。我和你,去金棕榈佳苑调查。”

欧扬久点点头:“对,主要的工作内容目前就是你说的这两大块,一个户籍部门,一个金棕榈佳苑。但是人事安排不能听你的,大马必须去调查苏岷转学那件事,王树民和丁宝玉的事归你,我带着小郝去金棕榈佳苑。”

小美顿时发作了:“见鬼了,队长,怎么把贾宝玉也扔给我了,让不让我活了!”

大马阴险地笑了:“你现在还是生龙活虎的,理应多干些事情。而且我已经同意了队长的安排,调查苏岷转学那件事。至于你说我一肚子龌龊，我不反驳，什么时候你嫁了人，就知道男人有多累了。是吧，队长！”

欧扬久没理大马的话，东张西望的，随后朝路对面一指：“走，过马路，咱们去吃大排档。丫头，不用扯别的了，当男人是挺不容易的，哪有机会吃二十多块的冰淇淋——不过，你带回来的情况很有意思，特别是那个老鲁。大马，吃完饭咱俩去见见这个人。”

“今晚么？”大马有些兴奋。

“对，吃完大排档。”欧扬久的眼睛已经眯了起来。

“我也要去！”范小美的眼睛也眯了起来，“你们走到哪儿我跟到哪儿！”

“我去男厕所！”欧扬久终于恼了。

吃东西的时候他们分析了一下小黄提供的另一个情况，就是说，许晓夫妇的那个房门和一般的房门没有太大的区别，不关，能听见里边的说话，关上就没问题了。现在的疑点在于，许晓夫妇当时正在议论一个对谁都不能说的话题——苏岷把钱变没了——他们怎么能不关好房门？

大马道：“队长，你依然认为他们这个说法是真实的么？”

欧扬久问小美什么看法。

范小美说：“我还是同意队长的那句话，这是许晓夫妇唯一能解释得通的说法。但是必须注意，杀人案就是这个说法引出来的。因此这个说法非常意味深长。”

欧扬久大悦：“大马呀，我随时可能让丫头取代你的位置，她现在已经有了近乎跨越的飞跃，你和小郝已经不行啦！”

大马叫起来：“太肉麻了吧，有这么吹捧一个黄毛丫头的么？”

欧扬久说：“大马呀大马，我也很想用同样的语言吹捧吹捧你，可是你为什么没说出小美刚才那番话呢？你没发现那句话里蕴含着一个非常非常重要的信息么——杀人案就是从许晓夫妇那个说法引出来的！小美说了一句要命的话呀！伙计！”

范小美搧动着一对古怪的眼神看着欧扬久："队长……你是说，我刚才那句话是一句要命的话？"

欧扬久扭头看着她，看了半天："丫头，是不是我的吹捧有点儿早了——你莫非没发现你那句话的要命之处？"

范小美愣怔间，大马哈哈大笑："队长呀队长，看来你百年不遇的拍一次马屁还拍到空气里了。小美根本没意识到。不过小美，你别这么看着我，你确实挺优秀的，即便在无意之中都能抓住事情的要害。队长，我明白你为什么那么重视那句话了。是，命案确实由那个说法引出的！"

欧扬久叹了口气，把情绪收拢回来，低声而认真地说："记住孩子们，下一步的思索，一定要联系许晓夫妇的那个说法，一并考虑——是的，那是一个对什么人也不能说的情节，但是被人听去了，传给了唐五羊，这才导致了杀人命案的发生——它确实是苏岷被杀的根源！许晓夫妇当然不希望我们掌握这个情节，但是他们没有办法做出别的解释。说出这个理由，对他们来说，既是一种无奈，也是一种无奈，更是一种无奈。听懂了么？"

两个年轻人表示听懂了。欧扬久让他们赶紧吃，然后安排小美到两间房路口给小郝买两笼水晶包子，自己跟大马去见见老鲁。小美还想闹，欧扬久一指她的鼻子，小美老实了。

大马路上给老鲁打了个电话。老鲁说想谈谈就来吧，我在我家附近的那个小饭馆喝酒，你知道那个小饭馆。

大马收了手机对欧扬久说："那家伙在喝酒。"

"独酌。"欧扬久望着天上的星星，"老鲁有情调呀！"

事实上狗屁情调也没有。两个人赶到的时候老鲁已经喝下整整一瓶啤酒了，额头上的头发耷拉下来，看上去有些颓废。他用手抓猪头肉吃，弄得手上油光光的。欧扬久在他对面坐下来。大马则拍了拍他的肩膀，说："干吗呢，借酒浇愁？这可不像你呀，老鲁。你给我的印象一天到晚西服笔挺的。”

老鲁朝大马摆摆手，没做解释，眼睛却看着欧扬久：“您是欧队长吧，久仰大名了。我加两个菜，您也喝点儿。”

欧扬久点了根烟，说：“我一直想找你聊聊，但是我不希望你说出来的是醉话。吃饱了么？”

老鲁抓过一张餐巾纸擦着手说：“差不多了，您的意思是换个地方？”

欧扬久朝外指了指，抽着烟出去了。老鲁赶紧付了账，跟着大马出了饭馆。欧扬久引着他们过了马路，在街对面一个花池子边上坐下来。

他让老鲁在身边坐下，递给他根烟，说：“老鲁，关于我是个什么人估计你已经了解得差不多了，那么今天晚上咱们就不说什么废话了。我想听听你对这个案子有什么看法。”

老鲁抽着烟，望着马路上的车，说：“听说你们这几天一直忙忙碌碌，该见的人想必已经见了，我能提供的大概也不会有多大用处。您问吧，我知无不言。”

欧扬久侧过身子，注视着老鲁的脸：“唐五羊已经在我们手里了，供出了一些东西——你们俩是不是比较熟？”

“他承认杀人了？”老鲁没有直接回答问题。

欧扬久顺水推舟：“承认了。但是他没提你。”

后边这半句话等于提醒老鲁回归正题。

老鲁显然领会了，弹了弹烟灰说：“提我也没关系，我又不是杀人犯。我不明白，这个龟孙子怎么敢大摇大摆地跑回来？”

“看来你挺关心这个？”欧扬久注视着对面这个有些未老先衰的男人。“说说看，你心里是怎么想的？”

大马觉得队长的提问有些怪，也注视着老鲁。

老鲁似乎察觉了他们的目光，眼睛看着天幕发出一声短促的笑：“我又不是唐五羊，怎么想的重要么？”

“当然重要。”欧扬久加重语气，“因为你比我们更了解情况，听说你的工作内容并不限于开车？”

唐五羊没吭气，思索了一会儿，歪着头问：“欧队长，您想说什么？”

欧扬久仔细地观察着对方的细微表情：“老鲁，到现在为止你还没有正面回答我的问题。当然，你一定认为我们已经掌握了不少情况，仅仅是找你核实一下。你这么想也没错，我们对任何细节都很慎重。但是咱们可以敞开了谈，说什么都行。”

老鲁的肩膀收缩了一下，然后很夸张地分开，似乎在调整心情，随后说：“天下事其实根本说不清，别人的事说不清，自己的事也说不清。我也许真帮不了您什么忙。”

欧扬久拍拍他的肩膀，道：“这样吧老鲁，我给你说一个智力测验题，你听着啊。说——有一个人坐公共汽车，车上有 12 个人，车到站，下去 6 个，上来 4 个。下一站，下去 1 个，上来 5 个。再下一站，下去 3 个，上来 9 个。再下一站，下去 7 个，上来两个。又是一站，下去 4 个，上来 5 个……请问……”

“车上还有 16 个。”老鲁随口而出。

欧扬久笑了，很开心地看着老鲁：“你的心算很厉害。可是老鲁，我想问的不是车上还有几个人，是，一共过去了几站？”

老鲁怔了一下，轻轻地扇了自己一个嘴巴。

欧扬久一下子变得很认真：“伙计，你心里现在一定在骂我老王八蛋吧——对，我想告诉你的是，我所问你的问题未必是你想象的那个答案，你并不知道我想知道什么。所以，你只需要如实地回答我的问题就行，什么有用什么没用，我心里最清楚。如何？”

看得出，老鲁有些恼羞之感，但是在竭力克制。随后他似笑非笑地看着手背，道：“好吧，您尽管问。”

欧扬久直了直腰，呼出一口气，说道：“我想听听你对整个案子的看法，如果能把过程说说更好。”

大马一直在注视着老鲁的情绪变化，看得出这个人应该属于那种有自制力的人，但是在欧扬久诡异的询问方式面前，有些不知所措。说老实话，大马不明白队长为什么这么提问，似乎让老鲁信马由缰——但是他知道欧某这么做一定有他的道理。自己只管观察就是了。

他看着老鲁。

老鲁咳嗽了一声，然后沉思，再然后便开始说了，说得很细。整个过程基本上是已知的那些东西。但是由于他属于公司内部的人，又是两个老总的司机，所以，陈述的某些内容感觉上更具体一些，比如事发之前女老总曾经有两次歇斯底里。又比如唐五羊曾邀约着另外三个包工头闹到公司，砸了一块玻璃。还比如女老总家里的一些事情，这就扯到了苏岷和苏老师。他说这家人情况和一般家庭不一样，情感关系比较淡漠。有意思的是，他提到了那次苏岷遭到乞丐的袭击一事……

欧扬久一句提问也没有，好几次大马都想说话了，但是欧扬久没给他机会。

最后老鲁自然而然地说到了那场凶杀案，以及之后的警方介入——是的，没有什么新鲜内容。

老鲁终于口干舌燥地结束了述说，欧扬久看看表——

“老鲁，你整整聊了四十三分钟。”

“欧先生要听，我当然不能不说。”老鲁狠狠地朝远处吐了口痰。

不知为啥，他把欧队长改称为欧先生。

欧扬久又看看表：“好了，不早了，今天先到这儿，再有什么需要问的，我们还会来找你。老鲁，你其实很善言谈。”

欧扬久站了起来。

老鲁却垂下头，一言不发。后来似乎感觉到了什么：“噢，我想再坐一会儿，二位请便吧。”

“天有点冷了,早点儿回去。”欧扬久招呼大马走去。忽然又想起什么,转回头说,“老鲁,你们那两位老总今天没坐你的车么?”

老鲁被吓了一跳,抬起头说:“当然坐了,我把他们送到洗脚房,他们就让我走了。姚总说他们完事后去看一个朋友。”

“明白了。再见。”欧扬久朝那个人抬抬手,快步地走了。

“怎么样,队长?”大马追上他,“他谈的那些东西有没有用?”

欧扬久神秘地朝他一笑:“伙计,你关心的是他谈的那些东西,我关心的却是他这个人!”

“所以你才那么古怪地提问?”

“对,因为我知道他不可能给我什么新鲜的东西。既然不会有新东西,那不如仔细地感觉一下这个人。”欧扬久站住,拢着手点上烟,用力抽了一口,“伙计,你我嘴上虽然不说,但是心里头似乎一直保留着一个问题。”

大马的心跳有些加快:“对,那个给唐五羊发短信的人——队长,你觉得是他么?”

欧扬久慢慢朝前走,思索了一会儿说:“猜测是没有用的,我仅仅是感觉一下他?”

老家伙确实不同凡响!大马心想,嘴上追问道:“感觉如何?”

“这是个内心十分可怕的家伙!”欧扬久一句话予以概括。

25

第二天,大马带着借来的小丘去了解苏岷初二转学那件事,目标当然是苏老师退休前所在的那所学校。

大马当然明白欧扬久所说的那个橘子皮理论——也就是说,手头的案件是橘子皮的话,与案件有关的人物背景便是所谓的橘子肉。这个说法傻子都能懂,但是难道破案一定要把所有人的来龙去脉都搞清楚才行么?这么干是不是有些累死活人不偿命?

可有想法没关系,活儿还是要干的,哪怕组里没人了,借人也要干,欧扬久的话这时候就是圣旨。

当然,欧老板执意调查一定是有他的道理的,这一点大马一干年轻人早就有所领教。大马隐隐感觉到,欧扬久对这位苏老师有一种特殊的重视,有些奇怪。

苏老师曾经执教的那所学校是本市的重点,很气派的感觉。学校领导清一色的中青年骨干。这些人不是很热情,对苏老师这样的退休老教师也不是很熟悉。不过他们似乎都听说过苏老师儿子被杀那件事,问了几个不是很内行的问题。最后他们叫来了学校总务处一个有些年纪的麻子,说这是刘老师,有什么事情你们可以问问他。

大马二人说明了来意,刘老师却说不清楚苏老师曾经回安庆老家那事。他说他听说过,但是具体原因由于当时他还年轻,不太清楚。他告诉大马二人,苏老师是学校最早一批特级教师之一,是个人物。也自然有一些议论。他就是在别人议论中听说那事的。

大马问他议论的那些人都有谁,是不是可以见一见。

刘老师低着脑袋想了想说:“已经死了两个了,如果你们要打听的话,估计只有何之浩老师那儿可以去问问。不过何之浩老师有些半身不遂,不知近况如何,你们去试试看吧。”

他给了大马一个地址。

大马谢过,顺嘴问了一句:“刘老师对苏老师儿子被杀那件事怎么看?”

刘老师叹了口气说:“杀人的事情我们还真没接触过,都感到很吃惊。苏老师的那个儿子我们没见过,名字倒是知道的。过去苏老师没退休的时候他儿子还没出名,自然也没听她怎么说。后来她儿子成气候了,老太太已经退休了。印象里她给我们送过一两次演出票，看见过那个魔术师。这样的人怎么能被杀呢？学校的人都很吃惊。”

“出事后苏老师来过学校么？”大马问，“此外，你们还知道些别的什么吗？”

“出事以后苏老师似乎没来过。”刘老师有些吃不准，“来过我应该知道。至于别的事我倒是想起一件，苏老师没退休的时候好像挨过一回打。”

大马一愣：“哦，是吗？怎么回事？”

刘老师挤着下巴上的一个粉刺，说：“苏老师那个人比较内向，也比较清高，平时没课的时候也不跟我们这些人一来二去，我们都有些憷她。可是有一天苏老师在校门口让一个疯子给打了，抓掉了一把头发……”

“疯子？大马心头一跳，你怎么突然想起这件事？”

刘老师嗨了一声：“你不是打听苏老师她儿子的事么？疯子打人那天我刚好在，听见疯子说，早晚要杀了那个狗杂种！这个狗杂种指的就是苏老师的儿子。”

大马已经兴奋起来，追问：“你怎么知道指的是她儿子？”

“苏老师自己说的。”对方终于把粉刺挤出了血。“这是我无意中想起的事情，有没有用我就不知道了。至于回安庆的那件事，你们还是去问问何之浩老师。对不起，我得去趟卫生室。”

三个人走出来。

分手的时候大马顺口问了一句：“刘老师，凭你的印象，那个疯子真的是疯子么？我是说，有没有可能是个……乞丐？”

刘老师一怔，思索片刻，嗯了一声：“别说，还真的有可能呢！”

出了学校，大马立刻向欧扬久汇报这个搂草打兔子得来的重要情况。欧扬久已经在去往金棕榈佳苑的路上了，听后非常重视。他大声说：“看见没有伙计，任何努力都不是无意义的！记住，你大叔的感觉不会有错！

继续!”

大马这时已如同喝了二两老白干儿,劲头上来了。他和小丘迅速按照那个地址去找何之浩老师。

寻找并不难,因为小丘在治安处干过,对市区的每一个角落都很熟。他们在一个比较陈旧的小区找到了地址上的那座旧楼。楼下边停着一些破烂的自行车,好像看穿了他们是警察,有个人在拆那些破自行车,见他们俩走过来立刻警觉起来。大马急于见何老师,没有搭理这个人。小丘则出于习惯给治安处发了个短信,让他们来人过问一下。

何老师住在四楼,刚敲门门就开了。开门的是个老妪,说明情况后老太太把他们放了进去。她说她是何老师的老伴儿,何老师就在书房坐着呢,但是调查事情恐怕有些困难。走进怪味儿的书房,两个人看见的是个歪在轮椅里姿势古怪的老头。

老头儿很邋遢,头发没剩几根了,胡碴子挺长,也白得彻底,天还没冷就已经穿上了绒衣,膝盖上搭了条薄毯子。大马二人出现的时候,对方用一对木然的眼睛望着他们。傻子似的。

大马预感到谈话可能有些麻烦。

老伴儿走过去对着何老师的耳朵说警察来找他了解些事情。何老师哦哦的动了动脑袋。老伴儿问大马想知道什么,说老头子现在情况还可以。

大马便探过身子问何老师还记不记得苏老师。

老伴儿把大马的话大声说给老头,老头迟疑了一会儿,点点头。

大马也把声音放大了一些,问道:“何老师,我们想了解一下当年苏老师带着儿子回安庆那件事,您还记得么?”

何老师依然想了想,点了点头,咕噜咕噜发出一串听不懂的声音。老伴儿等他说完,扭头对大马二人说:“他说他知道苏老师是安庆人,安庆那个地方他记得在安徽,但是他没去过。”又很抱歉地解释道,“好像他没听懂你的意思——老头子现在思维很慢,要一步一步来。好在记忆力还可以。”

于是大马耐住性子让何老师说说他和苏老师的关系。

何老师听了老伴儿的“同声翻译”,用力点着头,又是好一阵述说,大马基本没听懂。但是老伴儿听懂了,说何老师说是他把苏老师介绍进哪个学校的,一开始苏老师来到本市是在一个幼儿园里当阿姨。她爱孩子,干得还不错云云……基本上这一段是何老师的个人记忆,一会儿讲苏老师,一会儿讲他自己,有些乱。讲到最后话头又回到正题,他说苏老师是个好老师,课讲得好,备课也认真,很快就在学校站住了脚。

大马在听的同时也在琢磨,按照年纪算,苏老师那时候应该四十多岁了,一个人从安庆来到这儿,无家无口,似乎有些奇怪。他让何老师说说苏老师的个人问题。何老师说苏老师的过去他也说不清楚,有没有过家苏老师一直不愿意说,大家也不敢问。有一次好像有个学生因为什么小事跟苏老师吵架,骂苏老师是老寡妇。苏老师狠狠地扇了那孩子一个耳光。为这个苏老师挨了处分。

大马和小丘对视了一眼,因为这个细节能反映出苏老师的某种“身世”。他让何老师说说苏老师到底有没有过家,同时把苏老师收留孤儿的问题提了出来。

何老师由于说了一阵子,有些气喘,但是思维好像打开了,不再那么跳跃。他说这个问题确实大家不知道。按说一个四十来岁的女人,有过家也属于正常的,但是人家不愿意说,自然有人家的道理,大家只是猜猜罢了,仅此而已。至于收留孤儿,可能因为她太孤独了吧。何老师不认为苏老师收留孤儿的行为是出于什么高尚的动机——人做某些事情,更多的还是出于自己的原因。大马比较同意何老师的说法。

别看何老师已经这样了,毕竟是个有深度的人。

他问何老师,苏老师收留的那个男孩子后来成了魔术师,他少年时代的事情您知道一些么?

何老师说知道一些,他说他不喜欢那个孩子,比较阴,用现在的话说,非常不阳光。同时很自私。说到这里他扭头问老伴儿还记不记得当年闹得沸沸扬扬的那件事。老伴儿不明白他指的是哪一件。何老师急了,叽里咕噜叫起来,腿上的毯子掉在地上。

老伴儿喔地一声想了起来,对大马二人说:"他说的是那孩子买东西找错钱的事情,好像人家商家多找了他二十多块钱。男孩子把钱截留了,商家找到孩子后把事情闹大了,苏老师袒护儿子,事情越闹越不好,这没准就是苏老师带着儿子回安庆的最初原因。"

何老师就这样把记不清的事儿想起来了。循着这个话题往下问,何老师认为这个原因是唯一的。老伴儿说不一定,不是有人说苏老师有个老情人在安庆么——于是又想起一些东西。

大马的心忽悠忽悠的,时上时下。那感觉很有意思。

说到老情人,两个老人似乎不太愿意往下讲了。他们告诉大马,苏老师还健在,背后说这些非常不靠谱的事情有些不好。大马让他们务必谈谈,毕竟我们是警察,不是搞家长里短的那种人,再加上现在了解情况还和破案有关,也许某些很容易忽略的细节会对办案有用呢。

两个老人互相看了看,便把当初的一些说法讲了讲。无非是说苏老师在安庆有人,孩子和钱的事情只是个借口而已。苏老师用那个借口离开本市回老家找老情人去了。有人说那个老情人是个记者,也有人说是个中学教体育的,反正都是瞎猜,没人负责任。何老师指出,他当年就不信,因为苏老师跟谁都不远不近的,那些说法的来源十分没谱,不足为信。他认为苏老师回安庆很可能既不是源于儿子和钱那事,也不因为什么老情人,可能有更深层的原因,究竟是什么,他也不知道。

说到这里老头子喔了一声,好像想起了什么情况,他指着书架子让老伴儿把一本老相册拿来。

大马和小丘看到,那是一本大大的,样式很老旧的相册,外边的壳已经有些半脱落,里边是黑颜色的册页。相册里夹着几封很古老的信,颜色都泛黄了。何老师把那几封信拿出来放在一边,指着相册瓮声瓮气地说:“我老糊涂了,这里有个姓孙的工程师,是我的一个小学弟,他追求过苏老师——我怎么给忘了呢?”

他有些着急地翻着相册,好一会儿才找到了他要找的那一页:“你们看你们看,这不是在这儿么——”

嘿,何老师说话还是可以的嘛!

何老师把相册转了个身,给大马看。

大马看到几张黑白照片儿。

何老师指着左上角的一张单人照说:“这就是我的小学弟,孙绍文。你看看,当年这小子长得还是很英俊的,他比苏老师小三岁。是不是一表人才?”

大马看到,那是个确实很有模样的男人,刚刚进入中年的感觉。叉腰站在一块太湖石边上,姿势有些僵硬。大马嗯了一声,问:“您说他追求过苏老师?”

“对呀!你再看下边这一张——”何老师说得越发清楚了,指点着下边的一张稍微大一些的黑白照,那是一张四个人的合影,“看,这不是苏老师么!苏老师边上是我和另一个同学,最右边那个就是孙绍文——苏老师当年是不是挺漂亮的?”

是的,那确实是苏老师,正是风韵十足的年纪。鸭蛋脸,齐耳短发,朴素的V字领衫,身材匀称,表情自然而矜持。这样的女人应该有追求者的,尤其是她那时候是单身。

“你们可以找他试一试。”何老师指着那个姓孙的男子,“他现在也退休了,住在市测绘局宿舍,很好找。不过你们提问题的时候注意一点,孙绍文当年追求苏老师的事情他老婆不太清楚,要是知道了,那个婆姨会不高兴的。”

大马谢了何老师，又让小丘记下孙绍文的姓名，而后问："何老师，您这个小学弟和苏老师真的谈过恋爱么？"

何老师说："至少孙绍文是认真的。他追得很苦。苏老师看上去忽冷忽热，总是拿不定主意的样子。这件事知道的人不多，也没有什么动静。不然的话肯定又是议论纷纷。"

"那时候苏老师开始收留孩子了么？"大马问。

"好像还没有。"何老师有些吃不准，"不然孙绍文会有顾虑的。但是和孙绍文吹了以后苏老师很快就收养了一个孤儿——好像就是死掉的那个变魔术的。"

"最后俩人为什么没成？孙绍文跟您讲过么？"大马追问。

"当然讲过。"何老师道，"他说苏老师好像心里头有事，他一直不敢问，但是总是不问也不是个事，于是就问了一次，结果问过以后苏老师就不再见他了。具体的我也说不清楚，你们可以和孙绍文深谈一下。"

大马还是有些遗憾，道："也就是说，您只能提供这些了？"

何老师说："鸡零狗碎的东西当然还有不少，可是你们要更深地了解苏老师，这个恐怕只有找孙绍文了。但愿他知道一些。"

两个人起身告辞。

出门下楼以后，大马看看天说："噢，咱们恐怕要下午再说了，现在去正赶上人家吃午饭。"

是的，已经中午了。

回去的路上大马问小丘有没有什么感觉。小丘指出有两点，一，有人骂苏老师寡妇，苏老师打了对方耳刮子。第二，孙绍文觉得苏老师心里有事。

大马说小丘不错，这是两个很关键的疑点。

26

范小美虽然心里老大的不乐意,但干起活儿来还是有丁有卯的。在户籍处干了不到一个小时,她就给人家提出至少三处需要改进的地方。指出这三个地方非常不人性化。

户籍处的大老王说:“你干脆调我们这儿来算了,比你那儿舒服多了。”他说的是真话,他非常喜欢小美这丫头。

小美说:“行啊,等我们队长退休了,我来你这儿。”

大老王真是搞不懂,欧扬久怎么就有这么大的魅力呢? 人人都死心塌地地愿意跟着他。

说笑是开心的,手头的活儿却非常非常不开心。王树民、丁宝玉——把这两个人名背后的活人找出来,谈何容易! 她真是越干越冒火。她似乎明白队长为什么不让小郝接着干了,因为小郝再干下去的话,非疯掉不可。

说起来,户籍处已经很够意思了,在浩如烟海的人群中把这些叫“王树民”和“丁宝玉”的人搜索出来实在是需要一些工夫的,即便是电脑也不行。更何况人家已经把他们认为可能性极小的对象筛查了一遍,减少了不少工作量。可即便如此,范小美仍然干不下去。她半个上午上了四次厕所,和户籍处的人打了半个多小时的乒乓球,还跟大老王耍了好一阵贫嘴。有效劳动的时间非常有限。

她面对着 77 个王树民和 24 个丁宝玉,头大了一圈儿。

所幸,就在她快破口大骂的时候,欧扬久的电话来了,让她赶快回队里。什么事儿队长没说,甚至连小美这儿的工作情况都没问一句。

范小美如获大赦,和户籍处的哥们儿打了个招呼就跑了。她真是不可能知道,队长叫她回队里,就是为了找人的事儿——王树民找到了!

27

欧扬久和小郝计划一早就去金棕榈佳苑的。因为早上老人出来锻炼的比较多,打听事情方便。可上边让欧扬久去谈谈情况,一谈就谈了四十多分钟,因此他们赶到金棕榈佳苑的时候,外边的老人已经走了不少了。

为了不搞得动静过大,小郝说来看看,没什么别的事情。大家都见过小郝,叽叽喳喳地说了些东南西北的话,有用的不多。小郝问马老爷子是谁?大家说马老爷子可能没出来,老家伙没准儿。小郝确认了马老爷子的住处,便准备带欧扬久去事发现场,也就是苏岷的家看看。

"不忙,再聊会儿。"欧扬久给抽烟的发烟,将大伙拢住。然后在路边石坎上坐下来,让大家说说出事以后这些日子有些什么议论。有个瘦长脸的老爷子问欧扬久是不是领导。

欧扬久说:"我算什么屁领导,领导能抽我这种烟么?我是给领导开车的。"

瘦长脸老头儿点点头:"看着也不像,领导不是这个范儿。不过你也不像开车的,你这个人看着比较贼,像西楼那个三只手。"

大家哈哈大笑,欧扬久也跟着笑。笑够了,他让大家谈谈近况——和杀人案有关的近况。他强调:案子还没破,一方面说明我们的工作能力还不够,另一方面说明群众还没有真正发动起来。这是我们工作上的不力。还请大家多多支持。

瘦长脸老头歪着头问:"你到底是不是领导?"

小郝说:"明说吧,这是我们队长欧扬久。"

站在远处的一个矮胖老爷子噢了一声:"早说呀,我侄子就是你们公安局的,把他妈那个姓欧的看成了神仙似的。让我看看长的什么德行?"

欧扬久赶紧向大家拱手:"不好意思,不好意思。长得对不起大家。"

谈到近况，大家东拉西扯地说了一些，基本没用。总归是议论纷纷并且渐渐淡化。欧扬久在问话技巧上小作调整，让大家谈谈苏岷这个人。这回众人有话可说了，鸡一嘴鸭一嘴，很快就把一个活生生的苏岷描绘出来——

基本上与欧扬久的感觉相吻合。

内向，阴郁，不合群。说清高也不完全是清高，就是那种性格的，比较自私，比较敏感……差不多就是这些。再有就是他变魔术方面的本事，大家把他说得神乎其神。

欧扬久觉得差不多了，抬抬手，问："他妈各位熟悉么？那个苏老师？"

大家互相看看，表示不是很熟，因为苏老师也不太和人说话，能让苏老师入眼的，恐怕只有那位马老爷子。

"马老爷子也是当老师出身。"有人说。

看来有必要抓紧见见那位老爷子。欧扬久想。

和老人们分手后，小郝带着欧扬久上楼去看现场。苏岷住在六楼，一出电梯欧扬久就闻到很浓重的尘土的味道，看来这个楼层基本上没有人打扫，而且四户人可能没有住满。一问，小郝说只有苏岷和另一家，两户。

楼道比较促狭，四户住家的房门关得死死的，西头有一个楼梯口，那是在电梯不管用的时候上下人的。楼道里的声控电灯倒是很灵，两个人走了几步那个灯泡就亮了。小郝检查了一下苏岷房门上的封条，完好。

他打开了房门。

欧扬久看着那房门，想着相关的事情。用唐五羊的话说，他杀人以后在死者的屁股上踩了一脚，然后出门而去，门没关好。现在自己站在这里，可以有效地体会一下唐五羊当时的心情，想必，唐五羊也不会走电梯。因为需要等，杀人凶手在那种时候是不可能等在电梯口的，既怕电梯里出来个人看见他，更怕某个房门里出来人看见他，因此他一定是从楼梯逃走的。

他把这层意思跟小郝说了，问小郝："你们检查过那个楼梯口没有？材料里好像没说这个？"

小郝说检查了，但是他承认，当初检查时没有做欧扬久刚刚那种考虑，所以按照例行公事处理了，闹不好损失了一些有用的痕迹线索。

欧扬久板着脸说："不是闹不好，是肯定。而且损失的线索除了唐五羊的，还有那个真凶的——真凶和唐五羊的心理大同小异！"

说完他进了房间。

一股浓重的潮气扑面而来，三个多月了，一套没人住的房间大抵如此。他让小郝先不要拉开窗帘，打开灯看看——因为凶杀案发生在晚上，这样体会得更真实些。

小郝打开了两盏灯，告诉欧扬久出事那个晚上亮着的就是这两盏。欧扬久一眼就看见了客厅地板上画着的那个人形，那显然是死者当时的位置和姿势——当然，是苏老师调整过的位置和姿势。从门口到客厅，中间有一段约一米五左右的玄关，这样，站在门口往客厅里看就只能看见一部分，看不全。欧扬久测试了一下距离和角度，认为唐五羊跑掉时没关好门，接下来出现的真凶进屋自然是方便的，但是更关键的是，那个真凶只要轻轻推开房门，就能看见苏岷的两条腿。

"听着伙计！"欧扬久加重了语气，"这里有一个非常重要的细节。你过来看——从门前能看见那个人形的两条腿是不是？但是，真凶是先于苏老师出现的，而那时苏岷还没被翻过身来，如此一来就可以认定，真凶来的时候，并不一定认为苏岷死了！因为趴在地上有各种理由，不等于已经死了——"

"对，是。我可能会一愣，认为他喝醉了。"小郝点头道。

"对，咱们应该弄清真凶当时的心理。"欧扬久拍拍小郝的肩膀，开始认真地扫视这个客厅。

这是一个还算中规中矩的客厅，面积不到 30 平方米，但仍然感到不小了。家具摆设虽不是很时尚,但都是好东西,比如那一堂硬木就需要不少钱。靠窗左边是一套转角沙发,旁边有一腰鼓形摆设,上边摆着个电话座机,估计就是苏老师报案用的那个。沙发往右有一个胸柜,苏岷就死在胸柜下方。胸柜上方的墙上有两幅镶在镜框里的彩色照片,欧扬久注视着那两幅照片,看了一会儿,问小郝能不能从中看出什么。

小郝看了看说:“他在咱们这儿是个人物,可是和北京来的大腕一起照相还是有些诚惶诚恐。”

照片分别是苏岷以及另外几个本市演员和北京来的两个名演员的合影。两张照片上苏岷都站在外边朝后的位置上,有些畏畏缩缩的感觉。欧扬久告诉小郝,这位苏岷本质上是个比较自卑的人,这可能和他的孤儿出身有关系,而这种人,一方面自卑,一方面又比较凶,一般来说性格很矛盾。你注意看他站的位置,你再看那表情,这是比较自卑的心理。但是这只是问题的一个方面。另一方面是,他毕竟还是照了这两张合影,而且放大后挂在显要的位置上。这说明他虽然自卑却又很不甘心,有一种急于出头的感觉,这种心理大于它的自卑——人的内心往往体现在细小的方面。

小郝不得不承认,队长的读心术确实有一套。

在沙发及胸柜的对面,是一个硬木条案,上边摆着一台至少 50 英寸的平板电视,很高级的那种。剩下一堵西墙,除了一扇进出里间屋的门,就是一组红木书橱。

欧扬久踱到书橱前,一排一排地看过来。

他发现苏岷看书很杂,没有太明显的规律,一定要说喜好的话,书橱里那几本名人传记可能有些琢磨的价值。有意思的是,书橱靠近房门的那一个基本没放书,放的是一些相册和邮册一类的东西,下边两格放的东西更为有趣,欧扬久拉开了柜门。

一摞青花小瓷碗,瓷碗里放着四个紫红色的小圆球。那是某种魔术的道具，电视上经常能看到。小瓷碗的旁边放着一串九曲连环一类的玩意儿，也是变魔术用的。有意思的是角落里还有一个蛐蛐罐，澄浆的，比较高级。蛐蛐罐里有一只肚皮朝天的死蛐蛐，个头儿不小。看后给人一种诡异的感觉。

“一个内心十分好斗的家伙。”欧扬久喃喃自语。

最后，欧扬久的目光停留在几副扑克牌上。那是平常人决不会玩儿的扑克，最大的有一本杂志那么大，最小的像一块麻将牌。欧扬久没有碰那大的和小的，而是拿过一副普通大小的扑克端详着，因为苏岷用得最多的就是这种牌。欧扬久有些控制不住自己的好奇心，于是把那副扑克从盒里抽了出来。

表面上看，这副扑克和一般的扑克没有什么两样。欧扬久走到沙发那儿坐下来，把扑克摊开在茶几上认真审看。很快，他看出了名堂，凡是那些J、Q、K，它们两个角儿上的字母，一端的字母离边缘近一些，另一端的字母离边缘远一些。一一看来，确实如此。欧扬久笑了，为自己看出些门道而开心。是的，这些细小的记号只有苏岷本人知道。紧接着他又发现了另一个秘密，把扑克在桌面上理齐，原来它的顶部并不是每张扑克都一般高，有一些扑克牌要矮一些，约摸矮半个毫米，这小小的不一样稍微远一点就看不出来。但是在变魔术者的手里，这半个毫米就是要手段的机关。清理出来一看，矮一些的统统都是黑色牌。欧扬久更加开心了。

不过他也就到此为止，再寻找，一无所获。他告诉小郝，肯定还有别的机关，但是……他耸耸肩，表示自己已经技穷了。

小郝一直在观察他，看到队长这样，道：“队长大叔，很不错了，换成别人恐怕什么都看不出来。我想知道的是，你还看不看现场。”

欧扬久把扑克放回书橱里，打了个哈欠说：“这不就是现场么，该查的你们差不多都记录在案了，我现在比较感兴趣的是苏岷这个人。来，你看——”

他指着茶几右边的那个角让小郝看。

小郝注意到那里的漆皮磨损得很厉害,露出了原木的颜色,而且磨损处十分粗糙。

“好像狗啃的,队长。”

欧扬久轻声一笑:“问题是他不养狗——伙计,这是他日复一日用指甲抠的。明白了?这个人有一种内心的焦虑。就像有些人,不管长多大,都改不了咬指甲的毛病一样。”

小郝点点头:“嗯,队长,你恐怕把这个人摸透了。姚芬曾说过他哥比较焦虑。”

两个人把客厅的边边角角仔细地检查了一遍,又去死者的卧室和另一间放东西的房间看了看。没有什么可疑之处。在放东西那间房子里有个衣柜,衣柜的旁边地上放着两三件羽绒服,这可能就是苏老师准备拿去清洗的东西了。

看来苏老师那天晚上确实是来拿羽绒服的。欧扬久的眼前再次闪现出苏老师那张没有表情的脸。

他问小郝用不用给大马打个手机,问问那边进展如何。小郝说算了:“人家可能正在调查呢。队长,你总归应该让我们明白你为什么对苏岷转学那件事如此关心——那是很久以前的事了,很重要么?”

欧扬久看着天花板,少顷,道:“不知道,我说不清。我的感觉告诉我应该弄清楚一下,就是这么回事。”

他们关好门下楼,欧扬久没让小郝乘电梯,两个人就那样从楼梯一层一层走了下来。楼梯确实没人走,尘土很多,甚至有些呛人。

欧扬久想找一找那个马老爷子,小郝说还是另找时间吧,不早了。就在说这些话的时候,欧扬久的手机响了。

魏文魁。欧扬久看了看来电显示,然后把手机凑近耳朵。

结果,魏文魁这个电话使破案往前猛跨了一大步。

欧扬久的双眼渐渐亮了起来,五官眼看着变得生动无比。他大声地“啊”着,用力点头。最后他欢叫了一声,关了手机。

“走,马上回队里!事情好办了!”

小郝问,他不说。只在路上给范小美去了个电话。

28

其实事情并不复杂,魏文魁想起了那个王树民。

魏文魁电话里告诉欧扬久,他早上锻炼回来碰上一个收废品的,他让收废品的去他家收那些瓶瓶罐罐报纸书本什么的,结果在一堆旧报纸中发现了一张节目单。那是艺术团早些年演出的节目单,印刷得比较粗糙。一般来说他是不会自己花钱买票去看演出的,演出票估计是苏岷给他搞的,具体的他说他记不清了。不过这不重要,重要的是,他打开节目单看了看,这么一看,他想起了欧扬久问他的那件事——认不认识一个叫王树民的人?

他大声在电话里向欧扬久叫着:“欧队长,你猜我看见谁了?黄金手,你听说过黄金手么?就是艺术团过去的那个台柱子,黄金手——欧队长呀,黄金手是他的艺名,他的本名就叫王树民!”

操,峰回路转!

魏文魁继续叫着,欧扬久的心已经百花盛开——有意思了,确实有意思了!黄金手,是的,当然听说过这个名字,欧扬久甚至隐约觉得自己看过那个人的一次演出。如果记得没错的话,那是一个前额有些秃的瘦长脸……对,黄金手,一个颇有些名气的老魔术师——但是没办法,他脑子里只有黄金手这个艺名,从未想过他本名叫什么。相信多数人也一样。

尤其要命的是,老先生的本名那么大众化。

唉,老天爷非要你费尽心机之后再给你个峰回路转,这是没办法的事——干警察经常碰上这种事儿，想偷懒都不行。

魏文魁终于说累了，问欧扬久这情况有没有用。

欧扬久没说什么，谢过他便关了手机——这时候他的心情真的很好。把小美召回来，三个人一起分析分析，情况显然突进了一步。不是一般的突进。

小美和欧扬久二人前后脚回到队里。

重要线索的明朗使两个年轻人欢叫不已，范小美给了欧扬久一拳，大叫道："队长大叔，这真是上帝助我呀，不然我非疯了不可！你要知道，那一百多个……"

欧扬久故意绷着脸说："你可不能疯，你这种人要是疯了，全中国至少有一半以上的人都得进疯人院。马上打电话给户籍处，让他们查一查现在这个王树民的家庭情况——我刚才也是乐糊涂了，应该留你呆在那儿——马上打电话！"

小美打了电话，然后三个人坐下来分析问题。

头一个问题：关于王树民给唐五羊发短信。焦点是，一个变魔术的艺人，怎么会认识唐五羊这样的包工头？可能么？

"理论上是可能的。"小郝说。"都是社会人，谁认识谁都有可能。现在的前提是，首先要弄清王树民的来龙去脉，才好做深入的分析。但是我不是一直在调查手机的线索么？你们觉得问题会不会出在手机上。"

范小美道："这不是废话么，问题就出在手机上，那几条要命的短信就是从王树民手机发出去的。"

欧扬久颔首同意："对，目前能认定的是，要命的短信来自那个手机，至于谁用了那个手机，还不能认定。小美你想说什么？"

范小美道："我现在比较关心的是另一个问题——黄金手是个老魔术师，他和死掉的这个苏岷是同一个艺术团的，这其中……"

"OK！"欧扬久非常高兴，"第一个问题是个云雾中的问题，而你这个问题不是云雾中的，只要顺着线索往前走，就会步步有收获。快接电话，可能是户籍处来的。”

电话确实在响。

小美抓过电话筒，果然是户籍处来的。户籍处查清了王树民的家庭情况，家庭住址等等，但是最让小美兴奋的是对方大声告诉她：“你不是还要查一个叫丁宝玉的女人么？丁宝玉就是王树民的老婆呀！丫头！”

范小美一声怪叫，电话那头险些个聋了。

原来是夫妇俩！

欧扬久闭上双目，仿佛入定。一言不发地思考了一会儿。然后慢慢睁开眼睛看着两个年轻人，道：“由此说来，小郝，你搞回来的那张通信记录估计可以解释了，事情可能是这样——老婆丁宝玉给老公王树民买了个手机，非常简单的一件事儿。不过这里有个问题，王树民感觉上似乎有些毛病。你们想想看，他打了一些莫名其妙的电话，非常莫名其妙。随后便有很长一段时间没有使用手机。对不对？”

小郝从抽屉里找出那张通信记录，看了看说：“没错队长。就是这么回事，从记录上分析，这人不太正常——但是最后那三条要命的短信很正常。”

“那是别人发的！”范小美叫了一声，“会不会是丁宝玉发的？”

欧扬久毫不犹豫地摇摇头：“不，发那样的短信她绝不会用自己老公的手机。且不说她能不能得到许晓公司的内部情况，即便能得到，她也不会用自己老公的手机。”

“队长说的是。”小郝对这个解释比较服气，他看了小美一眼，再次盯住欧扬久，“看来咱们应该去见见这夫妇俩。很有些古怪。”

“不忙。”范小美不太同意，“这夫妇俩是重要的焦点人物，让队长说说应该怎么对待？队长，要见么？”

“见肯定是要见的。”欧扬久说，“但是现在还不能马上见，咱们应该去艺术团摸摸情况再说。我现在更关心的是新老两个魔术师的关系。你们觉不觉的,这是橘子肉那部分?”

两个年轻人深表同意,看来这个案子越来越超出想象了,后边好像藏着好多事儿。许晓公司藏着秘密,苏老师那儿也藏着秘密,如今找到的王树民夫妇俩依然藏着秘密,而且藏着两个秘密,一个是关于手机的,另一个是关于新老两个魔术师的。

和开始不同的是,现在的思路已经清楚多了。唐五羊杀人(姑且不说是不是他杀的)仅仅是外部现象(橘子皮)。深处的秘密已经逐渐显现出来了,看来工夫要用在这儿啦。

三个人吃过午饭,稍事休息了一会儿,便径直去艺术团。

期间大马来过一个电话,把上午调查的情况说了说,欧扬久让他们一定要见到那个追求过苏老师的孙绍文,既然他觉得苏老师心里有事,便要盯住此问题不放。

赶到艺术团的时候,等着他们的是个冷冷清清的小院儿。问门房,门房说艺术团就是这样,练功的自己有地方练,不练功的不用坐班,最累的是领导,你们到东头那间办公室找人吧。

三个人来到东头的办公室,看见里边坐着一老一少两个男人,都在埋头看东西。他们敲门而入,两个男人一起抬起头来,一个胡子拉碴,一个女里女气。欧扬久朝两个人一样地点头微笑,说明了自己的身份。

警察是很唬人的,两个人马上站了起来,看上去挺紧张。

欧扬久盯着那个胡子拉碴的,说有些事情想了解一下,你们团的苏岷不是被杀了么?我们可不可以找地方谈谈。

那两个人互相交换了一个眼色,胡子拉碴的男人便把欧扬久三人领到旁边的一间极其狭小的会议室里,恭请三人坐下说话。同时从抽屉里拿出一盒烟请他们抽。他说他负责这个艺术团,不过再有一年就退休了,这个团不好带。经济压力也很大。然后他毫无过渡地问:“是不是苏岷的案子有结果了?”

小郝看看欧扬久,然后把目光转向对方,说:“你是尚团长吧,不认识我了么,那个案子发生以后我来过一次。”

对方噢了两声,看上去想了起来,连连道对不起。

欧扬久点上支烟抽着,说:“咱们谈正事儿吧。尚团长,苏岷的案子现在正在进行中,细节我就不说了。今天来的目的不是谈死人那件事,我们想了解一下黄金手,也就是王树民先生的情况,你能谈谈么?”

“黄金手!”尚团长嘀咕了一声,有些不太明白,“你们要了解黄金手?他已经退休好几年了。”

范小美哟了一声,扭头看着欧扬久。欧扬久对这个情况并没有什么意外。俗话不是说么,长江后浪推前浪,前浪死在沙滩上。他问尚团长:“现在这个人如何?”

尚团长摇摇头,叹息道:“很不好呀,现在在精神病院。”

“疯啦?”小美叫起来。

的确,连欧扬久也是心头一震。感觉告诉他,情况比想象的要复杂。那些乱七八糟的电话似乎有了解释——你不可能指望一个疯子像正常人一样。

但是,最后那三条短信非常正常。

“尚团长,可不可以谈谈他是怎么疯的?”他凝视着对方那胡子拉碴的脸。

尚团长也点上一支烟,狠狠抽了几口,说:“唉,这件事我真不愿意说呀!我俩共事了二十多年,最后他却是这么个结果。简而言之,王树民心理上太不行啦——正常的新老交替嘛!”

“上来的是苏岷么?”范小美小心翼翼地问。

“还能是谁?”尚团长点头道,“这个老王就是死心眼儿,谁能干一辈子,迟早要离开舞台嘛。你不离开舞台,别人就只能坐冷板凳。”

原来苏岷还有这么个生存背景。欧扬久不可能不引起注意。他不敢说两个人有仇,但这个背景不能忽视!

“也就是说,苏岷取代了黄金手,黄金手就疯了?”他看着对方。

“大体上就是这么回事儿。猫教会了老虎,老虎就把猫赶走了。也许你们还不知道,黄金手是苏岷的开山师傅。”

欧扬久道:“据我们所知,苏岷还是有一套的。”

尚团长摆摆手:“那都是小意思,真本事还是黄金手教的。唉,人已经死了,我按说不应该说他的坏话。可是和黄金手比起来,苏岷这个人确实不怎么样。为了一点儿演出费,他能和师傅闹翻脸,怎么说呢……”

看来估计的不错,苏岷是个狭隘自私的人。欧扬久想着,又问:“听您这意思,黄金手应该是个老实人。”

“是,老实得近乎窝囊。真正厉害的是他老婆。”

欧扬久的目的就是想把话题引向丁宝玉,他马上问:“能不能说说这个女人?”

尚团长反问道:“既然是苏岷的案子,怎么扯到黄金手两口子了?”

欧扬久笑笑:“我们办案子自然有一套自己的规矩,既然问了,就有它的道理。”

尚团长表示理解,思索了一会儿道:“那个女人是母老虎一个,浑不讲理。对外人是这样,对她丈夫也是这样。举个小例子,黄金手抽烟,那老婆一个月就给他八十块钱,你们说,他能抽什么烟?黄金手的工资全攥在丁宝玉手里。那个娘们儿……”

又冒出了钱的影子!

往深了说,尚团长也说不清楚那个女人:“黄金手过去有一个老婆,死了,丁宝玉是第二个。这个女人嫁给黄金手的时候,黄金手如日中天,她也跟着享了一些福,当然,不是什么了不起的福,比一般人强一些而已。后来黄金手拿不出什么新东西了,上台自然少了些,出场费也就直线下降，丁宝玉就和他闹，而且跑到团里来闹，闹得鸡飞狗跳的。大家都躲着她走。再后来苏岷上去了，黄金手基本上没有了上台的机会，出场费自然就没有了。结果那丁宝玉险些个把艺术团的房子烧了。你们别笑，真的很触目惊心。”

尚团长因了自己这个成语也笑了，但同时他又摇了摇头，很无奈的样子。他说丁宝玉在一段时间里总是跟苏岷过不去，把那个“后起之秀”搞得狼狈不堪。后来听说苏岷给了她一个金戒指，才算结束。再过了不久，黄金手退休了，病了，疯了……

这就是基本轮廓。

临告辞的时候，尚团长又想起个事情来，说苏岷有一次演出后遭到了什么人的袭击，脑袋被打出了血。再细问他又有些回避。这事情时间一长也就过去了。有人说是丁宝玉找人干的，可是把苏岷叫来询问，对方坚决否认这个说法。

出来后欧扬久指出，这个情况非常重要。这使他联想到姚芬提供的那个线索，曾经有个乞丐袭击苏岷，恐怕两者之间有某种联系。小郝和范小美非常赞同这个说法。

“看看吧，线索是不是越来越丰满啦。”欧扬久望着天说，但眉宇间深埋着些忧虑。

小郝和小美也同样感到心里头的分量重了不少。虽然尚团长提供的只是些表面上的东西，可十分引人深思。那个手机是怎么回事，恐怕要找丁宝玉吧。这是和案子有直接关系的内容，其次就是尚团长说的有人袭击苏岷——这个人背后的鬼很大呀！

“我们晚上一定要找到那个马老爷子！”

这一头轻松了，欧扬久的思路又转移到苏老师身上。苏岷死了，有些事情恐怕只有苏老师能说清楚。

范小美问：“要不要去见那个丁宝玉？”

欧扬久说:“要见,那是必然的。但是不一定马上见。伙计们,这个世界深不可测呀,远远超出了我们能看到的这些。”

欧扬久很少有地感慨了一句。

29

大马和小丘去拜见孙绍文,结果孙绍文不在家,见到的是孙太太。孙太太是个老妖精,一大把年纪了,居然涂着口红。她把大马二人挡在门外头,说她老公不在。倒反问大马是干什么的,大马说了身份。老妖精马上瞪圆了眼睛,噢地一声道:

“啊,是不是我们家那个死老头子跑到洗脚屋去啦?都说洗脚屋有人卖淫。”

看来何老师的叮嘱是有缘由的,这个女人确实不是一盏省油的灯。大马让老太太别误会:“孙先生上没上洗脚屋我们不感兴趣,我们是想找他了解一些早年间的事。您要明白,我们办的是公务,你有协助我们的义务。”

结果那老妖精说孙绍文去活动站学书法去了,然后咣地撞上了房门。

活动站不难找,打听了一个人就找到了。

没想到的是,见到孙绍文的时候孙绍文正在和人吵架——起因是为了几张宣纸。好歹把孙先生请出来,那老头子依然气得鼓鼓的。老头子长得倒还斯文,一头雪白的头发很是儒雅,这样的老者居然会和人吵架。从对方的脸上还能看出当年照片上的影子,甚至能感受到这是个不太服老的人,你再给他二十年,他一定会折腾出点动静来。

听了大马二人的来意,孙绍文的残留怒气一下子没了。他转着脑袋看了看,然后指着不远处的一块阴凉说:“到那儿去说。”

走进阴凉里,他从口袋里掏出一个小小的喷雾器朝嘴里喷了几下,说他有些哮喘。然后一本正经地问:“你说你们是公安局的,有证件么?”

大马拿出证件给他看了看,他点点头说:“现在骗子太多,我不得不防。现在你们问吧,苏老师怎么啦?”

“是这样,她家出了些事情。”大马把口吻放得比较平常,“我们找您了解情况,和那事情有些关系。比如说,您能不能谈谈你们当年那一段儿。”

“当年那一段儿?”孙绍文有了些警觉,“哪一段儿?”

大马看着他:“我们听说您追求过苏老师。”

“嘿嘿,”孙绍文似笑非笑地发出一道怪声,“八百年的陈芝麻了,居然让你们还挖出点绯闻——能耐不小啊。告诉我,苏姐出什么事了。”

苏姐,感觉上比较近——这老头看来不是个城府很深的人。

大马:“简单地说,她儿子被杀了。”

他不想绕弯子了,对这样一个老头最好直来直去。而且找他的目的中一大部分和死去的苏岷有关。开诚布公好些。

孙绍文惊得说不出话来,脸色也变了。好一会儿才喘过一口气:“活见鬼,怎么会有这种事情?你们不是开玩笑吧?”

看得出,老头子确实和苏老师没有联系了。

大马说:“我们怎么会开这种玩笑?这都是真的。孙老,我们想了解一下过去的事情。这才来找您的。”

孙绍文一边叹息一边来回走动,眼睛一眨一眨的还是有些不平静。最后他站住了,说:“我早就有感觉,那小子是个灾星,这下好了,苏姐的晚年惨了。他是怎么死的?”

“这您就不必问得太细了,说说好么——过去那些事。”

“可以。”孙绍文垂下目光沉默片刻,而后抬起眼皮,道,“我当年追过苏姐,昏天黑地不要命地追。苏姐比我大五岁,但我迷上了她,一点儿办法也没有。这一点和今天的年轻人没什么两样。苏姐那时候正是女人最诱人的岁数——要知道,女人不是十七八岁好,四十出头才是最有风韵的年纪,这个你可能还不懂。”

大马点点头,没说什么。人迷上了,那就是一切。

孙绍文继续道:“我前前后后追了她将近两年,但是很不成功。这么说吧,苏姐看不上我,觉得我这个人比较肤浅。我问他到底想嫁什么样的男人,岁数不小了,应该实际些。她也不多做解释,仍然不冷不热的。”

大马插言道:“是不是苏老师心里有人。”

是的,这句话必须问,不问的话,孙绍文能沿着他自己的思路说到爪哇国去,而自己想了解的是苏老师的内心。

“你问对了。”孙绍文一点儿也没觉出大马的意图,跟进了胡同。“苏姐估计是有什么目标,但是那仅仅是我的感觉,她没有什么行动,比如说跟什么人约会呀等等。不瞒你们说,我甚至偷偷查看过她的来信,仍然断定不了。后来我们俩来往渐渐少了,我还是挺关心她的情况,但是得到的消息是,她开始收养孤儿了。”

“也就是说,苏老师心里没什么人?”

孙绍文吃不准应该怎么回答,思索片刻,道:“不好说,实在不好说。即便有人也藏得很深,看得出来。”

“你没试着问过么?”

孙绍文提高了声音:“我哪儿敢呀,苏姐那对眼睛厉害死了!我都不敢和他对视——唉,那真是一对漂亮的眼睛呀!”

完蛋,大马的心沉到湖底。但是仍然心有不甘:“那么后来呢?”

孙绍文说:“她收留孤儿以后我们俩就基本断了。时不时听到一点儿说法,说那个小王八蛋把他妈手指头咬伤了,我会给她打个电话什么的……”

“慢!”大马抬起一只手,“小王八蛋指的是谁?”

“苏岷,这小子从小就阴坏阴坏的!”

大马沉默了一会儿,把话题转到自己最关心的那个问题上:“孙老,那小子初二的时候转走了,转到苏老师的老家安庆去了。这件事你了解么?”

孙绍文点点头:“这件事我知道,来得比较突然,苏姐走之前给我打了一个电话,我赶紧过去。那时候苏姐收养的另外两个孩子已经跑了,只剩下那个小王八蛋和她。她说她要回老家了,想跟我告个别。”

“为什么回老家?”大马发现孙绍文没有述说自己想知道的内容,追问道。

孙绍文果然摆摆手:“回老家就是回老家么——谁没有老家!”

又完蛋了!大马已经有些沮丧了:“走了以后你们还有联系么?”

“没有了。”孙绍文道,“各奔东西。不久我就成了家。原本以为就此便结束了,可是没想到,苏姐第二年又带着那个小子回来了,顺手还在火车站拣了个女孩儿。”

“姚芬?”

“对,听说嫁了个大款。”

话说到此,再无希望。大马听着孙老头絮叨一些琐事,一点儿心肠也没有了。却不料,孙绍文后来抖出这样一个情况:“……那个小子越大越不是东西,有一次居然把他妈抓了个大花脸,混蛋呀——幸亏有人收拾他,就是在学校代课的那个体育老师,马老师。他一个耳刮子就把那小子打老实了。苏姐当时扑上去要和马老师拼命,马老师指着苏姐的鼻子说:‘你这么惯着他就是害了他懂不懂!’苏姐马上就被震住了!后来好像和马老师成了朋友。”

哦,希望又出现了。这里冒出个马老师。

“等等孙老,你认识这个马老师么?”大马的注意力已经收了回来,心跳有些加快。

孙绍文说:“不认识。那个马老师只不过是个代课老师,没多久就走了。和苏姐也就是一面之缘。不过听人说,此人还在,好像住在金棕榈佳苑还是什么地方!"

大马的心跳变成了擂鼓。

金棕榈佳苑?莫非……我的天呀,莫非是那个马老爷子?!

想到这里他已经呆不住了,告别孙绍文便领着小丘回刑警队。路上他给欧扬久打了个电话,欧扬久刚刚从艺术团出来,闻听此言,大声说:"什么也别说了,赶紧回来,今天收获巨大!"

确实巨大,当四个人集中到队里的时候,整个感觉似乎都不一样了。王树民疯了、丁宝玉其人、苏岷所遭受的袭击,加上最后出现的那个马老师,都是新情况!欧扬久的橘子学说更加鲜活生动,杀人事件(也就是橘子皮)已经变得不那么关键了,现在是橘子肉,日异丰满起来的橘子肉,仿佛成了主体。

"伙计们。"欧扬久的瘦脸洋溢着神采,"它当然不是主体,咱们不是搞社会学研究的,咱们是警察,主体仍然是破案。不过,这个案子可能会让咱们看到很多很多一般案子里没有的东西。大马,我以为你应该带小丘去一趟安庆。"

他在大马肩膀上拍了一巴掌:"没什么意见吧?"

"我想问一句,你为什么对苏老师这头如此重视?"大马没说不愿意,事实上确实有些不愿意。

欧扬久严肃地说:"具体为什么,我现在还说太不清楚,但是小子,我请你相信我,这个案子的深处很有东西。现在已经有两个人提到苏岷遭受过什么人的袭击了,伙计,你给我听好了,大叔我非常重视这一点!"

"可……这和苏老师有什么关系?"

欧扬久用手指头戳着大马的胸口:"案子的深处只有一个人,这个人就是苏老师!"

"咱们干吗不去见苏老师?"大马还是转不过弯子来。

小美叫道:"废话呀大马,苏老师会说么?那个老太太其实是很有章法的。你想想看,她一直没说她对她儿子进行过抢救,一般老太太会这样么?”

大马不言语了。他见过苏老师,对那老太太有感觉。

欧扬久结束了这个话题,转到另外两件必须办的事情上,一是丁宝玉什么时候见?二是马老爷子——虽然还不能完全肯定金棕榈佳苑的马老爷子就是孙绍文说的那个马老师,但是可能性非常之大。查苏老师(又是苏老师)的背景已经碰了好几个壁了,不知能不能从马老师这儿得到些东西,但愿能。即便不能,发案那天的情况也应该找马老爷子问一问,这是在计划之内的。

小郝认为找马老爷子可以放在前边,大家没意见。大马已经接受了队长的安排,问欧扬久他和小丘什么时候走(去安庆)。欧扬久说明天就上路。

范小美大声说:“嗨,几位,许晓夫妇那头儿不管啦,老鲁还要不要继续关注?”

欧扬久摆摆手:“用不着分得那么清楚,丫头,这其中都有牵连。你明天先到丁宝玉居住的地方摸一摸情况,争取在见她之前我们能主动些。小郝,咱俩去金棕榈佳苑。”

大马说:“可不可以先见过马老爷子以后,再决定去不去安庆?”

欧扬久想了想,觉得也有道理,便同意了。

可是,等着他们的却是个万万没想到的消息……

30

马老爷子出事了,让人弄死在金棕榈佳苑西边的那条护城河的一座雕像的后边。后脑勺遭到了重击,这对一个七十出头的老人来说无疑是致命的。技术人员和勘察人员都到了,初步认定就是那重击的结果,进一步的尸检还要慢慢来。

尸体是一个捡塑料瓶子的外地人发现的,那个外地人发现死人后大叫,于是便引来几个没事瞎转悠的老太太。那个时候天已经不早了,老太太们正准备回家做晚饭。尸体的出现使她们耽误了回家,也弄乱了现场,这是非常糟糕的事。后来一个放学不想回家的中学生过来了,这才火急火燎地用手机报了案。那时候欧扬久带着小郝和大马正在路上。

他们几乎和出现场的人同时赶到的。但是由于他们所来目的明确,所以一听到马老爷子四个字,欧扬久马上知道大事不妙!

雕塑是一尊口含灵芝的梅花鹿,工艺非常一般。这里离小区稍远,来的人恐怕也不多,所以雕塑四周生着没过脚面的草。马老爷子的尸体就匍匐在草丛里。能看见那微微有些躬的后背和被血浸出一块红色的灰白头发。老爷子的老伴儿田老太太已经来了,正被另外几个老太太围在不远处号哭,高一声低一声的。

欧扬久蹲在一棵树边上抽烟,心里懊丧得要命。他觉得老爷子的死和自己有某种关系——因为是自己使那个搁置了的案子又复活的。是的,他毫不怀疑,老人的死是此案进行中发生的不幸。

大马从孙老先生那里得到的情况,已经使欧扬久对马老爷子重视起来。这倒不是说马老爷子一定和案件有什么牵连,但是他如果就是那个马老师的话,与这个案子的关系就不仅仅是个旁观者的关系了——在此之前欧扬久确实把他当作一个旁观者看待的,顶多想从他这儿弄到点儿东西而已。现在看来,老爷子比自己想象的重要,至少他看到或者知道什么要命的情况,否则不会遭此厄运——苏老师的脸再次跳进他的脑海。

他把抽到头的烟蒂扔在地上踩灭了,然后站起来朝死者的老伴儿那边看。老头儿死了,情况来源只剩下这个田老太太。老太太还在哭,声音不那么揪心了,变成了哀哀的饮泣。

大马和小郝过来了,法医老高也跟在后边。小郝说凶器没发现,半径一百米之内没有找到。感觉上是块石头一类的东西。估计凶手拍死老爷子以后扔进河里去了,但是需要一些臂力,因为雕塑与河道之间有一段倾斜的草坡,扔不进河里就会留在草坡上。欧扬久走到河岸边看了看那草坡,发现草坡的倾斜度很陡。他估计凶手那时候急于逃走,已经没有胆量和时间去处理那半块砖头了,估计是带走了。

法医老高告诉欧扬久,老爷子的脑袋上挨了好几下拍击,当即就不行了。后脑勺上的骨头有一些碎裂,但不是很严重。这要是搁在一个小伙子身上,不一定死。但即便不死,也至少是个植物人,所以你们确实应该早些来找这个老头儿。

大马说他把基本情况说给老高了,老高一直在埋怨他们。

老高说:"欧队你是能人,可这事儿是晚了些。"

说完这个老高张罗着处理尸体去了。欧扬久对两个部下说:"人家说得不错,咱们有些顾此失彼了。很显然,案子重新上马以后,有人开始行动了。"

"是的,这是不言而喻的。但是在很长的一段时间里,凶手并没有行动,怎么这边一有动作对方就行动了呢?"

"队长,莫非咱们的行动对某人构成了威胁?"小郝问。

欧扬久不假思索地点头道:"这是毫无疑问的。我现在在想咱们目前所关注的这些人——你们是否认为凶手是这些人中间的?"

大马道:"主要的关注对象应该是这些人,包括苏岷和唐五羊以外的所有人。但是不排除还有咱们没掌握的目标。"

小郝基本同意,大马所说的所有人包括许晓夫妇、老鲁、苏老师、丁宝玉,不知道那个得了精神病的黄金手王树民算不算一个。

"别忘了,还有一个若干次袭击苏岷的乞丐。"欧扬久指出。说完这话他招了招手,领着两个年轻人朝老太太走过去。

老太太已经不哭了,正在看着人们把尸体装进裹尸袋里。欧扬久快步过去,扶住了摇摇欲倒的田老太太,把她扶到了一边。老太太好像知道警察要找她谈话,说她想安静一下,想回家。欧扬久便让小郝去调查一下周边可能找到的目击者,然后和大马陪着老太太回家。老太太对着那个裹尸袋,又是一阵大哭。

好歹把田老太太弄到家里,欧扬久的后背上已经汗湿了。

虽然住在同一个小区,马老爷子这套房子显然不如苏岷那套好,窄小,布局也不行。欧扬久看完了房子,很自然地把话题引到苏岷头上。这时候他已经确认马老爷子就是那个马老师了,因为卧房墙上的镜框里有马老爷子一些年轻时从事体育运动的照片,身份很好确认。

老太太听了欧扬久的话,有气无力地告诉他们,"这个小区是分两批建成的,我们先搬来。等第二批房盖好以后,那个变魔术的才在这儿买了房子——不是冤家不聚头呀!"

老太太又嚎哭了几声。哭得欧扬久心绪复杂。

这两人都在金棕榈佳苑买房并不说明什么,充其量也就是某种巧合。但是这巧合在此刻竟显得非同寻常。他问老太太,苏岷在这儿买房是不是有什么不良企图。

老太太哭兮兮地说:"那倒不是,老马收拾过他,他躲都还来不及呢——唉,老天爷安排的呀!"

欧扬久循着思路往下问,田老太太也就跟着往下说,说着说着话题集中了。欧扬久让老太太谈谈他们和苏老师母子俩的关系。老太太摆摆手,说没什么关系,老头子和苏老师认识也是二十多年前的事了。他只在那个学校当了半个学期的代课老师,离开以后就和苏老师没什么来往了。

欧扬久问:"老爷子收拾了那个混蛋小子,苏老师是不是很有意见?"

老太太说:"当时是。你们不知道,苏老师扑上来就抓老马,像母老虎似的。当妈的都是护犊子的。自己可以打骂,别人不行。后来苏老师后悔得要命,向老马道歉。两个人从那儿以后关系不错。说了不怕您笑话,我还吃过他们的醋呢!"

说到这儿,老太太又是眼泪汪汪的。

欧扬久点上一支烟慢慢抽着,道:"老人家,您能不能告诉我,您觉得老爷子今天出事,和苏岷的死有没有什么关系。"

老太太看了欧扬久一眼,说他说话没头没尾,东一榔头西一棒子的。欧扬久笑笑,说这是警察习惯用的方法,还是为了寻找凶手。

老太太便认真地想了一会,然后摇摇头说:"我说不清楚。你想问什么就问什么吧。"

欧扬久便把话题再次返回去,问老太太是不是听了一些关于苏老师的说法。

老太太说:"老头子说什么我听什么,也就是些鸡毛蒜皮的事儿。听过老头子的话,我挺同情苏老师的。不管这个女人什么来路,一个人带着好几个孤儿,终究不容易。心肠好呀,有些时候觉得苏老师还是挺了不起的。"

"看来您对苏老师的印象不错。"

老太太点头承认。

欧扬久将话头引向重点:"关于苏老师的来路,马老爷子跟您说了什么吗?"

老太太又想了一会儿,道:"这个问题呀,不好说。老马对苏老师的来路一开始就有些疑问,回来跟我唠叨。可是直到他离开那学校,也没探听出什么。"

老太太居然使用了"探听"这样的词儿,看来两个人确实对苏老师动过心思。换一个角度说,苏老师的来路显然使人有这种印象。他看看大马,大马的表情非常失望。

更多的情况老太太也说不出什么了,她的言语使人感觉到苏老师是个有些性格矛盾的人,仅此而已。说到那个耍魔术的小子,老太太又没有了好气,抱怨老天爷没办好事儿,让那家伙又出现了。她说他们的楼和苏岷的楼离得不远不近,时不时能打上个照面,一开始谁也没认出谁,后来苏老师来看儿子,才对上号。互相照顾着面子也没什么矛盾,但是有一次苏岷买西瓜没给够人家钱,马老爷子帮那小子付了欠账,老两口便对苏岷印象恶劣了。老爷子说狗还是改不了吃屎。

"我就是不明白,"老太太说到这儿的时候声音放大了一些,神情有些愤愤然,"就这么一个不怎么样的混账东西,苏老师怎么就那么当宝贝贡着。这么说吧,我对我儿子都没有那么上心。冬暖夏凉的,不知道怎么好了。"

是呀,欧扬久想,出事那天晚上苏老师就是来拿羽绒服的,夏天就想到冬天的东西了,确实很上心。

接下来,他把话题引到最关键之处,原先想从马老爷子这儿了解的内容,现在只能向老太太提问了,好在这老两口有很好的交流。

"老人家,我现在提一个比较重要的问题,您听了先想一想,不着急回答。我想知道的是,苏岷被杀的那天晚上,马老爷子看见过什么没有?有没有什么可疑的地方?您想好了再说——"

老太太可能还沉浸在失去老伴儿的痛苦里,一阵一阵的。思考的时候又想哭,但最终稳住了,然后抬起头来看着欧扬久说:"那天晚上老头原本说不出去了,因为他想看一场球赛,可是那天电视信号不好,他呆着没意思了,才下了楼。谁也没想到会出事。出事以后他跟我说过那个晚上的情况,说他看见苏老师来了,还跟苏老师说了几句话。"

欧扬久问:"说的什么话,您还记得么?"

老太太摆手道:"这个我记不清了,大概也就是几句家常话。您的烟灭了。"

欧扬久把烟点上,让老太太继续说。

老太太道:"他们俩说了几句话,苏老师就上楼找他儿子去了。再接下来不就出事了么？那时候在楼下遛弯儿的人正准备回家，结果警察来了，直奔楼上。那时候老马还不知道死的是苏岷——噢不，那时候大家还没想到是死人了。”

大马插话道：“当时确实是这么回事，警车来了以后楼下的人都围过来了。那时候苏老师还在楼上。”

欧扬久点点头，请老太太说下去。

老太太说：“大家就那么围着，议论纷纷，说什么的都有。一直到人抬下楼，走了，还有人在那儿围着不散。老头子也是其中一个。散了以后他回来跟我说了这个事儿，我吓了一跳，差点儿犯了心脏病。不管苏岷那人怎么样，也不至于死呀，是不是？”

“是的是的，”欧扬久用力点头，道：“老人家，咱们收回来，我刚才问的是，老爷子看到过什么没有？有什么可疑的地方？”

“你听我说呀。”老太太道，“出事儿那些天也就是议论纷纷，小区里乱哄哄的，老头子也跟着在外边东拉西扯、胡猜。再往后说的也就不多了。上个月我和老头子到大女儿那儿住了十来天——去了趟包头。大概在返回来的火车上吧，老头子突然想起一件事情。等我喝口水啊。”

老太太拿起保温杯喝了几口水，然后抹抹嘴，说：“老头子想起这么件事，说苏老师上楼去的时候他无意中朝那楼上看了一眼。他说当时他就觉得有些什么地方不对劲儿，可是好长时间没有往深处想。在火车上他突然琢磨出名堂了——他说那栋楼一直往上的楼梯灯都亮了……”

欧扬久蓦然间觉得呼吸急促，险些叫出来。他一直有所感觉的问题终于有影子了。楼梯灯，楼梯，啊，自己在查看了苏岷的房间后是从六楼走楼梯下来的，妈的，怎么没往上看看呢！凶手完全可能往上跑呀，而且那楼梯灯是声控的。

“老人家，马老爷子说那楼梯灯一直往上都亮了？”

“是呀，老头子就是这么说的。”老太太的表情非常认真，“他说，可能有人往上跑了!”

老百姓啊,真的了不起!

是的,凶手往上跑了——苏老师的出现,把那个凶手吓跑了,但没有往下跑,而上往上去了! 上帝!

房间里出现了短暂的沉默,想必大马也明白了其中的奥妙,表情极为复杂。欧扬久一口接一口地抽着烟,一直抽到老太太咳嗽起来。

“老人家,看来老爷子这人很有想法。那么然后呢? 老爷子还说了些什么?”他把窗户推开一些。

老太太说:“坐火车那一路他就咬着这件事儿说个没完,我说他神经了,他还不高兴。现在想起来,他说的好像靠谱,你们觉得呢?”

当然靠谱——老爷子这个人不一般。欧扬久长长地叹了口气,道:“那么第二个问题呢——老爷子有没有觉得什么地方可疑?”

“他觉得有个叫花子比较可疑。”老太太看着欧扬久的脸,老头子这个人是一根筋,想什么事儿都会往深处想,一直想到撞南墙。

“叫花子?”欧扬久重复了一句,声音不大。

老太太点头道:“老头子胡说八道,哪儿来的叫花子。”

哦,不不……欧扬久觉得心头被撞了一下,叫花子,说文雅点儿,叫花子就是乞丐。这已经是若干次听若干人提到乞丐这个词汇了,因此它不再是词汇,是人,一个具体的人!

他朝老太太弯下腰,眼睛眯成了一条缝:“老人家,那是什么样的一个叫花子?”

“不知道。我没看见过。但是老头子说他看见过,看见那个叫花子在那栋楼附近转悠过,而且都是天快黑的时候。”

大马开口了,心情显然有些急:“大妈,你们为什么不告诉我们? 我们不是留电话了么?”

老太太有些生气了,转向大马说:“你这个人,我们也就是想想,谁知道有没有用处。再说了,老头子也不是拿得多准,谎报军情怎么得了!"

欧扬久已经没有工夫纠正老太太用词不当了,他说:"老人家,我谢谢您了,现在说也不晚,有用没用我们都会查一查……"

可是,老太太的确说不出什么了。

欧扬久极其失望地看了大马一眼,看得大马低下了脑袋。他掏出烟来想抽,最后忍住了,问道:"大妈,现在我问最后一个问题——马老爷子天天这个时候都出去么?据说他都是晚上出去。"

"同志您算问对了,老头子很少这个时候出去,今天不知道怎么了?"老太太懊丧地拍着沙发扶手,"八成是跟什么人约好了吧?"

刚说到这儿,老太太的两个儿子回来了,老人顿时失态,哇地一声哭起来,忘了屋里还有外人。一家人开始放声大哭。欧扬久二人赶紧告辞走了。

31

回到刑警队,小郝和范小美也已经回来了,欧扬久想抓紧时间研究分析一下,可是脑子里乱哄哄的,只想躺着。他在沙发里平躺了一会儿,最终还是烦躁地坐了起来。是的,马老爷子的线索没了,大马和小郝是有责任的,可是你能说他们什么,骂也没用了。他当即命令大马,明天必须上路,去安庆。大马说情况有变,去安庆还那么重要么?

欧扬久骂起来:"你这个大马猴!让你去你就去,哪来那么多废话!你们要是能早跟马老爷子接触,可能了解到的情况要比这个多得多!"

大马据理力争:"队长,任何事情都有来龙去脉,我们当时不是因为唐五羊的逃跑搞乱了么?谁有你这么多心眼儿?再说了,马老爷子那时候未必想得起什么,他是后来才想起楼梯灯那个细节的。"

小郝不让大马说话,然后转向欧扬久说:"我说队长,还是此一时彼一时吧，我汇报调查的情况——整体上没有什么太有价值的线索，只有两三个人对马老爷子那么早出来遛弯表示不解。另有一个收垃圾的人说，他看见一个蓬头垢面的人从河边走过去，但是时间有些不好解释，那个人好像是中午出现的。”

不错，马老爷子的死带来两个最重要的情况：楼梯灯朝上亮去和叫花子的出现。可不可以这样认为，马老爷子的死与这两个情况有关？

范小美朝大家叫道：“你们看不出来吗，整个逻辑关系已经很完整了——是那个乞丐杀了苏岷，然后在苏老师出现的时候朝楼梯上方跑去，因此把声控灯一路地弄亮了。马老爷子在楼下看见的就是这个情景。至于马老爷子的死，绝对和那个蓬头垢面的乞丐有关。前后全搭上啦。”

小郝道：“你的意思是，那个乞丐是有目标地杀死马老爷子？”

“那还用问，马老爷子肯定和不少人说过他那个发现，乞丐听到了，于是杀了他。”范小美说到这里，再次转向欧扬久，“队长，你让大马去安庆，是不是有些脱了裤子放屁！”

“该脱裤子放就要脱！”欧扬久越发光火。

大马冷冷地说：“行，我去。我现在回去做准备可不可以？”

欧扬久摆摆手：“滚，赶快滚，马上从我面前消失！”

“心理变态！”大马咕哝了一句，气呼呼地走了。

范小美冲欧扬久咬牙切齿道：“你这个老家伙，出门让车撞死！”

还要骂，技术处送来了报告。认定马老爷子的死因判断无误，为硬物击打所致。欧扬久把那个报告推到一边，再也发不出脾气了。他问两个年轻人愿不愿意陪他去街上吃一顿，小郝和小美当然没意见。欧扬久吆喝着他们出了门，让小美保护好自己，以免被车撞死。小美哈哈大笑。

三个人去吃兰州拉面。吃的时候欧扬久听了范小美的汇报。

范小美说，如果不是队长不让，她今天就想见见那个丁宝玉。没办法，只能在那个小区做零散调查。后来又去了趟居委会。整体上丁宝玉这个人口碑很差，名声在那一带比较臭。有人觉得黄金手的精神病就是她整的，原因当然是大家不了解王树民单位的情况。但是这也说明丁宝玉对王树民确实不好。

“她打王树民，打得王树民鬼哭狼嚎的。”小美愤怒地比划着，然后大大地喝了一口汤。“队长，听说王树民八十多岁的老娘就是被这个娘们儿气死的！”

欧扬久慢悠悠地问：“王树民再也没有亲人了么？”

“说法不一。”范小美又喝了口汤，“有人说王树民什么亲人也没有了。也有人说王树民有一个非常有钱的晚辈，偶尔开车来看他，比较神秘。”

“哦，有具体说法么？”欧扬久看着小美。

小美摇头：“没有，就这些。队长，我觉得咱们应该正面接触丁宝玉，给唐五羊发短信的毕竟是王树民的手机，而一个疯子会发那么清楚的短信么——我指的是最要命的那三条短信。”

“你认为是丁宝玉发的？”小郝道。

范小美搓着手：“我倒没那么说，丁宝玉怎么知道许晓夫妇的情况——但是见见她会有些直接感觉的。是不是队长？”

“对。”欧扬久表示同意，看来见丁宝玉不能再等了。许多意外的情况都是行动不够迅速才出现的，比如马老爷子的死。如果说苏岷的死是死于某个阴谋的话，马老爷子的死显然和他的那个发现有关，而出现的那个乞丐是不是袭击苏岷的那个乞丐呢？如果是的话，他为什么屡屡袭击苏岷呢？这两者背后隐藏着什么秘密？

“这样吧，咱们吃完饭去见见苏老师。故事的背景苏老师应该知道。小美，女孩子家不兴那么狼吞虎咽的，优雅些好不好。”

范小美从大瓷碗上抬起头来，说：“队长，什么叫优雅？你骂人家大马是大马猴，怎么不讲究优雅？”

欧扬久做了一个愁眉苦脸的表情：“你们说大马的这个样子像不像大

马猴?”

小郝拍着桌子大笑:“哇,小美,确实挺像的啊!”

半个小时后,三个人来到了苏老师那个小院。苏老师正在填一张表,背后的电视机音量开得很小。三个警察的光临,使苏老师略微有些意外。她过去关了电视,安排三个人坐下,并把一包开了封的香烟递给欧扬久。

和上次比起来,苏老师的精神状态好了许多。他把表格递给欧扬久看,说是正在申请认养一个孩子。原来那是认养孤儿的申请表。苏老师说她身体条件还行,工资也用不完,养个孩子还是可以的。说到这儿,苏老师为上次的不礼貌道歉。

“对不起,上次我有些难过,没有回答你们的问题。现在既然你们来了,我也就顺便说说好了。”苏老师坐回原位,小声地咳嗽了两声,道,“初二转学的事情是这样的,苏岷在这儿念书遇到一些障碍,问题在他本人身上,是性格方面的。我想让他换个环境。我自己也想回去,毕竟那是我自己的老家,所以……”

她可能觉得意思已经表达清楚了,便没有再说下去。

欧扬久点点头,道:“谢谢您的理解。那么,为什么不到一年又回来了。”

苏老师道:“唉,还不是没办法——那孩子非常不适应安庆,我为这个愁得掉头发,周围的同事也帮了不少忙。可是不行,只好回来了。”

言语不多,事情讲得很清楚。

欧扬久思考了片刻,道:“苏老师,我们也了解了一些情况,主要是关于苏岷的。因为要调查命案,有些事情必须弄清楚,想必您能够理解。比如说马老师……您认识这个人,就是金棕榈佳苑的马老爷子。据说他打过您的儿子?”

苏老师明显地表现出一些意外,但是很快就接受了。她点头道:“看来你们的工作做得很细致。是的,老马教训过他。那个孩子确实很过分。”

没有多余的话,意思都有了。

欧扬久嗯了一声,道:“苏老师,有些情况……我想应该告诉您,马老爷子,马老师出事了。”

苏老师一愣:“哦,怎么啦?”

“马老爷子被杀了。”欧扬久目不转睛地看着苏老师的脸。

眼看着眼泪从对方的眼睛里流了出来,而后苏老师喔地一声捂住了嘴,无声地哭起来。房间里一时间变得很压抑。

过了一会儿,欧扬久开口道:“苏老师,这种事瞒不住的,您不要太难过了。我还有几个问题想问您。第一,出事以后您见过马老爷子没有,他有没有告诉过您什么?”

苏老师擦擦眼泪,看着欧扬久说:“见过几次。”

“最近一次是什么时候?”

“大约……半个多月前吧。我想去儿子那儿看看,结果看见的是你们的封条。在楼下我碰见老马,说了一会儿话。”

“他说没说到一些比较重要的内容?”

“没有,都是些闲话。他让我保重身体,人死不能复生什么的。我说我还想领养一个孩子,他问我身体是不是吃得消。大概就这些。噢,对了,他还提到什么楼梯灯,不知道什么意思。”

欧扬久和两个年轻人交换了一个眼神,问苏老师:“马老师没有表达他的意思么?”

“没有。”苏老师摇摇头,而后哦了一声,“想起来了,我们说到这儿的时候,有个打门球的老人把他叫去说什么事情。好像说谁作弊什么的,然后两个人争了起来,我就走了。”

欧扬久点上支烟,吸了一口道:“还有一个问题。苏老师,这个问题您可能心里有印象——我想说的是……乞丐，一个乞丐曾经袭击过您的儿子，我们不只听一个人说过这个事情。”

两个人的目光交织了。

苏老师的目光是朦胧的，但没有闪烁。她蠕动了一下嘴唇，然后仰起脸来，说道：“没错，你说的没错，是有那么一个乞丐，有一次她就在我面前袭击我儿子。那一次姚芬也在，老鲁也在……可是欧队长，这个情况我无法发表看法，您怎么认为呢？”

“我想听听您的。”欧扬久没接这个球。

苏老师摇头道：“不好说。这样的事情是不是应该问问社会治安方面的人？”

欧扬久不得不抛出最后一个有分量的家伙：“苏老师，如果我告诉您，有人曾经在金棕榈佳苑见过这么一个乞丐，您会作何感想？”

“今天么？”苏老师马上引起了警觉。

欧扬久点点头，什么都没说。然后他把烟头捻灭在烟缸里，起身招呼两个年轻人告辞。苏老师没再追问什么，一直把他们送出了门。

当他们走上大街的时候，范小美问：“队长，你是不是脑子里有了什么东西？”

欧扬久站住，眯着眼睛看着马路上来往的车，而后缓缓地说：“你们难道没有发现么？当我说到有人在金棕榈佳苑看到这么一个乞丐的时候，苏老师脱口就问我——今天么？伙计们，你们有没有感觉出一些不正常？”

两个年轻人思考了一会儿，范小美哦了一声：“我明白了！按照叙述的内容，苏老师的思路应该停留在苏岷身上。而苏岷已经死了三个月了，‘今天么’这三个字只能理解为是在说马老爷子之死。”

“对，说得非常对。而且我还要说的是，她给我的感觉不仅仅是关心马老爷子，倒像是更关心那个乞丐。”

说完这话，欧扬久背着双手，头也不回地朝前走去。

32

就在这同一个夜晚，市府宫秘书长接到了一个让他心惊肉跳的电话。他第二次听到了那个瓮声瓮气的男中音，那声音像电流一样击中了他的神经，握着话筒的手情不自禁地颤抖起来。

“又是你……”他努力克制着自己的惊恐，伸手关上了书房的门，“你到底是谁？”

对方阴郁地发出两声沙哑的笑，而后压低声音说道：“宫先生，你不觉得这个问题问得很可笑么？我如果想告诉你，上次就告诉你了，何必等到今天？”

姓宫的也把声音尽可能压低：“少废话，我想知道你到底想干什么？做什么事总是有目的的！”

“这个还不明白么？钱，上次我已经暗示过你了，你恐怕过于紧张忽视了这个关键，今天我就明说啦——钱！”

姓宫的也不善，咬牙道：“我凭什么给你钱？”

“因为你们黑的钱太多啦，天理已经不容啦，宫先生！”

姓宫的心头一紧：“问题是，我连你是谁都不知道。”

那个声音：“你用不着知道，谁都不是傻瓜。而且我是想通过你让许晓出血，不伤你的毫毛！秘书长，我相信你有办法让他们拿出钱来！”

“跟许晓要钱凭什么给我打电话？”姓宫的色厉内荏地斥道。

对方笑了，笑得很阴险：“明知故问秘书长，你说话比我管用，只要你开口，我相信那夫妻俩什么屁都不敢放。”

“你太抬举我了，我有那么大面子么？”

对方哈哈大笑：“你当然没有那么大面子！但是你屁股底下的交椅很

有面子。你帮那夫妻俩搞过多少贷款,那夫妻俩给过你多少好处……不记得了么?还有建设银行的行长,他屁股上的屎也是你帮着擦的吧……”

“住嘴!”姓宫的已经有些受不了啦,浑身都在颤抖。他沉默了一会儿,强压住内心的恐惧与愤怒,问道,“你只要钱?”

对方笑道:“你们除了钱,还有什么有价值的东西?肾?对,也许那东西对人体器官移植还有些用处……噢,别骂人,开个玩笑而已。我希望你和许晓两口子商量商量,至少拿出七位数来。”

姓宫的面色如纸:“一百万?”

“一百万仅仅是七位数的底线。”对方仿佛在协商什么,“九百九十九万是顶线。这样吧,咱们取个中好不好,你告诉那两口子,我要五百万。”

“王八蛋,你胃口太大了!”宫某忍不住骂了出来,“他们现在根本拿不出那么多钱来。”

对方压低声音道:“看来你被瞒着呢秘书长,他们最近出手了一块地皮……不不,不在本市,是外地的一块地皮——难道他们一点儿也没透露给你么?”

姓宫的脑袋轰的一声,嘴上还算镇静:“别废话了,我至少要和他们商量一下,现在还给不了你任何答复。”

“当然可以,我给你三天时间。”对方发出一声短促的笑,挂了电话,结束得十分干脆。

姓宫的跌坐在沙发里,身心俱疲。一种末日之感笼罩了他,他伸手抓过刚刚放下的话筒,拨通了许晓的手机。

“许晓,是我,你们俩马上出门,咱们在老地方见,什么都别问,马上!”

二十分钟后,三个人在天上人间的一个非常隐蔽的包间见面了。这是他们经常来的地方,老板是宫秘书长的人,很安全。许晓夫妇从宫秘书长的表情上已经看出了意思,但他们不好先开口。

姓宫的只是垂着头,一声不吭。能看出,他的情绪有些不稳。然后他拿过茶碗，一口把茶喝了，扔下碗继续发呆。

许晓不得不开口了："喂，是不是出事了……敲诈？"

宫秘书长猛地抬起头，用一对愤怒的眼睛盯着对面这夫妻俩："见鬼了，莫非你们一点儿也没察觉么，有人已经出手了！如果说上次仅仅是个试探，现在显然已经跳出来了，你们难道一点儿也没感觉？"

"别激动，老宫。"许晓给他倒上茶，"慢慢说，怎么回事儿。"

宫秘书长再次喝干了一碗茶，用力把茶碗敦在茶桌上："别来这一套！你们两口子到底怎么回事？什么意思嘛？我不相信你们现在心里不紧张——上次我已经把话说得很明白了，傻子都知道什么意思！"

许晓看着他："紧张有用么？"

姓宫的在茶桌上拍了一巴掌："你别把话题岔开，你知道我想说什么！我问你们，是不是你们把要紧的情况透露出去了？敲诈者好像什么都知道！"

姚芬有些慌，许晓拍拍她的手，目光依然看着姓宫的："他都知道什么？"

"你们最近是不是卖了一块地？"宫某逼问道。

许晓不动声色："是，确有此事。否则我们怎么堵住那四百多万的窟窿，保证眼前施工的进行。"

"遗憾的是，敲诈者都知道的事情，我还蒙在鼓里。"

许晓笑了："仅仅因为这个么？我还以为……"

"不，不光这个！"宫某打断了他的话，"我现在关心的是，你们的秘密，或者说，咱们之间的那些事情，怎么被外人知道得一清二楚？对方连银行的情况都摸清了。"

"不可能！"许晓终于稳不住了，声音有些高。

姚芬碰了碰他的胳膊，乞求似的对宫某说："秘书长，你别吓唬我——究竟怎么回事，咱们慢慢说好不好？"

“还说什么?”姓宫的啪地把一张银行卡拍在茶桌上,“这是你们给我的好处,包括给隋副市长的,一分没动,都在这儿。”他站起来,“二位,别说咱们有什么关系,现在没关系了。作为朋友,我提醒你们,你们身边可能有大家伙!”

“别这样。”许晓看着茶碗,声音不高,“有话好好说行不行?不要一碰上事情就一推六二五,要知道,有些东西是推不掉的。”

姓宫的大概想发火,但是最终没有发出来,慢慢地坐下了。包间里的空气有些凝固。

姚芬给他们斟上茶,想说什么却没说出来。

许晓道:“老宫,咱们现在已经难分你我了,你如果真关心咱们的事,应该帮我分析分析情况,看看有没有想象的那么严重。”

宫秘书长抬起眼睛看着这个大老板:“你觉得不严重?不会吧,许老板是什么人我还不清楚?你真没想过身边有内奸?”

“想过,上次你来电话以后我就在想。我觉得事情未必有那么严重,弄不好有人虚张声势也说不定。”

姓宫的想了一会儿,摇摇头:“不对,开口就要五百万的人,手里没有硬家伙,恐怕不敢。”

这个数字使那夫妇俩怔了一下。许晓扶着膝盖站起来,无声地走到窗子边上,用一根手指撩起窗帘向外看。能看见的是沉沉的夜和迷离的灯光。马路上的车流稀少了,远处高高的楼宇矗立在夜幕里。

他点上一支烟,用力地吸了一口,转过身来看着宫秘书长:“老兄,我说句不好听的话,咱们现在谁也离不开谁了,因此只有一致对敌——你公安局有人么?”

姓宫的吓了一跳:“你真敢问,想把公安局也拉进来?”

“有些事情还是要专业人员来调查。”

宫某毫不迟疑地予以驳回:“不行,死人那案子已经被公安局盯上了,不能把事情搞复杂。你们俩还是从自己身边下手查查,这个人十有八九是你们内部的人!"

姚芬说:"是不是应该有个预案?"

许晓道:"这种幼稚的话你就别说了。秘书长说得对,咱们确实得从身边下手了。"他朝老婆眨眨眼,"老宫,你先把那张卡收起来,咱们还是要一起想办法。"

再说下去似乎没什么内容了,姓宫的叹了口气,又发了会儿呆,然后先走了。许晓和姚芬又要了一壶茶,无滋无味地品着。现在只剩下他们俩了,有些话似乎可以说了,但是却都没有说的欲望。事情确实发生了,而且比他们预想的要严重。

"让老鲁来接咱们一下。"许晓道。

姚芬给老鲁发了个短信,然后看着老公:"喂,你觉得是他么?"

"十之八九。"许晓声音低沉而无力,"我一直在观察——咱们怕是聪明反被聪明误呀!"

"可有些事情他并不应该知道!"姚芬急了。

许晓摆摆手:"对于一个聪明人来说,许多事情都是可以分析出来的。不过你也用不着太紧张,凡是钱能摆平的事,都算不上大事。你的包里还有烟么?我的烟抽光了。"

姚芬拉开皮包,找出一盒烟递给他。许晓赶紧抽上一支。是的,他想,但凡是钱能摆平的事,总归还有救。

五分钟后,老鲁的车来了。姚芬挽着许晓出了门。

老鲁已经站在车门口了,看见他们,脸上现出了恭顺的笑。他当然用不着告诉他们,二十分钟前,他就在街对面,看着宫秘书长打车离去。

"姚总小心。"他一把扶住险些踩空的姚芬。

此刻,已近子夜了。

33

欧扬久被手机闹醒了,他摸着黑打开手机,马上听到了小郝火急火燎的声音:“队长,你没睡吧?金棕榈佳苑居委会来电话了,我现在就在你楼下。”

“你姥姥的!”欧扬久愤愤地骂,“看看现在几点啦?”

“一点四十。”小郝老实相告,声音里透着急切,“队长,情况好像很急,您就咬咬牙吧!”

欧扬久像一条瘦狗似的后脊梁在床头上撞了一下,随即听见隔壁老婆的咕哝声。他拖拉着鞋出了门,一边下楼一边系扣子。

手机又响了起来,还是小郝:“队长,带上你的录音笔。我的忘办公室了。”

“你这个王八羔子,老子十二点才睡,吃了两片安定。”

小郝的车就停在楼下,开着发动机。欧扬久从楼门洞出现的时候,小郝跑了过来,假惺惺地扶了欧扬久一把。两个人上了车,飞快地开出了楼区。

“有病啊,什么话不能明天说?”欧扬久点上烟抽着,随手摇下车窗朝外吐了口痰,“我迟早得被你们这些兔崽子折腾死!”

小郝看着车灯照亮的马路,说:“那边居委会说,有人看见凶手了!”

“哦,”欧扬久警觉了,“是叫花子么?”

“他们没说,只是让我们赶快去,提供情况的是一个住户。一对租房住的新婚夫妇。因为我给居委会留了手机号码,所以他们首先找我。按理说应该让你老人家多歇歇的,谁让大马明天出发呢,我不想折腾他了。再说了,你对人家大马态度实在有些过分了。”小郝说到这儿的时候,缩了缩脖子,准备挨上一巴掌。

欧扬久懒得打他，只是张着大嘴打了个大哈欠。凶手？他脑子里跳动着这两个字，凶手、凶手……是的，凶手在那个地方行凶，胆子似乎大了些——看来凶手真急了。

说话间到了。居委会灯火通明，感觉上是发生了大事。

一个值班的人和他们主任都在，另外两个就是提供情况的那对新婚夫妇了。欧扬久和小郝二人的到来，使他们顿时兴奋起来。主任告诉他们，这对小夫妻都是研究生，刚刚工作不久……

“什么情况？”欧扬久深知这些基层人士的啰嗦，开口就奔主题。

那对年轻人便把情况说了说——

事情并不复杂，小夫妻里的那个夫，昨天值了个夜班，今天休息。年轻人一个人在家自然大睡一觉，一直睡到下午将近五点。连中午饭都没吃。他说他起来以后站在窗口抽烟，想给妻子发个短信，结果手机没电了。大约就在这个时候，他往楼下看了一眼，看到的就是那座梅花鹿雕像。

“也就是随随便便看了一眼。”小伙子说。“我住在十九楼，那个高度看人就跟看蚂蚁似的。”

小伙子告诉两个警察，他看见一个人从那个雕像附近走去。那个时候大约正是凶杀案发生的时候。当然，他当时根本不知道发生了凶杀案。他说他仿佛看见雕像下边有个人形，但是没有过脑子，他在想晚饭怎么办，是不是应该到超市买些东西做一顿。然后他打座机找到了妻子，让她寻找个理由到外边吃一顿。女孩子说那咱们提前过中秋节吧，于是小伙子重新回到床上，开始用笔记本电脑写一个报告。天黑，他下楼按照约好的地方去和妻子汇合。然后两个人美美地吃了一顿晚饭，又顺便看了一场大片。回来的时候已经挺晚的了。从小区穿过的时候他们听到了人们议论死人的事情，感到很恐怖。但是直到这个时候小伙子依然没意识到什么。（接下来一段小伙子没细说，反正就是年轻男女那档子事）事后又扯了一些闲话，刚要睡的时候，小伙子想起来了。这时正好晚上一点。

“我的脑袋一下子就大了！”小伙子搂住妻子的肩膀，“我想我看见的就是凶手。就是那个走掉的人，他那时可能刚刚行凶完毕。”

欧扬久看着地面，心里已经有些不爽了。他预感到，可能是白高兴一场：“伙计，我现在最需要的是那个走掉的人有什么外部特征。你一定要仔细想想，哪怕一点儿也好。”

居委会主任说：“是呀，比如他穿什么衣服？”

小伙子也急得不行，完全在欧扬久预料之中：“我……我当时……唉，其实我手边就有一个望远镜，可是谁想得到呢？”

“是男是女？”欧扬久竖起一根手指。

“这……这……应该是男的吧？女人怎么会……”

欧扬久依然竖着那根手指：“这不是应该不应该的问题，我现在要的是你准确的印象！”

女孩子莫名其妙地在这个时候抽泣起来，她说他们生活得好好的，没招谁没惹谁，怎么这么倒霉呀。其实我们挺有责任心的，想起这件事马上就打了电话，否则的话，谁管这闲事呀。

欧扬久朝她摆摆手指：“别这样姑娘，我们打心眼儿里感谢你们。可是咱们现在谈的是非常重要的细节问题，我必须掌握一个准确的印象。”小伙子继续说，你的准确印象是什么？”

小伙子拍拍妻子的肩膀，仰着头想了一会儿，道：“嗯，可能您说得对，细想起来，那人不一定是男的，这一点不好确定。我想从我那个角度看下去，比较能分辨的应该是那个人走路的姿势。您想想看，从十九楼看下去，目标只是一个点，活动的是两只脚，走路……不好说，感觉上恐怕更像一个女的。”

“头发。”欧扬久指指自己的脑袋，“应该能看清头发吧？”

“头发难道有什么不同么？”小伙子感到有些费解，“我想说，那时候西边的太阳正好照过来，光线……您明白我的意思么?”

欧扬久点点头:“是的，我明白。这么说身上的衣服颜色也不好说了?”

“关键是我确实没在意。”小伙子又有些急了。

欧扬久真诚地谢过了小夫妇俩，然后和小郝打道回府。

车开到小河边时，小郝熄了火，两个人并排坐着，思索着。小郝不住地挠头，欧扬久不住地抽烟。

“丁宝玉……”小郝嘀咕了一声，然后看着欧扬久，“队长，咱们明天能不能见见那个丁宝玉?”

欧扬久目视着前方说:“这一点你真不如小美，她时不时还能冒出一两个我没想到的想法，可你小子……”

小郝不否认这一点，依然沿着自己的思路朝前走:“也就是说，欧大叔也想到了那个娘们儿?”

“这是最一般的直觉。”欧扬久揉了揉鼻子，“不足以说明什么——尤其在咱们没见到她之前。我现在想的是马老爷子。说实话，那个老爷子是个脑子很好用的人，能在事情过去好些日子后想到那个楼梯灯的细节——了不起呀！那是个要命的细节，伙计。”

小郝道:“是的，凶手朝楼上跑了，然后伺机溜走。可是队长，咱们一直关心的那个乞丐，在这里究竟有没有意义?”

“他一而再，再而三地袭击苏岷，你说有没有意义。更何况有人确实在金棕榈佳苑见过他。”欧扬久靠着椅背叹了口气，“可气呀，马老爷子。他可以在小区里到处乱说，对咱们这些专业人员却一个屁也不放。他显然有些不自信。”

“结果让凶手听去了。”小郝莫名其妙地在喇叭上敲了一下，“队长，你觉得凶手是不是那个乞丐?”

欧扬久无名火又上来了:“是呀，我为什么骂大马？就是因为你们在相当长的一段时间里没有作为！现在猜测有意义么？乞丐……姥姥的，咱们必须找到这个乞丐！走吧。”

“明天怎么办?”

“见丁宝玉。”

丁宝玉住在一座样式又老又旧的楼里。这样的楼在那一区域一共有四栋,矗立在一片平房中间,有些鹤立鸡群的感觉。墙上爬着些浓密的绿叶植物,感觉阴森森的。

精神焕发的范小美说:“政府也太不关心那些艺术家啦,怎么让王树民住这么破的楼。”

欧扬久说:“错啦丫头,这楼破土动工的时候你恐怕还没生呢,那时候能住上这种楼房的大小都是些人物——王树民是被当作人物安排在这儿的。不信你待会问问丁宝玉。”

小郝一路没说话,脑子里还在想昨天夜里了解到的那个情况。凶手怎么那么大胆呢,光天化日之下竟敢行凶——显然,凶手已经恐惧到了一定程度！他看看眼前这栋楼,想象着即将见到的丁宝玉。

“队长,”他小声道,“如果那个凶手是个女人,和乞丐又扯不上了。乞丐是个男人呀!”

欧扬久拍拍他的后腰:“别以为只有你在想,我这脑子也没闲着——先放一放吧。小美,四楼。”

丁宝玉住在四楼1号,刚敲门门就开了。丁宝玉横在门口,相貌凶悍,嘴里头还叼着根牙刷,一嘴的白沫子。欧扬久等人的出现好像有些出乎她的意外,她做了个不许进的手势,然后跑到卫生间弄利落自己,才返回来。

“你们是谁?”那一脸横肉是清白色的,很病态。不高的个子依然挡着门。

范小美后来说,说这个女人杀人,她一点儿也不感到意外。

是的，丁宝玉那一脸凶相确实很能唬人，但是她忘了找上门来这三个人的身份。当欧扬久讲明来意的时候，她让开了，但是眼睛里流露出来的警惕非常明显。

更让人意外的是，她说欧扬久长得像普京，她说普京是她偶像。这个说法让范小美哈哈大笑，不是因为丁宝玉，是因为欧扬久——仔细看的话，欧扬久还真有点儿普京的神韵。

欧扬久心里想的却是：不是丁宝玉会演戏，就是自己和小郝的猜测失误，这个女人不像昨天才杀了人——一点都不像！但是，这个女人身上绝对有戏，绝对！

"知道我们为什么来么？"欧扬久用普京式的目光盯着她。

丁宝玉肆无忌惮地看着欧扬久的脸，道："夜猫子进宅，无事不来。你们当警察的上门能有什么好事儿。等等，我找点儿吃的。"

说着她起身窜出去，很快就拿着半个面包回来了。"说吧，你们找我干吗？"

她撕下一块面包塞进嘴里，很放肆地嚼着。

欧扬久充满兴趣地看了她一会儿，慢声说："你，回忆一下，最近这些日子，你周边有些什么事儿发生？"

丁宝玉用同样的目光看着欧扬久，然后歪了歪脑袋："嗨，我怎么觉得你们在审问我呀？大清早的，这不是给我添堵么？你们到底想干什么？"

欧扬久看看两个部下，然后扭过脸说："我们是刑警队的，是来调查艺术团苏岷被杀一案——其实我们早该来了。"

丁宝玉哦了一声，完全反应过来了："噢，原来如此呀。这事儿都过去半辈子了，你们怎么才想起找我？"

这其中的缘由当然不是几句话就能说清的，欧扬久瞟了小郝一眼，继续面对丁宝玉，现在他已经对这个女人有感觉了："听你这意思，你好像知道什么情况。"

“杀人的情况我一无所知。”丁宝玉说得很干脆，眼睛里透着诡异，“听说凶手逃之夭夭了。”她看了看表，“咱们说快点儿行不行，十点钟我要去打牌——那些娘们儿瘾大着呢。”

“黄金手疯了？”欧扬久迅速转移话题，他不能让对方占据主动。“说说这事儿。”

丁宝玉把最后一块面包塞进嘴里，然后又吐回手里，忽然发怒了：“你们是不是找过艺术团那些王八蛋，他们都说了些什么屁话？狗杂种，我们家老王生生让他们毁了——这笔账还没完呢？”

欧扬久掏出烟来，给了丁宝玉一支，自己抽上一支，说：“我想听你说说这件事儿。你是黄金手的家属，肯定有话要说。”

这一下子开了闸，丁宝玉也不提什么打牌了，滔滔不绝，口若悬河，连说带骂，好不热闹。她的叙述基本上没跑出艺术团所说的那个范围，但是带着情绪，感觉就不一样了。她几乎骂遍了艺术团所有的人，好像那些人都欠着她钱不还……最后她终于骂累了，端起白开水灌了几口，道：“说到底，我们家老王是窝囊疯的，我找艺术团算账，我找苏岷算账，最后我还是得自己面对一个疯子——操他妈的，这些吃人饭不拉人屎的杂种！我跟他们没完！走着瞧——”

“听说苏岷给过你一个金戒指。”范小美专拣刺激的话题问。

丁宝玉果然一声怪叫，噌地蹦起来：“我操他苏岷的先人！那是狗×金戒指，就是一块铜疙瘩。我找内行看过了，一点儿金子也没有——命该如此呀，要不怎么偏偏他让人弄死呢！该！”

欧扬久想笑，忍住了，范小美修炼不够，又是一阵哈哈大笑，笑得丁宝玉都毛了。

“你们什么意思呀？听相声来啦？你们到底是不是警察，我怎么越看越觉得你们不是呀？”

欧扬久朝小美摆了摆手，然后看着丁宝玉：“你是不是给你老公买了一个手机?”

丁宝玉一愣,头一次变得严肃了。可能是欧扬久的提问过于没规律,她反应了一下,但是这短短的一秒钟,欧扬久看出这女人心思里有内容。

“什么意思?手机不能买么?”丁宝玉坐回去,“老头子呆在精神病院闷得慌,提出要一个手机。”

“手机呢?”欧扬久追问一句,目光如炬。

丁宝玉不由自主地躲开他的目光,看着窗外说:“让老东西丢了。已经丢了好一阵子了。”

谈话到此为止,欧扬久及时收住所有话题,起身告辞。

两个年轻人明白队长的路数,也就跟着出来了。

走出门外的时候,欧扬久故意做出突然想起什么似的回头问:“对了,听说你老公有个晚辈在本市?”

“一个外甥。怎么了?”丁宝玉感觉上浑身都警觉起来。

“据说很有钱。”欧扬久看着她。

“蛋!有个屁钱,还不是舔人家饭碗的。”丁宝玉呸了一声。

三个警察告辞了,来得突然,走得也干脆。

34

大马和小丘抵达安庆的时候,正好是在这一天的中午。

他们没有马上去找这里的同行,而是在城区边上的一个乱七八糟的饭馆吃饭,然后到市公安局的招待所办了住宿。大马登记住两天,他没准备久留。

安庆大马来过一回,那时候他还没当警察,是和一帮高中同学旅游路过这里。旧安庆和新安庆他都不甚了了,总之就是个城市,中国的城市几乎都是一母所生,大同小异。再加上他一点逛逛的心思也没有,欧扬久那个老东西张口就骂人,至今他耿耿于怀。

中午休息了一下,下午去见了见当地同行。也就是个意思,这样的调查用不着人家帮什么忙。人家非常够朋友,给他们派了一辆车。所以,三点过一点他们就开始工作了。

苏老师当年干过的那个学校还在,不过已经非常现代化了,到这种"脱胎换骨"的地方调查几十年前的事情,十有八九是要碰壁的。果然,学校的上上下下没有一个人听说过苏老师。校长让管保卫的一个长脸小伙子跑一趟教育局,找一找当年的相关记录。公安局的那辆车起了作用,拉着那个小伙子就走了。

大马和小丘与校长东一句西一句地瞎扯,扯着扯着居然扯出点儿有用的东西。校长说:"我想你们可以去找找汪副局长,现在这个人已经退休了,当年在这个学校干过,后来调到区里,又调到市里,知道的事情应该不少。"

大马二人马上把汪副局长的联系方式记了下来。

没过多久,那个管保卫的小伙子回来了,带回一个牛皮纸袋。

纸口袋里头有一个花名册,估计能提供一些有用的线索。小伙子把花名册递给校长。

那是一个又老又旧的纸袋,泛着一股陈旧的味道。大马二人看着校长打开纸袋,翻来覆去地翻找,最后把两三张发黄的信笺纸放在桌上。

他推开其他东西,拿着那信笺看了好一会儿,摇摇头说:"只能试一试了,其他的人我也不太知道,只有这个人你们去找找看。这是苏老师那个年代的一个数学老师,曾经当过我大哥的班主任。我把我大哥的电话告诉你们,你们设法见见这个老师,估计会有收获。此外就是刚才说的汪副局长——这两个人你们找一下看看。"

寻找历史的痕迹真是一件很不容易的事。

二人谢过校长,第一个目标就是校长他大哥。可是非常糟糕,校长他大哥说那个数学老师去武夷山旅游了,至少五六天以后才能回来。大马当然等不得,便按照那个地址去找汪副局长。

汪副局长在,对他们也比较热情。但是谈到苏老师,汪副局长想了半天也没想起来。他说印象里确实有这么个女老师,但是对方很早就离开了,没有过什么交往。他说:“这样好不好,我带你们去找一个老太太,这个老太太当年在学校附近办过一个幼儿园,和最老的那批老师比较熟悉,看看有没有可能知道一些情况。”

这个时候已经是晚饭时间,汪副局长留他们吃晚饭,二人不好意思,回招待所把晚饭解决了。然后他们返回来拉上汪副局长去找那个老太太。老太太到医院输液去了。几个人赶到医院,老太太睡得呼呼的。

大马说今天算了,明天我们自己来。

把汪副局长送回家,两个人十分疲劳地回到招待所。大马让小丘去洗澡,自己按照老规矩给欧扬久打电话汇报。他真他娘的不想理欧扬久,可是电话还是要打。

第一句话就让欧扬久听出了情绪。欧扬久的声音飘忽忽地飞过来,比较温暖人心:“我说伙计,你他娘的用不着跟我赌气。我这个人天生就驴,你又不是不知道。好啦好啦,回来我请你到西门庆饭庄吃饭,现在把你那边的事儿说给我听听——”

大马觉得欧扬久态度挺不错,心里也通泰了不少。

他说:“队长大人,你是不是有什么突破,一般情况下你可没这么懂礼貌。”

“你这小子真是不识抬举。”欧扬久的笑声传过来,比较有感染力。他把昨天晚上和今天上午的情况跟大马说了说,最后道:“虽然都没有什么实质性的突破,但是有些情况可以认定了。马老爷子确实是被人砸死的。凶手是不是个女人还不能肯定,但是目击者有那种感觉,应该引起重视。至于丁宝玉,很令人回味。”

“队长,可不可以把她和凶手联系起来思考?”大马关心的也是丁宝玉。

欧扬久连说了三个NO之后,又道:“应该不是,无论苏岷的死,还是马老爷子的死,感觉上都和此人没什么关系。我所以觉得她有意思,指的是那个手机的线索。”

大马道:“嗯,我一直想问你呢——为什么不循着这条线追下去?你们干吗那么迅速地告辞?”

欧扬久又笑了:“这是经验呀,伙计。你们年轻人都有一次把屎拉光的毛病——这可是个大毛病。”

大马无可奈何地说:“我说队长,你能不能不用这种比喻。怎么听着这么恶心啊。”

“话糙理正,你忍耐一下吧。”欧扬久把打火机弄得劈啪作响,少顷吹出一口气,“要知道伙计,咱们应该逗一逗那个女人。我有所感觉,她对手机那个情况比较敏感,我想抻一抻她。因为事情关键,不能让她抢占主动。她主动了我们就被动了。所以我迅速离开,不让她有什么感觉。好啦好啦,说说你的进展吧。”

大马便把情况说了说,欧扬久很认真地听着。听完,咳嗽了一声:“唉,确实很困难,能找到线索已经很好了,你们要盯住那个输液的老太太。”

大马说:“我这边的事儿你就放心吧。关键是你那边。那个乞丐的事情怎么办?我刚才在想,那个小伙子从十九楼看下去觉得是个女人——那乞丐不是蓬头垢面么,从楼上看下去是不是会有这个感觉?”

欧扬久道:“当然可能。但是那个小伙子强调的是凶手的走路姿势,说的不是头发。你不要忽略这个细小的不同点。”

对欧扬久观察细节的功夫,大马真的很服气。

谈话到此结束,欧扬久又嘱咐了两句就把手机关了。

第二天,大马和小丘一早就奔医院而去。医生在查房,说明来意,医生说可以和老太太说话,但是别着急,等一会儿再说。

过了好一会儿,他们才被允许进去。

谈话的条件还行,两张病床只有那老太太一个。老太太醒着,用一对浑浊的目光看着他们。大马啰哩啰嗦地说了一些过场话,好歹让老太太明白他们是来了解很久以前的一个人。

老太太挤了一阵眼睛,声音不大地说:"你们说的是娜达莎。"

娜达莎? 大马不明白怎么冒出个外国名字。

老太太没理大马,寻着自己的思路说:"我们都管苏梅(苏老师的名字)叫娜达莎——那时候她可真是个漂亮人呀!"

面对这种想到哪儿说到哪儿的老人,你真不能着急。大马看着老太太,任由她说了好一阵子,最后老太太盯住大马:"你们想知道什么? 娜达莎怎么了?"

大马无法回答这个问题,死的是苏老师的儿子而不是苏老师本人,跟老太太扯多了恐怕有害无益。他让老太太说说娜达莎年轻时候的事,队长要的是这些。

老太太又来了精神。她说她和苏老师年轻的时候来往挺多的,她办的幼儿园就在那所学校旁边,现在经她手带的孩子恐怕也有五十多岁了——她又扯到了自己身上。但是还好,老太太很快就把话题绕了回来。她说她当年一有机会就到学校去参加周末舞会,好多舞步都是在那儿学会的。她说苏梅跳舞跳得非常好,人又长得漂亮,招引了不少男人为她争风吃醋。好像听说还有人为她打过架。但是她无所谓,该怎么着还怎么着。

"我行我素。"小丘插了这么一句。没头没脑的。

老太太没听明白,解释了好一会儿才懂了。她说:"苏梅那时候也已经不小了,该找人了。可是你看不出她的意思,好像谁都看不上眼。有人试着给她说过，不但没成功，而且听说她还把人家轰走了，所以大家渐渐地觉得这个女人很怪，不好接近。”

老太太喘了口气，端起水杯喝了口水，问大马这么说行不行。大马说没问题，您拣重要的说更好。老太太就说苏老师后来被弄到乡下去了好几年，我在这期间搬家了，苏梅什么时候回来的我也说不清，反正是回来了。

大马问那是什么时候的事。老太太思索了一会儿说，好像是1973年的样子，记不准了。

大马让老太太继续。老太太说，苏梅从乡下回来之后，还是谈了一个，好像是个拉小提琴的。

大马马上有了精神劲儿，让老太太仔细说说。

老太太说："人家的事儿咱们只能听个皮毛，光听说那个男的是拉小提琴的，人基本见不着。我好歹看见过一次，长得并不怎么样，跟葛优似的，年纪还不老，前额就秃了——真不明白苏梅是怎么想的，喜欢搞文艺的……然后就到了1974年——"

说到这儿老太太越发来了劲儿，让大马扶她坐起来。然后她摸了摸脖子后头，说："然后就到了1974年，苏梅从发大水的叶城领回一个孩子，五岁，男孩儿……"

大马心中一颤，迅速地在脑子里换算了一下，1974年，五岁，就是说，那男孩儿是1969年生的，如今应该是42岁……不对，不是苏岷。苏岷今年才三十五岁。不过，苏老师显然在更早的时候就开始收养孤儿了——可她没透露过这个情况。

大马请老太太仔细说说这一段，把所知道的都说出来。

老太太说："我要是能说早就说了——好多事情我也说不清楚。再说搬走了以后很不容易见到她。大多都是听别人说的。那个孩子听说是她在发大水的叶城地区领回来的，因为她当年就是被弄到叶城乡下的——

那段时间的事情她也从来不说。”

“那后来呢?”大马很想知道后边的事。如果说她原本对苏老师这个人不是那么感兴趣的话,现在已经不一样了。看得出,这是个很有个性,不太合群,比较孤傲,心地善良的女人。1974年,那时候她也就是三十岁的样子,怎么就开始收养孤儿了呢?

似乎有什么地方不太……不太对头。

老太太说:“这男孩子领回来,苏老师和那个拉小提琴的就吹了。这当中自然有个过程,但是外人只知道他们吹了,不到一个月那男的就走了。后来听说去了广东,再也没回来过。”

“就因为这个孩子?”大马有些感叹。

“可不,就因为这个。”老太太也有些感叹。但是再后来的情况她也不太知道了。她说,“零零星星听说苏梅一些事儿,比如抓破鞋——你们知道什么是破鞋吧?”

大马说知道,就是生活上出轨的女人。他问老太太:“难道苏老师生活作风上有问题么?”

老太太摇摇头说:“这我就说不清楚了,你们不如去找找九叔公,那老头子是有名的包打听,他对苏梅的情况比谁知道的都多。”

嘿,又冒出来个九叔公!

大马问老太太:“苏老师后来调外地去了,这情况您清楚么?”

“不清楚,你们去问九叔公,他清楚。”老太太恐怕真的说不出太多了,打了个哈欠说,“你们现在就去,每天中午,在小白楼外边晒太阳的酒糟鼻子就是九叔公。来来,把我放下来。”

大马把老太太放平,然后很不甘心地拐着弯提了一些问题,最后无奈地相信,老太太确实知道的就这么多了。

“小白楼是什么地方?”大马最后问。

老太太说小白楼无人不知,你们一说去小白楼就行了。

两个人离开医院，看看时间尚早，便打听着去往小白楼。路上议论了一下所得，感觉上对苏老师其人似乎看清楚了一些，但仅仅如此，整体上还是朦胧的。这种感觉从第一次接触其实就有了。孤儿，苏老师似乎对孤儿有一种病态的兴趣。

正如老太太所说，九叔公并不难找。不到中午，这个老头子就在小白楼附近晒太阳了。这个地方或许过去有一栋小白楼，但是现在什么也没有，就是一段普普通通的高墙，属于新旧交杂的城市中遗留的一个老地方。

大马二人到来的时候，远远就看见一些老头子蹲在墙脚，像渔民船帮子上蹲着的一群鱼老鸹。一个酒糟鼻子非常显眼。

大马用一包好烟把九叔公引诱得离开了人群，向对方申明了自己的身份和来意。这时候他们已经接受了老太太的说法，这个老头子是个无所不知的人，一张嘴就能听出来。

“你们是警察？”九叔公迫不及待地撕开了那包烟，叼出一支点燃，“不对吧，你们要是警察，我就是公安部长了。”

大马指指自己：“你是不是觉得我长得不像？但我的确是真的。”他掏出警官证给老头子看看，“看明白了，二级警督。”

九叔公问他们怎么找到自己的。大马便把老太太兜了出来。

九叔公这才信了，说：“那老东西真是命大，已经报过两次病危了。不过你们来了解的好像不是她。”

“苏梅。”大马很认真地再次报出了这个名字。看来老头子确实老了，精神头再好也不行。

九叔公显然听清了这个名字，也显然想起了这个人。那对本来不大的眼睛眯缝起来，表情一下子变得十分悠远：“哦，苏梅，她现在也是老太婆了吧——当年可是漂亮呀！多少男人做梦都想着她呢？她现在怎么样？”

大马说："她现在还好，要不是出了一些事情，我们可能不会来的。九叔公，我们想知道她当年的事情，比如说，他 1974 年是不是收养了一个灾区的孩子？"

九叔公的小眼睛转到大马脸上，又转到秋日的天空上，嘴半张着，仿佛在深深地回忆着什么。然后他指指马路对面，说可以边走边谈，顺便去看看苏梅当年住过的地方。

三个人过了马路，朝着一片比较老旧的里巷走去。九叔公不说什么，依然在思索，一直到拐进第三条小巷，才停住步子，语气变得比较低沉："你们刚才说什么？1974 年她收养了一个孩子？嘿嘿，错个球的啦，年轻人——那不是收养——奶奶的，没几个人知道这个秘密，那是苏梅的私生子……"

35

小黄奉老总姚芬的命令给老鲁打了个电话，让老鲁马上来一趟。打完这个电话，小黄去送了一份材料，又顺便上了趟卫生间，回来的时候看见老鲁来了，正站在门外准备敲老总的门。

她心里突然咯噔了一下子，恍惚间觉得这个情景似曾相识，是的，曾经出现过……随即她便想到了范小美那张漂亮的脸。

……门外能听见里边的说话么……

两个人吃冰淇淋的时候，小美提出过这个问题，当时自己的思维仅仅局限在问题本身，而眼前这个"镜头"，使她联想到曾经有过的某个记忆——是的是的，确实有过，和眼前的情景几乎一样。不同之处在于，那一次老总没关好门。

老鲁看见她，很自然地朝她笑了笑，然后推开房门进去了。

房门关上的一刹那，小黄突然有些思维短路。她快步走过去把门推开，完全多此一举地大声问道："姚总，还有别的事么？"

事后她觉得这个举动说明自己那个时候心里很慌。为什么慌，她也说不清。

姚芬被小黄突如其来的声音吓了一跳，她飞快地朝许晓看了一眼，然后非常生气地朝她呵斥道："你有病呀，怎么连门都不敲？没事儿，没你的事儿啦！"

屋里的三个人一起看着门口的那张脸。那张脸表情凝固，然后一缩，不见了。房间里只剩下了他们三个人。

有一种很特别的气氛在飘荡……

姚芬知道自己有些失态，知道昨天晚上和宫秘书长谈话后的情绪还在延续。紧张、恐惧，以及莫名的愤怒交织在一起的那种心态。这心态使她心力交瘁。昨天晚上她和许晓几乎一夜没睡。他们在找一个人。

现在，这个人似乎就站在他们面前。

真的是他么？当然不敢百分之百肯定。但是经过认真仔细地梳理和排查，他们没有理由不把注意力聚焦在这个人身上。

当然，现在还有一个非常关键的问题无法解释——如果说，多年来的公司商业秘密有可能被别人掌握的话，老鲁便有可能是其中的一个。但是把他们两口子推向绝境落井下石的人，即便有，也无论如何不应该是他呀——许晓夫妇的对头就算排着队数，也数不到老鲁头上！

可是，经过条条缕缕的分析，他们认定，就是此人。因为有若干项"条件"是他们的对头所不具备的，而眼前这个人，条条都具备！

姚芬提出摊牌，许晓经过思考，觉得还是策略些好，侧着身子迎敌，比面对面出手要有利些，尽管现在已经处于守势。

五百万！这个狗日的真敢开口！

"坐，老鲁。"许晓永远是淡淡的模样。他朝沙发示意了一下，然后把手里的雪茄点上。

老鲁坐下了,很平静地歪着头问:“老总,上午不是还有个约会么,昨天就已经说好的。”

许晓摆摆手指,很随意地背靠着窗台,道:“那个约会推掉了。事情要分个轻重缓急,我和姚总今天上午只想和你聊聊。姚芬你坐下——”

姚芬坐下了,很少有地没有摆出老娘天下第一的那个姿势,而是坐得很规矩。房间里的空气由此便显出些不同寻常。许晓看着老鲁,目不转睛地看着。老鲁很不习惯地看看两位老总,笑了。

“今天这是怎么了?”

许晓走过来在老鲁对面坐下,在烟缸里弹弹烟灰,面色平静地说:“老鲁,公司的情况现在不是很好,这你是知道的。我和姚总想听听你的看法……这算不算打开天窗说亮话?好,你听我说,你是公司的老人了,和你前后脚进来的人,不管哪个层次的,现在都已经所剩无几。可你仍然稳如泰山。你有何感想?”

老鲁感觉上仍然有些不习惯:“我……我就是一个司机。”

姚芬心里的火朝上拱,却紧闭着嘴。许晓叮嘱过,不让她说那些没有意思的废话。她心里不服,脸上还不能挂出来。

许晓看着老鲁说:“老鲁,你这话很不够意思——除了司机以外,你还是我们的耳目,有些时候还是谈判代表,连副总裁做的一些事情我们都交给了你,比如你和唐五羊之间的那些往来,我们不好出面,不都是委托你去的么?”

这话里已经增加了一些力度,老鲁不可能听不出来。

老鲁说:“您说的是,您说的是。”

许晓发现老鲁很狡猾,巧妙地避开了正面接招。于是他也不急着,循着预定好的思路往前说:“老鲁啊,现在咱们公司又到了一个比较要紧的关口,整个过程你都清楚。比如说正在进行的这个项目,九栋楼,正是吃劲儿的时候。公司稍有闪失就会出事。”

“这个我懂。”老鲁点头道，“该怎么做，两位老总尽管吩咐，我全力以赴就是了。”

比较圆滑的回答。

许晓朝前倾了倾身子：“你说说，现在最要紧的是什么？”

老鲁毫不回避：“资金链。”

“你看看，你看看。”许晓拍了拍膝盖，“你还张口闭口只是个司机——这么说吧，你即便是个司机，也是个与众不同的司机。这么多年来，我和姚总从来没有回避过你什么吧，好多重要的事情我们都是在车上商量的。当然，你做得也很好，不然……”他笑了笑，用力吸了一口雪茄，“那几个上层是怎么滚蛋的，你老鲁都清楚吧？毕竟公司还是我们的。”

姚芬终于忍不住开口了：“那些想坏事儿的家伙哪个也没得到好果子吃。”

老鲁道：“这我明白，那几个人光顾着自己的腰包了。”

许晓一指老鲁：“可你老鲁没有！你是自己人！”

姚芬钦佩地看着老公，心想：许晓到底是许晓，耍大刀耍到这个分儿上也算本事。

许晓靠在沙发背上，悠然地跷起二郎腿：“老鲁啊，我老许对是不是自己人还是看得很准的。所以咱们用不着回避什么。你知道，公司的资金链比较吃紧，不然我不会把那块地卖掉。从现在的情况看，燃眉之急算是解决了，但是项目本身还需要进一步投入，新的项目也要上马，钱还是不够。我现在正在活动上边的人，寻求新的贷款。老鲁，咱们都是公司的人，公司坏了，咱们都坏了。你明白我的意思吧？”

老鲁点点头：“是呀，公司坏了，我只能开出租去了。”

这话说得很聪明，既是对老总的回答，又表明了自己有出路。许晓和姚芬互相看了一眼，不得不佩服这个人的本事。

许晓说：“开什么玩笑，你开出租？你要是开出租我是不是要去卖烤白薯啦?”

接下来许晓故意说了些油盐酱醋五味杂陈的啰嗦话,算是对气氛的一种缓冲,同时也能更好地思索一下,以便把话谈下去。他的目的很明确,一定要把事情稳住,让宫秘书长不再那么如惊弓之鸟一般,不然贷款问题解决不了,事情就麻烦啦。

“唉,咱们不开玩笑了。”许晓终于把话题绕了回来,“说到底,如果不出她哥哥那件事,情况可能还会好一些。你觉得呢?老鲁。”

这是一句试探,事实上公司的危机在苏岷命案之前就已经开始发生了,命案是危机的后果,许晓想听听老鲁怎么说。

老鲁说:“这么说不客观,老总。要不是欠了四百万,苏岷的案子恐怕也不会发生。”

妈的,这个家伙一点儿也不糊涂。许晓心里骂了一句,脸上却笑容依然:“嗯,你说的是,这里有个因果关系的问题。老鲁,说到这里我有些想不明白的事,比如说,那个包工头儿唐五羊,为什么就向苏岷下手了呢?这中间是不是有什么不为人知的原因?你和唐五羊来往不少,是不是知道一些?”

老鲁断然摆摆手:“不知道,唐五羊从没跟我说过什么,而且没有任何先兆。我觉得简直没法解释。直到现在我仍然不明白原因何在。”

“是呀!”许晓感叹了一声,脑袋靠在沙发背上,两眼看着天花板。“姚芬,你觉得呢?”

姚芬被问到头上,反倒不知道怎么说了。但她反应还算快,意识到许晓想给老鲁一点儿压力。于是她说:“我估计唐五羊是听到了我哥哥的什么风声。”

“是的!”许晓迅速接住这个话头,身子坐直了,盯着老鲁,“我也是这么想的,不然唐五羊不可能和苏岷扯上关系。你说呢?”

老鲁很为难地看着他们:“两位老总,你们还是让我走吧。这个问题简直不是我该插嘴的事。”

“不要这样！”许晓低声喝道，脸板了起来，“老鲁，我们刚才难道白说了么？你既然是自己人，就应该和我们共同担当一些事情。我和姚总已经考虑过了，准备给你一些股份。”

这是粘着蜜糖打出的一拳，也是昨晚他们夫妇共同商议的结果。五百万是不可能给的，但是百分之一的股份可以考虑。两者从目前的公司价值上来说是等值的，想必对方会算这个账。如果公司发展得好，还要超过这个数儿。

这一招果然见效。老鲁的眼睛马上直了：“什么，给我股份？”

许晓点点头：“对，百分之一。”

房间里沉默了。许晓站起身来，再一次走到窗前朝外看。姚芬盯着老鲁，她看出老鲁的脸色有些苍白，嘴角有些抽动。看来许晓把握时机很好，老鲁被钱镇住了。

就是他！

“我想知道为什么？”老鲁转向许晓的后背，没有理姚芬。

许晓依然背对着他，口气十分冷峻：“老鲁，你可能不知道，有人在敲诈公司，想毁了我们赖以安身立命的这个公司！在这种时候，我首先要做的是把自己人团结起来，共同对外。所以才做出了这个决定。你是第一个。”

又是一阵较长的沉默后，老鲁缓缓站起来，缓缓地给两个老总鞠了个躬。然后又坐下了，说：“两位老总请说，我能干什么？”

目的达到了！姚芬想。

许晓转过身来，脸上挂着淡淡的微笑，他当然明白事情成了，基本在自己的预料当中。不过，最终能不能让这个家伙得逞，还有的是时间观察。他说：“这两天我会弄一份股权书给你。至于现在，咱们是不是应该分析一下公安局那边的事情了？”

“您说。”老鲁探过身子。

“是这样，我这几天一直在琢磨。既然唐五羊抓住了，案子差不多应该了结啦。可是……事情并不是这样，公安局还在调查。老鲁，你对此有没有什么想法？”

老鲁刚要张嘴，姚芬的手机响了。她一看手机上的显示，马上哦了一声：“是那个姓欧的！”

两个男人互相看了一眼，似乎有些心照不宣。

许晓抬抬手：“自然些，接吧。”

姚芬摁了一下，把手机凑近耳朵。她听见了欧扬久那不紧不慢的声音传过来：“姚总，对不起，想请你回忆一下，那次你们碰上一个乞丐袭击你哥哥——我现在想知道，那个乞丐有没有什么与众不同的特征？别急着说，回忆一下。”

姚芬紧绷着的神经放松了些，她说：“欧队长，你想了解那个乞丐的特征是么？（这是故意说给两个男人听的）等我想一想啊……欧队长，怎么又扯进来一个乞丐？”

欧扬久的声音：“一两句话说不清楚，也许很重要，也许毫不相干，总之我们想多了解一些东西。”

姚芬道：“唐五羊不是抓住了么？怎么还没完事儿？”

“这个我不太好说给你。”欧扬久笑了起来，继续道，“可以告诉你们的是，事情可能比预想的要复杂得多。”

“哦，是吗？”姚芬惊呼了一声，随即看见许晓朝她摆手指，于是道，“太可怕啦……噢，是这样欧队长，那个乞丐我实在想不起什么了。感觉上他不是农村人，因为他穿着一件又脏又臭的破西装。头上扣着一顶破帽子，旅行团戴的那种帽子，头发老长，噢，想起来了，他的眼睛好像有问题……”

“有什么问题？”欧扬久慢悠悠地问。

姚芬有些拿不准地嗯了几声:“……这个我有些说不好,他的长头发挡住了半边脸。”

“除此之外呢?”欧扬久追问。

姚芬真的在认真想,但是她实在只能想起这些了。欧扬久不再问什么,跟她道了谢。姚芬脑门儿上已经冒汗了。

许晓让小黄弄来三杯咖啡,然后继续方才的谈话。事实上他们谈的也正是案子,许晓不明白,公安局到底发现了什么?

“你看看,现在又出来一个乞丐。”许晓看着老鲁的脸,“你脑子好用,又比较了解社会上的事,你觉得这当中……”

老鲁现在已经完全是自己人的感觉了,他很认真地说:“许总你别在乎这个,思考问题还是要想那些和自己相关的。”

“问题是,我们和案子没有任何相关之处。”许晓也做出一种完全不把对方当外人的样子,摊开两只手,很无辜的模样,“如果一定要说的话,只能说唐五羊是我请的施工人员,仅此而已。”

老鲁小声道:“还有——魔术师是姚总的哥哥!”

姚芬听出了对方话中的分量,心想,这条恶狗!脸上却是无所谓的样子:“老鲁,连你也认为我和我哥有什么牵扯?”

“当然不是。”老鲁看着她,“我是说,相关之处还是有的,两位老总想问题要从客观出发,这样能主动些。”

这确实是很忠诚的态度,许晓心想。差不多可以了,一上午没白费工夫,马上就可以给姓宫的打电话,让他搞贷款。

“先这样吧,老鲁,股权证书我会让人搞出来。不过你一定要封严自己的嘴,其他人给不给股份我们还要观察一下再说。”

老鲁很懂事地站起来,朝两个老总哈了哈腰,转身出去了。

当一切归于平静的时候,姚芬问:“你能肯定是他么?”

许晓点点头,但同时强调:“我当然不敢百分之百认定。”

姚芬心有不甘地说:“万一咱们搞错了,不是他,这百分之一的股份……”

许晓突然恼了:“你给我闭嘴!百分之一,你还有脸说百分之一!所有的一切不都是因为我答应给你哥哥百分之一么?如果没有你的小肚鸡肠……”

姚芬不敢吭气了,她想起了哥哥那张锱铢必较的脸,以及后来所发生的一切。

36

昨天离开丁宝玉以后,欧扬久遭到了两个年轻人从未有过的逼问。问他为什么说走就走了,重要的话题刚刚开头呀!他的回答和晚上回答大马的一样,他想抻一抻那个女人——是的,那女人已经有所察觉了,这是欧扬久最兴奋的。由于他心里头还有一团迷迷蒙蒙的东西尚未清晰,所以谨慎一些会有好处的。

那一个下午他都在思索,彻彻底底地动脑子。案子已经梳理过无数遍了,他现在需要进一步梳理,因为毕竟出现了新的情况。一,马老爷子被杀了。凶手还在暗中行动。二,丁宝玉给了他一些感觉,很有用的感觉。他要把这两者集中一下,从中找出最主要的那根线条。

唐五羊杀人显然已经不重要了,重要的是来自王树民手机上的那三个短信——丁宝玉说手机丢了,多么好的一个解释呀!那么,两个年轻人怀疑丁宝玉有没有道理呢?当然可以怀疑,但是欧扬久觉得理由还非常不充分,因为所有迹象都给人以这样一个感觉:丁宝玉和唐五羊不可能认识,这一点很关键。但是引起欧扬久注意的是,丁宝玉对案子似乎有了一种很隐蔽的警觉。正是这种警觉,使他有了下一步的行动方向,精神病院。

去看看那个王树民。

再一个事情就是马老爷子的死，只有一个解释：马老爷子的存在威胁到了那个凶手。丁宝玉有可能是凶手么？可以想，但没有任何根据。由此，那个乞丐便完全地占据了欧扬久的大脑。是的，寻找乞丐已经迫在眉睫了。占据欧扬久目前脑子里第一位的是那个丢失的手机，第二位的便是那个一直没有露面的乞丐。

两者互相颠倒一下也可以。

今天一早他便吩咐小郝去治安部门和民政部门了解社会流浪人员的问题，尽管已经麻烦过人家了，现在还是要继续麻烦。小郝自然又是一场大不乐意，说这种西瓜皮擦屁股——没完没了的事情老是让他去，范小美这样的美女去人家还客气些，自己这种不是很英俊的男人会十分受气的。

“你为什么不让小美去呀！好歹他们不会对小美甩脸子看！”

欧扬久大叫道：“我这里也需要美女呀，你以为精神病人不懂得审美么？错啦，他们也喜欢好看的女孩子。”

范小美快乐得几乎要飞起来了。

小郝走后她说：“队长大叔，小郝其实也挺可怜的。听说回家晚了老婆连床都不让他上。”

“这个我比你清楚。”欧扬久道，“但是必须更正你一点，人家小郝的老婆比你懂道理，一般情况下可以上床。但是摆弄过尸体的那个晚上不行。”

“换成我也不让上。”小美大咧咧地说。

欧扬久说小美真是个傻大姐。他告诉小美，带你去精神病院，是有意惩罚一下大马和小郝的。在金棕榈佳苑的后续调查方面，那两个家伙有重要疏漏。

不过生气归生气，赶到精神病院的时候欧扬久还是给姚芬打了个电话。因为到现在为止，见过那个乞丐的只有姚芬一个人。

只可惜,姚芬说不出什么有用的。破西装,眼睛有毛病……

会不会是姚芬有意隐瞒什么?范小美表示怀疑。

欧扬久不假思索地指出,最早向我们透露这个乞丐的就是姚芬,她恐怕并不知道这个情况的重要性。

小美想想,也是,但同时她想起了苏老师:"队长,苏老师那天也在场,可是她没有向咱们提起过这个。"

欧扬久释放出一个意味深长的笑。

范小美还是觉得丁宝玉可疑,因为那个十九楼的年轻人强调凶手更像个女人。欧扬久让她千万不要纠缠在这个问题上,因为丁宝玉和乞丐完全形不成逻辑关系,进一步调查就是了。

精神病院在市郊一个青山绿水的地方,感觉上跟疗养院差不多。但毕竟不是疗养院,在一些细微之处,还是能看出些警惕性很强的痕迹。见到王树民之前,欧扬久带小美先找了精神病院的领导,说明了自己的身份和来意,以便得到更多的支持。效果果然不错,院长亲自跟着他们去见王树民。科室的人见院长来了,自然也很重视,所以欧扬久他们的这次见面非常顺利。

那个昔日风光无限的黄金手,如今已经彻底不行了,老了,秃了,头皮上有些纯白色的发茬儿稀稀拉拉地耸立着,眉毛也是白的。人,骨瘦如柴,穿着在医院统一穿的那种宽松的衣裤。欧扬久在记忆中搜索着印象中的黄金手,他感叹,一个人在不同的境况下,居然会如此不一样,简直判若两人。王树民根本不看人,两眼看天,好像面前的人压根就不存在。可是,当欧扬久凑上去观察他的时候,黄金手冷不防给了欧扬久一个嘴巴,清脆而且响亮——那只手的手指细长而雪白。

"情况越来越糟。"医生苦笑着对欧扬久说,"你们有兴趣的话,可以看看他刚来时的一些录像,镜头对着他的时候,他还知道抬手遮挡镜头,就像一些大腕那样。现在你看看,就是一门大炮对着他的脸,他也不理。"

随即医生说了一些专业性很强的名词。

“有可能套出什么有用的东西么?”欧扬久很不甘心。

医生看着欧扬久,然后笑了:“欧队长,你可能有本事套出他的话,但是你相信他说的话么?”

这么一问,欧扬久无话可说了。

他直截了当地问那个医生,王树民是不是有过一个手机,这才是他最关心的。

医生噢了一声,把他拉出病房,很认真地告诉他,手机的事情不但有,而且当时闹得挺厉害。

欧扬久心中的希望顿时又升了起来。

按照医生的说法,王树民闹着要手机的时候,头脑中的意识还不是很糟糕,情绪中的逻辑性还比较明显。一般来说,但凡这样的精神病人,医院是不主张他们使用那一类东西的,病人的家属也竭力反对。随即医生的话围绕着丁宝玉扯了半天,能听出医院对那女人十分嫌恶。欧扬久听得差不多了,巧妙地把话题拉了回来。医生说,看得出王树民想要一个手机的愿望是有明确意识的,而且表现出一种正常人的愤怒——

“也就是说,他要手机是有目的性的?”欧扬久听出了意思。

“对,我们觉得他想申辩什么。”医生道,“也许你们已经知道了,王树民退下来是非常不甘心的,再加上他那个继任者对他说过一些刺激人的话。对了……听说那个人被杀了?”

欧扬久点点头:“对,我们前来的目的,很大一部分是为了那起杀人命案。请接着说,后来呢……”

“是这样,”医生继续道,“在我们的劝说下,王树民的那个老婆同意给他弄一个,因为她和我们的感觉一样,患者是想和他工作过的艺术团扯一些事情,要手机是为了打电话。我们认为让患者进行一些正常的人际交流,说不定会对他的病情有正面作用,我的意思您明白吧?”

“完全明白。”欧扬久摸出烟来想抽，让范小美毫不客气地没收了，他咽了口唾沫，看着医生，“那么接下来呢？”

医生耸耸肩说：“接下来的事情很令人失望，手机到手的时候王树民的病情发展了，完全没有了使用手机的能力。为这个我们曾经和他的太太发生了一些冲突……唉，没办法，也许是我们的目的性过于明显了，那个姓丁的女人比较愤怒，说我们让她掏钱给我们做实验，弄得我们有理说不清。是的，也许不应该做这个实验，但是我们真的是为病人好呀……”

医生的思维开始纠缠这个事儿。

欧扬久再次设法把话题引回来，这个时候他已经从范小美的眼睛里看出了一些意思。是的，这一点从小郝搞回来的那份通讯记录中已经有所反映——手机中有相当多的一部分是混乱的号码，这无疑是王树民得到手机后拨打的——那时候他的病情发展了，意识开始糊涂。

“听说后来手机丢了？”这才是欧扬久最关心的。

“是呀！”医生有些激动了，“谁想到会出那样的事。那个女人已经搞得很凶了，结果雪上加霜，王树民的手机居然丢了！欧队长，你可以去看看监视录像——”

不错，医院在每一个病房里都安了监视头，会有录像的。但是他从医生的情绪中看出，录像中肯定没有有利的东西。果然，医生告诉他说，手机丢掉那几天的录像，他们和丁宝玉看了好几遍，没有看到什么特别的情况，更没有什么偷窃者。

“但那个女人实在太不讲理了，依然闹个不休，最后，医院补偿了她一千块钱！”医生愤愤然。

但是欧扬久这时候已经认定，丁宝玉恐怕真的不知道手机的去向——而自己的最终目的是想了解手机的去相。

“医生，听说王树民有一个晚辈。”欧扬久瞄准了最后一个线索。

“嗯，好像是黄金手的外甥。”医生点点头，但似乎有些拿不准，“听说来过一两次，我没有见过。”

“很有钱？”

“这……说不好，我没有见过。不过你可以问问严护士，她见过。噢，那就是严护士——”

医生招手把一个四十来岁的老护士叫过来，简单地介绍了一下欧扬久二人，然后让对方说说王树民那个外甥的情况。

严护士显然是个很不好交流的人，长着一张男人似的脸，毫无笑容：“不知道，那家伙一来我就走了。两次都是这样。”

“也就是说，你见过他两次。”欧扬久紧盯不舍。

“是呀，怎么啦？”严护士很不友好地瞟了瞟欧扬久，又瞟了瞟范小美，“难道那是个骗子？”

“哦，你为什么有这种感觉？”欧扬久追问。

“那家伙一看就不是好人。看上去人五人六的，谁知道是只什么鸟儿。反正他一来我就走了，感觉上他不愿意我在场。”

欧扬久转脸对医生说：“既然如此，我们是不是去看看录像？也许能看见那个人。”

严护士挥挥手：“别费劲了，两次都是在花园里。我们好多时间给病人放松，让他们在花园里自由活动。那个外甥两次都是在花园里会见的。”

比较令人失望。欧扬久用一种很委婉，但是能听出其中之强硬的口吻，再次请严护士形容一下那个人。严护士嗯了一声，仰着头想了想，道：“要说这人也没什么特点，普通人一个，四十出头吧……差不多。看上去不缺钱……”

“等等，你为什么有这种感觉？”欧扬久问。

“穷人能开得起大奔么？”严护士口气很硬，“大概就是这些吧。反正他一来我就走了——两次都是这样，我们会给病人留下和亲人相处的时间。”

欧扬久心里念叨这“大奔”两个字，嘴上却问：“你觉得王树民丢手机的事情会不会和此人有关？”

“不知道，这你们得问老天爷去。”

谈话到此结束。那个严护士走后，医生也说不出什么新鲜的了。欧扬久二人告辞出来，特意绕到后边的花园看了看，然后从另一端绕到了精神病院的门口。

“有何感想？”欧扬久突然站住了，扭头问小美，“我看出来了，你有想法。”

范小美说：“对，确实有想法。你想想看，咱们盯住这条线的目的是什么——手机，丁宝玉给王树民买的那个手机。而刚才所听到的一切，使我得出一个结论，手机一定是王树民的那个外甥拿走了。不会是别人，尤其不会是丁宝玉。”

“为什么不会是失落在什么地方了呢？然后被别人捡走？”

“当然有这种可能，但是我的感觉告诉我——不是那种情况。”

“一个开大奔的人，会偷一个手机？”欧扬久露出些微笑。

范小美很认真地说：“这么说吧，如果一个人带着某种目的而偷手机，就和他是不是开大奔没关系了。啊，我知道我说对了，你的眼神很欣赏。”

确实很欣赏这个漂亮丫头，欧扬久和她的所有感觉都一样。

他想就那个大奔进一步谈谈，却忽然哟了一声，远远走来一个女人——丁宝玉。

没错，那个快步走来的正是丁宝玉。

小美也看见了，十分惊愕。躲是没法躲了，丁宝玉已经看见了他们。当然，欧扬久并没打算躲。

丁宝玉走到了眼前，阴阳怪气地扔过来一句话：“嗨，你们是大鼻涕呀，黏着不放怎么着？怎么走到哪儿都躲不掉呀！”

欧扬久微笑着，默不作声地凝视着眼前这个女人。他在观察她，他觉得自己已经捕捉到了对方大咧咧背后藏着的东西——那对眼睛里藏着一种不易发现的警觉。不管对方如何伪饰，想瞒过一个老警察的双眼是不容易的，欧扬久一直要捕捉的正是这种警觉。他越发认定，丁宝玉心里有名堂。

小美当然没有欧扬久的涵养，一下冲到丁宝玉跟前："你才是大鼻涕呢！留神我把你铐起来！"

眼看着两个女人就要掐架，欧扬久抬手拦住了他们："都别闹，这不是闹的地方。丁宝玉，我昨天就问过你了，你老公有一个手机，莫名其妙地丢了，你说不出所以然，因此我们只能来这儿摸一摸情况。"

丁宝玉收敛了那种无赖的架势，神情开始认真，但为了掩饰这种认真，那口吻仍然做得懒洋洋的："你们这些人真没劲，一个破手机丢了拉倒，你们跟着瞎起什么哄呀！"

欧扬久决定刺激一下眼前这个女人，你越是装作无所谓，我越是要让你知道事情是有所谓的，而且事情已经到了这个点儿，可以放出些有分量的信号了。

"丁宝玉，既然把话说到这个分儿上了，我们也就敞开了说一回亮话吧——你知道苏岷是怎么死的？"

"废话，不是让一个包工头儿掐死的么？"

"现在我告诉你，那个包工头儿在行凶之前接到了几个短信，说了苏岷一些秘密行为，这才导致了那场凶杀。"

"这又怎么样？苏岷原本就该死。"

"但是你也许不知道，那几个要命的短信就是从你老公丢掉的那个手机里发送出去的！"欧扬久死盯着对方的眼睛。

他看出，丁宝玉实实在在地吃了一惊，但是那女人非常聪明，她十分快速地把那种隐蔽的惊愕转化成夸张的怪叫。

“我的妈呀,你吓死我了!这、这……这么说我们家老王成了冤大头啦!”

欧扬久摆摆手:“不,你们家老王已经发不出那种短信了,短信是那个得到手机的人发的。好了,话就说到这儿,你该干什么干什么去吧,注意和警察说话的态度。至于有什么情况,随时可以和我联系。我把我的手机号码给你。”

丁宝玉这回倒是听话,认认真真地把欧扬久的手机号码输入到自己的手机里。再没有多问一句。

分手以后欧扬久问小美这一手儿怎么样。

小美说:“我知道,你想通过丁宝玉找到那个外甥,而那个外甥最有可能是发短信的家伙!”

“说得对,”欧扬久的脸上出现了这些天来少有的松快,“引蛇出洞,丁宝玉有必要充当一回诱饵。”

“你真坏,队长。”小美笑道,“丁宝玉还自以为自己多聪明呢!哎,不会有什么危险吧?”

欧扬久当然不会想不到这个,是的,这一手等于把丁宝玉推倒了最前头,如果事情激化了,不能说没有危险:“无论如何,咱们盯紧点就是了,她有我的手机号码。”

小美点点头:“另外,别忘了那个外甥开大奔……”

“打住,丫头,咱们先不说透好不好。我当然忘不了他。”欧扬久抬手看看表,“哦,姥姥的,一上午说话就没了。也不知道大马那边儿怎么样啦?”

37

在九叔公没有吐出那三个字之前,苏老师在大马的心里是一个神秘的、找不到合适的形容词来形容的老太太。也许她称不上多么慈祥，但是她显然是个有勇气的，有个性的，甚至可以说有某种信仰的女人。来安庆后，通过那老太太的言语，他看到了一个年轻时代绰号娜达莎的美丽女子苏梅。不管她是不是和一个长得像葛优似的小提琴手好过——大马仍然相信自己的感觉，那个女子是圣洁的——一般情况下，但凡男人，都会对美丽的女人有这种美的幻想。稍微使他意外的是，苏老师其实早在1974年就开始收养孤儿了。这一点苏老师没说。

而所有这一切，眨眼之间轰然倒塌了——私生子，这三个字仿佛一炮轰在大马的脸上，他脑海中的苏老师一片支离破碎……

不，怎么会是这样？大马即便有过一百种假设，但私生子他绝对没有想过。在短短的几秒钟内，他奇怪地生出这样一个疑问——队长有没有想过这个？

应该没有，因为人们没有理由往这方面想。

此时此刻，他望着前面那古老的街巷，望着秋日的太阳下的灰色瓦舍和绿叶稠密的古树，大脑里一片混乱。九叔公说前边不远就是苏老师曾经住过的那所旧房子。旧房子再过去一些就是居委会，当年一些臭老娘们曾经像蚂蟥一样盯着苏老师，打听孩子的来历，不能不承认女人有一种天然的敏感。

大马收回目光，凝视着九叔公的那个大大的酒糟鼻子："也就是说，所谓的私生子只不过是一些人的猜想？"

九叔公很阴险地笑了一声，从耳朵上拿下半支烟点上抽着说："那些老娘们当然是猜想，可我不同，我知道底细。哎，你能不能给我买一包黄山，我喜欢那个。"

他说的是一种当地生产的名牌香烟。

大马二人随着他往前走，在一个临街的小铺子里买了烟给他。九叔公把烟凑近鼻子闻了闻，然后又跟买烟的要了一个简易打火机，这才领着二人朝苏老师的旧居走过去。

“不瞒你们说，为那孩子的事情，我还敲诈过苏梅一百五十块钱呢。”九叔公很得意地笑起来，然后他看着大马，“我知道，你心里一定在骂我不要脸。我这个人哪，脸皮厚。俗话说啦，脸皮厚，吃个够。要不然我怎么身体这么好。”

大马这时候真的觉得心里有一股火，不知从何而来的火。他让九叔公不要把话扯远，就说说私生子那件事。

因为这个情况太关键了，苏老师有自己的孩子！

九叔公把他们领到大树的一块树阴下，靠着树干抽着烟，一对小老鼠眼看着巷子石板路上走过的零星人等，然后收回目光说：“年轻人，天下事是瞒不了人的懂么？哪怕你在天涯海角呢，也是一样。你听好了，九叔公年轻的时候是个彻底的工人阶级，要不然我还真没法知道这个秘密。那个时候工人阶级领导一切。”

大马让他不要说那么多废话，单说苏梅和那个私生子。说得清楚可以再给他买包烟。

九叔公朝地上吐了口唾沫，道：“简单说吧，因为我是彻底的工人阶级，这才捞着那次去叶城的机会，也就知道了苏梅的秘密。那是 1972 年夏天的事。我和我们大组长一起去的，调查一个抗美援朝的老兵，这个老兵当时在我干活的那个翻砂厂当书记，我们收到揭发信，说这个老兵在朝鲜当过美国人的俘虏……我知道，翻这些历史老账你们年轻人不爱听。一句话，我和那个大组长到了叶城，调查那个老兵的历史，到了一个叫范村的地方。结果看见了那个孩子——我说的是苏梅的那个私生子。”

“你怎么知道那就是苏老师的私生子？”小丘插话道。

九叔公没有看小丘，只是看着头顶上的树叶：“我怎么知道，看看你这话问的——我当时根本就不知道。我又不是神仙。嗨，我说话的时候你们最好不要打断我好不好，我老了，脑子跟不上。”

大马朝小丘摆摆手,让对方继续。

九叔公便絮絮叨叨说下去,事情的脉络还是清楚的——

他和那个大组长去范村调查他们书记,在一户人家看见了那个男孩子。其实事情稍微错开一点儿就不存在了,可是但凡这样的故事,往往有某种机缘巧合。九叔公说,他当时仅仅觉得那孩子穿的和一般农村孩子不太一样,并没有往别的什么地方想。他们是去那家人要水喝的,那个孩子在屋子里玩耍,又在门口撒尿。然后就有一个女人出现了,一个很漂亮的女人。

"老子当时眼睛都看花了,一眼就认出这不是苏梅么!她怎么在这儿?啊呀呀,苏梅真是好看呀,穿得那么普通,还是罩不住她的神采。"九叔公仿佛又回到了当年,目光露出些神往,"当然啦,苏梅不可能认得我,我一个翻砂工,怎么能入她的眼。"

大马不得不问一句:"苏梅怎么到那里去了?"

九叔公说:"当时我自然不知道。不过我刚才不是说了么,我敲诈了苏梅一百五十块钱——她的事情是我回来以后问出来的。噢噢,你们看……我又要往回想啦……对,那是1972年,那孩子当时才三岁——"

根据九叔公的说法,他们在范村的那个人家讨水喝的时候碰上苏梅,完全是百分之百的意外。大组长不认识苏梅,自然不怎么关心这个。可是九叔公认识苏梅,那就大大的不一样了。他仔细地观察着苏梅对那男孩子的每一个举动,认真地倾听着苏梅和那家女主人的每一句对话。最后他得出一个铁定的结论,那个男孩子是苏梅寄养在那个人家的亲生子,苏梅管那个女主人叫兰姐姐。当然,通过两个女人的密谈,九叔公知道,那男孩子的一切都处在秘密状态。

此外他还听两个人说到一个人——况也夫。

听到这里,大马情不自禁地哦了一声,况也夫……况……好熟悉的名字,仿佛就在嘴边,怎么就想不起来呢?况也夫……哇,想起来了——是个诗人！

大马觉得眼前突然间升起了一片粉红色的云。

“你怎么了?”九叔公发现大马有些异样。

“没有没有，你继续说，他们说到了一个什么人。”

“诗人!”九叔公声音突然提高了八度，显然是在强调这个人的重要性。“那时候我当然不知道她们说的那个人是诗人，可是后来我在苏梅面前抛出了这个人的名字，苏梅才认了账，才把事情的前前后后说给了我。”

大马的心在狂跳，他差不多猜出来了，苏老师，美丽的苏梅，想必和那个有名的诗人，有过一段悬崖上的浪漫史——他不知道自己为什么要使用“悬崖上”这三个字。他对中国历史上那场有名的灾难没有切身感受过，他只是本能地觉得那是一场很可怕的爱情，一定非常可怕……

更可怕的是，他们有了一个孩子——天哪！苏梅！

苏老师的形象在这一刹那，突然在大马的脑海中变得异常丰满起来。他强忍着情绪的波动，让九叔公继续说下去。

九叔公继续回忆说，从出现到离开，苏梅就没看过他们一眼，很显然，她把这两个讨水喝的人当成了完全不相干的人，否则的话，她不会那么不设防的。

“好女人啊!”九叔公说到这儿感叹了一声，“不管在城里的那些日子别人怎么说她，在范村那一会儿，我算真正看明白了苏梅这个人，她比这世界上的好多女人都好，不光长得漂亮。”

是的，大马听懂了九叔公想表达的意思。自己又何尝不是呢？一个在城里分外矜持，甚至有些难以接近的女人，在遥远的穷乡僻壤，却爆出了一场灼人的爱——悬崖上的爱情!

“就这样，我知道了一个秘密。”九叔公说，“天下事就这么奇怪。”

“后来呢?”小丘也听迷了。

“后来么……苏梅看了孩子，又给那个兰姐姐留了几个钱就走了。我本想问问兰姐姐，苏梅怎么会到你们这里来了？可是我到底没敢问。”

大马似乎能体会到对方的心情。

“我后来想过这个问题。”九叔公看着大马，“我想来想去，最后觉得，所以不问，是不想让大组长知道这个秘密，大组长那个人不地道。我想保护苏梅。真的。那时候搞出私生子，对那两个人来说，可都是灭顶之灾呀——懂不懂？年轻人。不像你们现在。”

大马当然理解，他觉得九叔公这个老家伙也许并不坏。

九叔公说，那一面之缘就那么过去了。留在心里的影子他对谁都没说。外调回城后也没说。但是他侧面打听过苏梅的去向，方才知道苏梅是因为一段说不清楚的历史，1968 年初被弄回老家去改造了。

“你们知道吗，苏梅是个无父无母的孤儿——叶城人。”

……犹如一声巨响。

那一刻，大马觉得自己真想朝天大喊一声，以释放心中的纠结。孤儿、孤儿，又是一个想都想不到的意外。队长能想到么？也许能……因为苏老师后来收养了那么多孤儿——许多事情都是有某种脉络的，或者说，前因后果。

“然后就到 1974 年了？”大马用有些颤抖的声音问。他让九叔公给他一支烟。

九叔公给了他一支烟，帮他点上，说道：“没有，你听我说。我见过苏梅以后的第二年冬天，她回来了，人瘦得像干柴一样。据说有些事情查无实据。她继续当她的老师，再后来和一个小提琴手比较近乎，弄得四下里议论纷纷。我呢，时常能看到她。她见了我有时候也打个招呼，我搞不懂，她到底在范村的时候认没认出我。再往后，才到了 1974 年的夏天……”

九叔公说到这儿的时候，眼睛里似乎有了些异样。他仰起头看了看天，然后又把目光垂下来，叹了口气。

“我他妈确实干了一件不要脸的事。”他瞧着地面，手指间夹着早已经熄灭了的烟头，“那一年发大水，苏梅把孩子接了回来。不过她对外说那是她收养的一个孤儿，周边的人也没往深处想，自然以为那是孤儿。知道底细的人只有我一个。结果，我干了那件不要脸的事情。现在想起来，的确太缺德了。唉，我老家的房子塌了，需要钱呀！”

大马默默凝视着他，少顷，说道：“你把老底子揭开了？”

九叔公抬头道：“倒也不是，是苏梅主动跟我说的，我只是提了一句。唉，苏梅多聪明的人，一下子就想到了范村的那次见面。说老实话，我没见过那么冷静的女人，一点儿都不紧张。她向我摊开了和那个诗人的事儿，也承认孩子是他们俩的。她告诉我说诗人是到范村附近的一个林场劳动改造的，1973 年年底病死在那个林场。她埋了诗人独自回来，把孩子留在了范村，想等孩子长大再说明一切。结果，一场大水给了她个机会，孩子提前领回来了，但只能说是收养的孤儿。总而言之，她把底细都说给了我，然后给了我一百五十块钱，让我把嘴封死。”

大马道：“你做得怎么样？”

九叔公扔掉烟头，朝上指了指：“老天爷盯着呢，我一个字儿都没说出去！直到如今。”

“嗯，接着往下说。”

“哎，我说。”九叔公抿了抿干燥的嘴唇，又擤了一下鼻子，“有了那个男孩子，苏梅和小提琴手的事儿很快就告吹了，大伙都看出，两个人并不是那么回事儿。实事求是地说，直到那时候，还没有人对孩子的身份有什么疑问。但是这种事就怕有人挑头，大概两年后，也就是 1976 年吧，开始有风言风语了。有人说那孩子长得像苏梅。没办法，挡都挡不住。我怕苏梅误会我，还在一次买菜的时候跟她发过誓。苏梅说她不怀疑我，这让我心里头踏实了一些。后来听说苏梅和她儿子打过架，因为那男孩子七岁了，已经懂得一些事情，比如私生子。结果……”

“怎么了?”大马心头一沉。

“孩子跑了。”九叔公叹息地摇摇头,“在一次和苏梅吵架后跑了。起因我问过苏梅,问不出来,想必和街上的那些说法有关吧。苏梅打过孩子,据说打得挺狠。”

大马发现自己的一个感觉被言中了:“苏老师是个性格复杂的女人。”——这个感觉他一开始就有。

当然,此刻的关键是那个孩子。他问:“后来怎么样? 那孩子?”

“消失了,从此就不见了。”九叔公眯着眼睛回忆着,“有人说见过他,说在火车站附近流浪。我不太信这个说法,因为在相当长的日子里,不少人都帮苏梅找过孩子。说句难听的,苏梅长得漂亮,但凡男人都愿意帮她的忙——火车站附近的人几乎打听遍了,根本没有。听说原来曾有一帮流浪人员在那里聚集,后来走了,如果男孩子去过的话,恐怕也跟那些流浪人员走了。”

话说到这里,大马再不想到那个乞丐就不可救药了。

“你是说……”大马死死地看着九叔公,“苏老师的那个儿子变成了一个乞丐?”

“对,变成了一个乞丐。”九叔公闭了闭眼睛。

38

大马的第一句话就把欧扬久镇住了。

此刻,大马就坐在返程的列车上。警务室里很安静,窗外是飞驶的夜色。在极其遥远的地方,有星星般的灯光在闪烁着,迷离而神秘。不知为什么,大马觉得自己和队长并没有相距上千公里的距离,仿佛……对,在夜色的笼罩下,两个人在说着同一件事,队长仿佛就在对面……

“队长,你说句实话,”大马说出了心里头最想说的那句话,“你那么固执地派我们到安庆外调,是不是心里已经有数了?”

欧扬久毫不思索的声音传过来:“没有,老子又不是神仙。不然的话,我怎么会这么吃惊。”

“你想没想过那个袭击苏岷的乞丐和苏老师有关系?”

“没有,绝对没有。”欧扬久真的急了,“我只是对苏老师的过去有一些特殊的感觉而已,特别是苏岷初二转回安庆那件事儿——而这些和那个乞丐毫不相干。好啦,你现在原原本本地说给我听听,别让老子着急!”

是的。大马想,欧扬久说的是实话,他不是神仙。但是,他近乎固执地坚守着那个“特殊的感觉”已非寻常了——那是一个老警察从无数的风雨中历练出来的超乎常人的本能。

“好吧队长,我现在就说给你——”

“你的手机电够不够?”

“够,你听着就是了。”

大马从老太太谈到的娜达莎开始,试图让队长像自己一样,第一时间就抓住苏梅那与众不同的个性特征,因为从整个调查的过程看,最打动大马的就是这个。

“队长,咱们面对的是个非常特殊的女人。从那个老太太的叙述中我能强烈地感受到这一点。你是那个时代过来的人,你应该比我更能理解这些吧?”

欧扬久的声音有些兴奋起来:“是呀是呀,苏老师恐怕就是那样,我有一个大表姐,也是这样——他们受苏联人的影响很深。但是从你了解到的情况看,有一点不同,苏老师年轻的时候的个性,听上去有些独特。”

“对极了!我想说的就是这个,她确实比较特殊。所以我本想卖个关子,现在提前告诉你吧——苏老师本人就是个孤儿!”

大马听到队长发出一声长长的惊叹:“啊,看来我的胡思乱想还是有根据的。”

“队长,难道你想到过这个?啊呀老家伙,你太了不起了!”

欧扬久的声音马上严肃了:“你刚才叫我什么?”

“我……叫你什么……噢,当然,你本来就是我的队长嘛。”

“我觉得你好像叫我老家伙?”

大马哈哈大笑:“怎么可能呢?队长,我崇拜你还崇拜不过来呢。咱们严肃点好不好,我继续说——队长,如果从孤儿这个特殊的基点出发,苏老师的性格特征是不是可以得到合理的解释了?你看啊——她既热情又拒人于千里之外,乃至在很长的时间里,周边的男人都难以近身,癞蛤蟆想吃天鹅肉却又不敢下嘴。很显然,她是个不太好接近的女人,性格复杂的女人。”

“多重性格。”欧扬久说,“继续吧,我争取不打断你。”

大马接下来一口气把九叔公讲述的那一段原原本本地汇报给欧扬久听。欧扬久果然没有插嘴,认认真真地听着,直听到苏梅 1974 年从发大水的叶城领回个孤儿,才打断了大马的话。

“好,大马,这显然是一个单独成立的单元——1968 年初苏梅回老家叶城劳动改造,在那里与一个有名的诗人相爱并有了一个男孩子。看来苏梅爱起来也是不管不顾的。九叔公是 1972 年到那里去外调,看见了你刚才说的那一幕。而所有的秘密都是他后来从苏梅那儿诈出来的。1973 年底,苏梅瘦如干柴地归来,那时诗人已经病死在林场。此后苏梅和一个小提琴手有了来往……这个过程与那个老太太的述说基本相符。”

“是的,队长,你说的完全对。而且这一段让我很感动——你好像有些无动于衷。”

“唉,不说好不好?你不觉得这是咱们警察的悲哀么,特别是我这种老警察——人间的悲欢离合听得太他妈多了,神经早就麻木啦。伙计,你做好准备吧,这是咱们对事业的可悲的奉献呀!不废话了,继续说——”

接下来就是苏梅 1974 年借发大水收养孤儿,随即与小提琴手的分手。九叔公的敲诈，苏梅和盘托出。1976年风言风语四起，苏梅母子情况不妙，随即便是那男孩子因无法接受歧视而出走……

说到这里的时候，大马问欧扬久："队长，你觉不觉得苏老师性格中的另一面有所展现了——她打孩子似乎很下得了手。"

欧扬久说："对，你的感觉很准，那个年代好人没有几个顺心的。但是我现在更关心接下来的故事，想必接下来才是故事的核心部分？让我算算，1976年那个孩子应该是七岁吧？"

"没错，队长。"大马继续道，"九叔公也这么说，一个七岁的孩子，就跟着流浪人员走了，变成了一个乞丐。队长，你现在可不可以让我心里的石头放下来？这个乞丐是不是有可能就是袭击苏岷的那个乞丐？"

"这……怎么说呢，所有的人都会有此种联想，可是，谁又能给出明确答案呢？这个等你回来咱们再慢慢分析吧，你还是继续说，我想苏岷快出现了吧？"

大马不再追问，继续道："三年，三年后，按照九叔公的说法，苏老师就那样默不作声地等了三年。跟什么人都不来往，一个人孤苦伶仃地等着她儿子的消息，完全变了个人。一有风吹草动就赶去看。直到三年后的秋天，传来一个消息说，邻县的一个砖窑里发现了一个大约十岁的男孩儿的尸体。她匆匆赶去了，但是那男孩儿的尸体已经被当地人作为无名尸给烧了……那年冬天，她绝望地离开了安庆。"

欧扬久嗯了一声："对，从时间上算来是对的，苏老师就是1979年底调到咱们这儿来的。第二年初收留了一个三岁的男孩子，也就是后来的苏岷。"

大马望着窗外的夜色说："队长，你的记性真好。后来很多年的事情九叔公自然不知道了。再见到苏梅就到了十年以后，那一年苏岷初二——"

"终于等到啦，这才是关键。"欧扬久压低声音咳嗽了一声。

九叔公说到这一段的时候，给大马留下一个印象深刻的眼神，那眼神中充满了无以名状的悲哀。此刻，大马的脑海里再次浮现出老头子的那个眼神，他说："队长，这个故事真他妈的让人心里难受。说句不好听的，苏岷那个王八蛋真是该死！九叔公说苏老师带回来一头狼，这话一点儿都没错！"

"别激动伙计，慢慢说。"欧扬久声音委婉地传过来。

大马长长地吐出一口气，尽可能平和地说了下去："现在算是弄清楚了，队长，苏岷初二的时候跟苏老师回到安庆，原因其实很简单，苏老师的亲生儿子回来了——那个狗东西活得好好的，根本没死。母子俩再见面的时候，那小子已经快二十了。"

"谁告诉苏老师的？"欧扬久问。

"九叔公。"苏老师曾经给九叔公写过信。

"嗯，明白了。"欧扬久突然把语调放得很慢，"如果我猜得不错的话，悲剧应该发生在那两个儿子身上。"

"是的，苏岷用铅笔扎瞎了况南生的一只眼。"大马说这话的时候情不自禁地闭上了眼睛，他至今无法想象，一个刚刚上初二的孩子，怎么会做出如此令人发指的恶行。"队长，苏老师的那个儿子叫况南生。"

欧扬久那边沉默了好一会儿："是的，看来能确认了。姚芬曾经说过，她觉得那个乞丐眼睛有毛病。哪只眼？"

"左眼。"大马揉了揉腰，"简单说吧队长，苏老师面对的是一对撕咬在一起的狗，两个孩子都不是好东西。诗人的儿子乞丐的命，那个儿子已经完全学坏了，抽烟喝酒，满口脏话，扒厕所，偷东西。对了，流浪期间他还被人剁去一节右手的小拇指——你想想看队长，苏老师看见自己的儿子变成了那副鬼样子，心里会是一种什么感觉？"

"嗯，肯定很绝望。"欧扬久道，"继续说，然后呢？"

"用九叔公的话说，那个况南生完全有能力弄死苏岷，但是他得不到机会……"

"等等,"欧扬久打断了他,"你说那一年况南生已经快二十岁了？记得不错的话,那一年应该是1989年。让我算算啊……嗯嗯……也就是说,今天的况南生……大约四十二岁？"

"差不多。"

"继续,况南生得不到机会,想必是苏老师在其中起了作用。"

"对,彻底失望的苏老师把苏岷当成了自己的亲儿子,保护得跟铁桶似的,况南生根本得不到下手的机会——当然,所谓弄死苏岷只是一种形容,是想说明两个人水火不相容就是了。但是用九叔公的话说,苏老师对苏岷的偏向,加剧了两个人的敌意,甚至连苏岷戳瞎了况南生的一只眼睛都跟苏老师有关系!"

"哦,怎么说……"

"两个人打斗的时候,苏老师抱住了况南生,这才使那个小王八蛋得了手。"大马说到这儿时又有些激动,"当天晚上,况南生再次消失了,直到今天……"

电话两端都沉默了,过了好一会儿欧扬久才嗯了一声:"接着说。"

大马继续道:"队长,你看过苏岷的尸体照片是不是,不知你还记不记得,苏岷的右肩一侧有一道伤疤,据说,那是苏老师反应过来后把苏岷划伤的,用啤酒瓶子的玻璃碴。苏老师喝酒。"

"就是说,那天苏老师喝酒？"

"对,九叔公就是这么说的。"

欧扬久又嗯了一声:"好了,明白了。现在我想问的是,照你刚才的说法,苏老师家的事情显然闹得很有动静。可是你曾经询问过的那几个人为什么都说不清楚？"

"这个我也问了,"大马说,"事情是这样的,苏老师带着初中二年级的苏岷回到安庆,并不是回到她熟悉的学校。她找了一所很偏远的学校,别人根本不清楚这一段时间发生的事情,知情者只有九叔公一个。况南生再次离去以后,她很快就离开了安庆,回到了咱们那里。看来他已经不对那个亲生子抱任何希望了。”

欧扬久沉吟了片刻,道:“好啦,差不多了,我的手机已经发烫了。大马,有话回来再说吧。你明天几点到?”

“中午一点一刻。”

“我让小郝去接你们,直接来队里。下午咱们专门研究这个问题。等等,再落实一下,那个况南生应该是四十二岁上下,左眼瞎了,一只手的小拇指不完整,对不对?”

“对。”大马的手机也发烫了。

两个人就这样结束了通话。

一夜无事。第二天中午小郝把昏沉沉的大马二人从火车站拉回了刑警队,欧扬久和小美已经在等着了。情况显然都已经清楚了,谈话直接切入正题——

“也就是说,苏老师向我们隐瞒了一个非常重要的情况!”小郝直奔主题,“如果是的话,苏老师显然知道凶手是谁?”

“对。”范小美附和,“我甚至怀疑苏老师那天晚上看见了那个乞丐,明白了一切。因为她事实上早已经知道况南生来到了本市。”

小郝继续道:“为了保护自己的亲生儿子,她向我们隐瞒了凶手。而且唐五羊说过,他逃走的时候没有关好门。”

范小美随即道:“凶手况南生从容地进了门,把原本并没有死的苏岷翻过身来,从容地进行了扼杀,并弄破了脖子上的皮。队长,我觉得那个时候凶手一定十分兴奋,你说呢?”

欧扬久坐在沙发里,用手指敲着太阳穴:“嗯,姑且这么想好了。我现在关心的是,苏老师当时是一种什么心理状态?这么说吧,不管她看没看见凶手,她心里应该是有数的,她知道凶手是谁——你们同意这个分析么?”

三个年轻人互相看看,一致表示同意。

“那好,第二点。”欧扬久竖起两根手指,“苏老师至今不说,目的只有一个,那就是保护自己的亲生儿子况南生。那么,我不禁要问,马老爷子的存在对凶手构成了新的威胁,苏老师会是什么态度呢?”

小美道:“那还用说,继续保护!”

欧扬久竖起三根手指:“那就出现了第三个问题,苏老师和他的亲生儿子况南生,或者直截了当地说,苏老师和那个乞丐到底有没有联系?因为苏老师完全有可能听到了马老爷子的分析,但是那个乞丐却听不到,因为他一般是不敢再次去金棕榈佳苑的,无从听到马老爷子说什么。”

“啊哈,”小美怪叫了一声,“听你这意思,苏老师和她的乞丐儿子有联系!”

“对,这一点是确定无疑的。”小郝道,“她听到了马老爷子的分析议论,自然会把这个威胁通知给乞丐儿子,而后那个乞丐向马老爷子下手!”

“可十九楼的那个年轻人分明看见杀害马老爷子的凶手是个女人呀!”小美再次叫道。

小郝摆摆手:“不不不,我不相信远在十九楼能看得很准确。况且那乞丐蓬头垢面毛发长长,很容易被看成女人的。你说呢队长?”

欧扬久道:“现在咱们只需要把问题提出来,结论不忙着下。大马这次外调解决了一个非常重要的问题,现在至少这一连串的关系已经清楚了。你们说是吗?”

大马看着队长:“这么说,你不怀疑那个乞丐就是况南生了?”

“毫不怀疑。”欧扬久从沙发上站了起来,“现在的关键在于如何寻找这个乞丐。小郝这边依然没有进展,看来需要网上缉逃试试了。”

小郝道:“对,杀了苏岷,又杀了马老爷子,我是凶手也会逃之夭夭的。队长,网上缉逃势在必行了。况且咱们现在已经掌握了嫌疑人的诸多特征！”

“这件事就由你来办。”欧扬久顺水推舟把任务扔给了小郝。“大马，你好好休息一下。”

大马道：“队长，怎么能休息呢？你答应请我去西门庆饭庄吃饭的，把他们几个也带上吧——都不容易。”

欧扬久想要赖，小美手疾眼快地把他的钱包掏走了。

“走吧诸位，咱们一边吃西门庆，一边还可以谈谈丁宝玉那档子事。”

“那件事没什么好谈的，等着它自己发酵吧。走。”欧扬久抓回钱包数了数里边的钱。“不过只有三百多块。”

“没关系，咱们点便宜点儿的菜。”小美道。

大马立刻反对：“那不行，要吃就要吃好点儿！队长好几个口袋里都藏着钱，别以为他穷。”

小美立刻大叫：“啊哈，老奸巨猾呀！”

正高兴呢，手机响了。

噢，是小黄。嗯嗯啊啊地说了几句，范小美关了手机，嬉皮笑脸的模样没有了：“大家听着，那个小黄想起来了。三个多月前的一个下午，她曾经看见老鲁站在门外偷听两个老总的谈话。房间的门没有关好……”

39

夜色刚刚降临的时候，姚芬通知老鲁取消了一个和广东人的见面，让他送许晓和她到位于市郊西南十四公里的滴水山庄见一个老朋友。下车的时候姚芬让老鲁晚上十点半来接他们，这样老鲁便有了三个多小时的自由空间。

他在回来的路上，找到一个川味小馆子吃了一顿。然后准备弄一场电影看看。一个老光棍的生活不过如此。他过去有过一个女人，但那个女人是个性冷淡，俩人尿不到一个壶里，很快就离了。在以后的日子里，老鲁倒也安然，需要了，时不时去嫖一次两次，安家的愿望越来越淡漠了，直到如今。

一个人挣钱一个人花，当然不缺钱，但是他希望钱更多一些，用来实现过去不敢想的某些理想。这些年在许晓夫妇手下混吃混喝，他深知，有了钱人生会有多么不可思议的变化。自己莫非得当一辈子司机？因此，即将到手的那百分之一的股份，直到现在还烧灼着他的神经——并不难嘛，只要手段对头！

他自认为自己是个懂韬略、有手段的人。

电影没有合适的，他回公司取了些东西准备找个地方乐呵乐呵。下楼出来的时候却发现门厅外边站着个人——丁宝玉。

"你……你来干吗？"老鲁心头一沉。

丁宝玉看看左右，小声道："废他妈话，我不来突然袭击你能见我么？老娘在马路对面等了快一个钟头了。"

老鲁对眼前这个女人厌恶透了，但是又不能在这个地方发脾气，他在公司的形象一直很不错："你找我干吗？"

"找你自然有事儿。你能不能带我找个地方喝咖啡。我活了半辈子还没下过咖啡馆呢。"丁宝玉指指那辆大奔，"我坐前头。"

老鲁不想在这种地方多啰嗦，而且他看出丁宝玉恐怕真的找他有事。于是招呼她上车，很快地开上了马路。

丁宝玉很开心地坐在副驾驶的位置上，看着马路两侧繁华的街景。晚上她可能吃蒜了，一股浓重的蒜臭弥漫在车子里。老鲁怕两个老总闻出来，赶紧摇下了所有的窗户。

"我舅怎么样？"他毫无表情地问。

这个莫名其妙的舅妈从来没得到过老鲁的承认，他如果提到舅妈两个字，一定是舅舅的原配，一个没什么文化却极其淳朴的女人。可惜死得太早。丁宝玉是个乘虚而入的骚狐狸！刮干净了舅舅身上的油水。

“你是不是快半年没去看过他了。”他补上了一句。

丁宝玉马上火了：“放你妈的屁！老娘昨天上午刚刚去过疯人院，交了好儿百块的特护费呢！”

老鲁咬着牙道：“我他妈警告过你，不许管那儿叫疯人院！”

丁宝玉哼了一声，不言语了。她嘴上虽然不承认，但心里还是畏惧这个外甥的。这是个外表不动声色，心里头却十分叫劲的家伙。黄金手得意的时候，曾经扶助过这个狗杂种。这个混蛋因此对他舅舅分外感恩，比亲儿子还亲。自己进门以后这个王八蛋就没给过一点儿好脸色，至今不承认她这个舅妈。事实上，自己确实比他大不了几岁。

“我舅怎么样？”老鲁的口气缓和了些，“病情没加重吧？”

“也没减轻。”丁宝玉目视着前方，她看出车子正往城东最繁华的地方开。“他管我叫妈，还抓我的奶——这个老不正经的。什么都不成了，就这个还没忘。”

“别说这个，什么地长什么庄稼，还不是你一手造就的！”老鲁发出一个短促的阴笑。

丁宝玉声音立刻大了：“你放什么屁？咱们俩差着辈儿呢！”

“打住！”老鲁的口气没变，“你是什么鸟儿你自己最清楚，当初你没完没了朝我舅舅翘尾巴的时候，我就知道老爷子要倒霉了。可老爷子不听我的劝。”

丁宝玉的脸上终于挂不住了，伸手就抓老鲁的脸。

“留神我掐死你！”老鲁一声低喝，阻住了她。

两个人再没话可说。车子在一家比较安静的咖啡屋外停住了。两个人一前一后走了进去。老鲁挑了个靠里的位置，比较适合说话，然后要了两份速溶咖啡。

“说吧，找我什么事？”老鲁不看对方，躲避着那股蒜臭。

丁宝玉沉默了一会儿,再次看看左右,然后凑近了些:"听着小子,警察找过我啦! 一家伙来了仨。"

她伸出三根手指。

老鲁明显地愣了一下,终于扭过头来:"你招惹警察啦?"

丁宝玉看着他,脸上挂着阴险的笑:"是不是想知道内容?"

老鲁觉得心跳有些加快。她了解眼前这个女人,属于粗中有细的那种娘们儿。好久不联系了,突然找上门来,恐怕真有事情。但是他不能表现得过于迫切,那样就上套了。

"你招惹警察和老子有什么球相干?"他搅着杯子里的咖啡,"你这人不惹事倒不正常了。"

丁宝玉嘿嘿一笑,再凑上来一些,死死地盯着老鲁的眼睛,道:"别装了,我还不知道你。听着,老娘是把你当亲外甥看的,换成别人——死去吧!"

最后三个字是有分量的,老鲁外表沉稳,心里却已经慌了。他料定,一定是什么地方出了问题,而且是和自己有关的问题。这个臭娘们儿,看上去胸有成竹。

"你是不是想从我这儿诈几个钱用用?"老鲁放出一个试探。

丁宝玉果然笑了:"诈钱? 咱们俩用得着这样么? 舅妈揭不开锅了,你是不是应该帮一把?"

"这得看值不值得帮。"老鲁还需要试探。

丁宝玉缩回身子,懒洋洋地靠在沙发背上,伸出手来看着那一个个烂指甲,然后,她慢慢地抬起眼皮:"你舅的手机呢?"

老鲁的手哆嗦了一下,汤匙在咖啡杯的边上发出一道轻微的声响:"手机……什么手机?"

丁宝玉依旧用那种眼光盯着他:"是不是想说不知道?"

"废话,我本来就不知道!"老鲁的声音有些凶恶。

丁宝玉再次靠在沙发背上，慢声慢气地说道："你知道你这种人叫什么吗？叫公鸡拉屎——头节硬。警察可不是我，手铐子一亮出来，你马上就拉稀了。别用这种眼光看着我，我胆小。"

老鲁下意识地垂下眼皮，声音放低了些："少扯，一个破手机，和警察有什么关系？"

丁宝玉又一次朝四周看看，探过身子："想听么？"

"说！"老鲁依然垂着眼皮，然后看了看手表，"我还有半个钟头。"

"用不了半个钟头，两句话就完。"丁宝玉坐直了身子，"手机丢了以后我问过你舅。老家伙就知道他妈的哇哇大叫，没办法，我给了他一个嘴巴……"

"你打我舅！"老鲁竖起眉毛，模样凶狠了。

丁宝玉不为所动："我打你舅怎么了？我们是两口子，天王老子都管不着，他过去也抽过我，你知道吗。再说了，你舅那种情况，只有打嘴巴才能让他清醒一些。小子，这个秘密你不知道吧？"

"就为了一个破手机？你不是已经诈了医院一千块钱了吗？"

"公家的钱，不要白不要。"

"你真他妈不要脸！"

"要不要脸是老娘自己的事儿，和你没关系。小子，关键是，我知道手机没丢。"丁宝玉阴险地看着老鲁的脸，"我给了你舅一个嘴巴，他马上就不闹腾了，我问他手机是不是让什么人拿走了？他不言语。说老实话，我当时还真没往你身上想。可是你猜他接下来怎么着？"

老鲁一言不发，默默地盯着对方。

丁宝玉抬起两只手，指头叉开，两个大拇指抵在下巴的两侧，其余四指放在两边的眉梢处，然后往下摁，两个眉梢立刻朝下了。丁宝玉把变了样子的脸探向老鲁："这个动作你应该熟悉吧？早年间一说到你，你舅就这样儿——你看你那两条眉毛。"

丁宝玉松开了手，笑了：“小子，天底下只有我明白这个意思。”

老鲁的目光移开一些，随即又马上转了回来：“那又怎么样？不过是个破手机！”

“噢，说得轻巧！”丁宝玉很开心地仰起脸来，“警察找上门来难道就为了一个破手机么？你他妈心里头一清二楚！”

“别叫。”老鲁低声喝住她，“警察是不是跟你说了什么？”

“那当然了。你以为警察到我那儿串门儿呀。”丁宝玉端起咖啡喝了一口，然后轻轻把杯子放下，口吻变得诡秘了，“知道么小子，这个破手机夺走了一条人命！”

老鲁做出想笑的样子，但没笑出来：“那几个警察恐怕疯了吧？他们说没说谁死了？”

“苏岷，艺术团那个变魔术的王八蛋。”

“简直放狗屁，苏岷是让一个包工头掐死的。”

丁宝玉点点头：“对呀，我也是这么问的呀。可人家警察说，那个包工头接到几条短信以后才动了杀心。”

老鲁慢慢地凑上来：“接着说——”

丁宝玉头一次和老鲁的脸挨得这么近，她突然有些紧张了：“你干吗？警察就是这么说的……”

“你的话还没说完呢？”

“警、警察说……经过他们调查，那几条短信是从你舅的那个手机发出去的！”

静默。久久的静默。

老鲁抬腕子看了看表，道：“噢，他妈的，我该走了。我只问你一句，你是怎么跟警察说的？”

丁宝玉摆摆手：“我什么都没说，就告诉警察手机丢了。警察还问过你舅是不是有个外甥，我没说什么。他们直到现在还不知道你和我有什么关系。”

“喔,你比我想象的要聪明。”老鲁掏出钱包扔出一张票子在桌上,而后说,“舅妈,我好像记得你大弟弟想买辆车,是吗?”

“是呀,他看上一款大众的什么车。二十好几万呢!”

老鲁把钱包揣回口袋:“缺多少我给他,让他买吧。”

丁宝玉站起来:“另外还、还有个事儿……你看,我不好意思说……我、我想把房子装修一下……”

“不是有我吗。”老鲁笑笑,“指指桌上的钱,然后快步朝门口走去,舅妈,结账啊!我得马上走了!”

他听见丁宝玉一声谄媚而快活的应答:“哎,知道啦——”

车子准点赶到滴水山庄,老鲁正准备熄火的时候,许晓两口子出来了。一同出来的还有两个人,一个是宫秘书长,另一个比较胖的没见过,很有派头的样子。宫秘书长对他唯唯诺诺。看来这些家伙又有大买卖做了。

老鲁狠狠地朝窗外吐了口痰。

几个人拱手作别,那胖子转身回去了。许晓和姓宫的低声交谈了几句,然后对方在许晓肩膀上捅了一拳,朝自己的车子走去。老鲁觉得对方好像朝自己这个方向瞟了一眼。

许晓和姚芬钻进车子的时候,老鲁感觉两个人很有些神采写在脸上。许晓问他是不是早来了,老鲁赶紧说刚来刚来。然后他们的车跟在宫秘书长的车子后面,驶出了山庄。

“让老宫先走吧,咱们慢慢开。”许晓道。

老鲁应该一声,放缓了车速。姚芬在后座上低声在和什么人通着话。听上去想必是苏老师。通话结束的时候姚芬有些急了,大声道:“妈,我只不过随便问问,你急什么,其实我早就把那事儿忘了,是警察来找我了解情况……”

“老鲁。”许晓点上雪茄抽了两口，然后朝老鲁偏了偏脑袋，“你看上去有什么心事?”

“噢，没有没有。”老鲁马上作出一种非常放松的样子。

“是这样。”许晓继续说，“我让你准备的那些材料都准备好，咱们争取这两天把股份转让书签了。”

“哎，我知道。”老鲁赶紧说。

40

老鲁恨有钱人。

那不是一般的恨，他的恨深入骨髓。这当然和他的成长经历有关，但是更源于他的个性。如果掰开了揉碎了看，你会发现他的自卑的神经和嫉妒的神经要比别人的明显、敏感。有这样神经的人假如生长在富裕一些的人家，可能还不至于怎么样，但是老鲁恰恰生长在一个贫困的社会底层人家，这就惨了，老鲁对社会的仇恨差不多从他懂事那天就开始了。他很内向、很敏感、同时又很善于伪装……事实上他那时并不知道自己在恨谁。上学的时候他恨那些夏天吃雪糕，冬天去滑冰的同学；工作以后，他恨那些能说会道会拍马逢迎的人，恨那些干不了几天就爬上去的人。可以说，他的辞职而去和这种恨不无关系。但是客观地说，那些时候的恨还是很模糊、很笼统的，没有十分明显而确定的目标。直到进了眼下这家房地产公司，仇恨目标才逐渐明确了，那就是他的两个老总——许晓和姚芬。

是的，嫉妒与仇恨往往发生在身边的人身上，这事情很怪。

这么说吧，许多年来，他是眼睁睁地看着那两口子如何起步，如何发达的。如何从两个并无所长的人，摇身一变变成了说一不二的老总。又如何变戏法似的把别人的钱变成了自己的钱，而且那么不费吹灰之力——那可不是仨瓜俩枣啊，那是说出来能吓人一跟头的巨额数字啊！

为什么？凭什么？老鲁痛苦地思索着，不得其解。

有些解释不通的是，他虽然恨那夫妇俩，却又一步也离不开他们。手头这份工作可真的比过去开出租车强多了，没有风吹雨打，好吃好喝，拿的还比开出租多。特别是两个老总对他的信任度增加以后，他甚至时常被安排做一些开车以外的事情。往往在这种时候，他都会尽心尽力去做，做得很出色。

老板的财富当中，确确实实有一部分来自于自己的努力。这一点，那夫妇俩清楚，老鲁也清楚。

他觉得自己的人格很分裂。

日复一日，年复一年，这种感觉渐渐成了习惯。也因为这样，这种习惯对他来说差不多变成了一种煎熬。他知道，公司里的不少人都暗地里把他看作一个城府很深的人，他非常非常想告诉那些人，自己许多时候都快要克制不住了……真的！

于是才有了夺取苏岷性命的那招“如来神掌”。

于是也才有了制服宫秘书长的那招“凌空一刀”。

苏岷该死！这其中除了他的贪婪，更在于他一手毁了自己的亲舅舅。他不能原谅那个混蛋，他是个有仇必报的人，等待的仅仅是时机。

姓宫的也该死！他同样贪婪成性，却由于手里头有权，可以毫不费力地把贪婪变成现实利益。他当然要收拾这样的杂种，这不但能解自己的心头之大恨，甚至有些替天行道的意味了！

苏岷该死，这是老天爷有意的安排呀！老鲁至今想起这一切仍然得意。要不是那天老总叫他去，要不是那扇门没有关好，他还一下子下不了决心呢！结果老天爷伸手了！

天欲亡之，奈何！

他至今都能清晰地想起那个有些阴天的午后，想起门缝里边那两个人压低嗓门的对话。听得出，那两口子在互相埋怨，许晓甚至有些光火。他不明白这么精明的两口子怎么让那个王八蛋苏岷捏住了。从苏岷那儿拆借一百万的事儿姚芬似乎吐露过，但是这里怎么突然闹出百分之一的股份来，而且……他分明听出，苏岷把存有四百万的银联卡变没了……

哦，这都是些多么可恶的人呀！他在肚子里诅咒了苏岷十八遍，然后敲门进去了。那两个人显然在装作若无其事，但他明显地看出，他们的眼睛里的神情很复杂。他们让老鲁把一份后勤人员人事变动的文件交到后勤去，并没有其他事情。他至今不太明白，这么简单的一件事，这二位何必让自己去干。

心里揣着那个秘密，他拿着文件走了。当天晚上，他想到了唐五羊。他觉得解恨的希望就在这个人身上。

唐五羊他当然熟悉，唐五羊的脾气他当然也熟悉，尤其是唐五羊那浑不吝的性格他更熟悉。把这个人当一回杀人刀，应该是最合适不过的。唐五羊曾在一次酒后对他说过：这样的人挨着个儿杀过去，一个也不会错杀！

这家伙有些像李逵！关键是背后给一把火，现在这把火有了。

接下来，就是那三条短信。

实话实说，舅舅那个手机不是他专门为干这事儿而拿来的。拿那个手机和这件事毫不相干，当初把手机拿走，仅仅是因为他觉得手机在舅舅手里一点用处也没有。

短信发出去以后，老鲁自然很关注。但是他不敢说事情肯定能成——结果竟然真的成了。

苏岷的的确确被弄死了！

说实话，开始的那几天他非常恐惧。担心唐五羊，担心他联想到自己。但是没有，唐五羊逃跑了，自己安然无恙。于是恐惧变成了快乐，发自内心深处的快乐。他感到自己很了不起，居然是一个运筹帷幄的天才。

是呀,任何事情都不能停留在构想上,关键是要敢干。再接下来他从姚芬那儿听说,为了还苏岷的钱(更主要的当然是堵那四百万的窟窿),许晓夫妇把一块竞到手的地皮出让了。以此,他联想到目前公司的经济状况一定十分吃紧,他便进一步想到了那个专门给许晓夫妇弄贷款的宫某。

成功能使人变得胆大。他决定施放第二个杀手锏了。这个杀手锏的目的只有一个字:钱!

为什么不呢,如果说前一次下手是为了解恨,这一次下手就不能仅仅为了解恨了,钱毕竟对他有更大的诱惑力。回忆自己的半生,落魄不就是因为没有钱么?有钱人可以很容易变成绅士,变成社会名流,变成慈善家。老子如果有钱,这一切都可以梦想成真!

做慈善做得比他们还有气魄。

事实上,他觉得自己早就应该有钱了,因为他具备了有钱的重要条件。表面上仅仅是个给老总开车的司机,但恰恰因为是给老总开车的司机而不是一般的司机,他可以从容而简单地获取别人难以获取的东西,比如两个老总在车子里的对话,只要你有心,总会有所收获的。而他从小就是个有心人。有一次姚芬竟然在车里把竞标的标的吐了出来。后来他想,就单单那个标的,自己就能赚上一大笔钱。那时候缺少的是行动。但是也就因为自己的老实和嘴紧,两个老总对他的防范越发松懈,进而视之为类似于心腹那样的人。比如和包工头们的一些私下交往,两个老总更愿意交给他。这便使他进一步从侧面掌握了公司的运营情况。甚至有一次姚芬找他,他赶去时姚芬在上厕所,结果他看见了姚芬电脑中的一些极其重要的内容……总之,所有的一切,所有那些进入他视野的蛛丝马迹,经过他那近乎天才的大脑分析综合,不客气地说,他几乎摸清了公司的大半个家底。但是,他没有认真想过怎样利用这些,直到宫秘书长的出现。

姓宫的出现,使他看清了公司经营中的另一半隐秘。利用宫某的官位,把老百姓的钱,通过私下的交易,以贷款的名义弄到公司的账上,再用这些钱打通关节，吃进廉价的土地，盖出商品房后以高价卖给老百姓——一个循环下来，赚个盘满钵满……这就是他们的生财之道！

妈的，该下手了！

是的，姓宫的就是自己的第二个目标——必须让这些家伙出血，狠狠地出血！应该说他早就看清了他们的这个软肋，相信只要几个电话就能见效。为了长久的利益，那些家伙必须，也只能接招儿。更何况他知道公司的现实处境，他们要想活下去，只能答应自己的条件。

给宫秘书长的那两个电话是在很从容的状态下打的，但是他仍然流了一脑门子汗。毕竟这和给唐五羊发短信不太一样。搁下电话以后，他整整一个晚上都在思考如何把那笔钱平安地拿到手，想了不下十个办法，均不可行。结果没想到，许晓夫妇竟然用股份转让的形式来解决了。

这完全不在他的想象之中。记得当时他有些晕。第一个跃入脑海的信号就是，自己恐怕已经被对手看穿了。第二个信号是，即便被看穿了，他们也不敢怎么样，如果想怎么样的话，那夫妇俩就不会采取这个办法了。是呀，最好的态度就是双方心照不宣。

当然，他曾经有一瞬间想过对手会不会找人把自己“黑了”，这种事是有的。结果他经过翻来覆去的分析，认为他们不敢。自己会在他们下手之前留下些致其死命东西……

他相信许晓不会想不到这个。

可是，老天爷！万万想不到的是，斜刺里杀出一个丁宝玉！

坏了！

在开车赶往滴水山庄的一路上，他大脑里只剩下这两个字。除此之外，一片空白——他第一次体验到什么叫一、片、空、白。

把许晓夫妇送回了家，此刻他已经躺在了自己那小套房的软床上。意识慢慢地回到了脑子里，他已经把最可怕的情况思考清楚了——是的，非常非常可怕。所有的一切，都将因为这个女人的存在有可能荡然无存！

真的，不带任何夸张！

说老实话，直到今天他才第一次意识到，那个他从来不曾放在眼里的女人是如此的危险，如此的可怕。

太聪明了，丁宝玉。三言两语就把事情的要命之处点明白了。剩下的一切任由你去琢磨、去想象。她现在等于捏住了自己的七寸，自认为完美无缺的苏岷案露出了破绽，致命的破绽！

警察可不是吃素的……不不，千万不能走到那一步！走到那一步就彻底完了！

现在，最简单的办法是用钱堵住丁宝玉的嘴。但是他不准备走这步烂棋，堵得住一次，堵得了永远么？莫非变成丁宝玉的打工仔！不，他要一次解决问题，不留后患。虽然是一步险棋，但是最管用。

是的，一点儿办法也没有，丁宝玉必须死！

丁宝玉不死，死的就是自己了。自由、金钱、梦想……所有的一切，都将灰飞烟灭。

老鲁从来不是个拖泥带水的人，必须行动了！

他歪着脑袋看了看墙上的壁钟，十一点半，正是夜深人静的时候。他坐起身子沉着地思考着。马上么？从坏处想，这个时候太安静了，只要有一点动静就会被人听到，而弄死一个人是不可能不发出声响的。但是从好处想呢？第一，这个时候基本上可以保证自己不被人看见，这是最最关键的一条。第二，楼上的大多数人都睡了，被听到的可能性说不定会更低。第三，即便有人没睡，恐怕也不会那么晚了还去管闲事。对，两相比照，还是现在动手更好一些。

更重要的是，这种事越早解决越好，迟则生变。

他轻松起身，到厨房查看那些刀子。但是他马上就放弃了用刀的想法，不，最好别用刀。血最容易留下痕迹，一刀捅不死也容易闹出动静。而且，还有一点很要命，他怕血。

用绳子勒——对,用绳子勒死那娘们儿!又干净,又利索。他在印染厂当过半年打包工,对绳子的使用十分拿手。老鲁莫名地亢奋起来,到储物间毫不费力地找到一条尼龙绳。一条淡绿色的尼龙绳。他把绳子挽了一个扣,套在自己的脖子上试了试。没问题,半分钟之内绝对能把一个人勒毙!

然后他把手里能找到的钱都翻了出来,六七万的样子。必须先把丁宝玉的警惕性打消,什么最管用呢?当然是钱!不能用银行卡,银行卡能查出存储人的信息,现金没这个危险。

把绳子和钱找个包装好,他去衣柜找了件深色的夹克衫换上,尽管是深更半夜,最好还是穿颜色深一些的,以便最大限度地隐蔽自己。

这时候已经十一点五十了。他坐下来从头到尾地仔细地思索了一遍行动方案,没有发现什么破绽。当然,做事时的手脚需要迅速而果断,一拳把那娘们儿击昏,然后从容地将绳子勒在她的脖子上——关键是时机的把握!最后,把她吊在房梁或者什么可以上吊的地方,做成自杀的假象……

事发后呢?警察当然会发现丁宝玉死了,甚至很快他们就会认定那不是自杀。调查开始。现场中自己最怕的是什么?痕迹……对,应该有双手套,避免自己的痕迹留在那里。不过即便如此,事后还是要仔细地清除一遍。然后警察会调查那天晚上的情况,这些已经考虑到了。再然后呢?调查死者的社会关系……能调查到自己头上么?有可能,但不容易。不过即便调查到自己头上又能说明什么?什么也说明不了——警察不能凭这个关系认定自己。

老鲁微笑了一下,然后果断起身出了门。

快刀斩乱麻。他想到这句话。

这是个无星少月的夜晚,四周无人。老鲁从小区的后边悄悄溜了出去,而后以正常速度贴着树影来到了街口,那里有一个自动电话亭。他要让丁宝玉给自己留门，半夜三更的，敲门很不安全。离电话亭不远的地方似乎有两个年轻人在倾情接吻，一副恨不得把对方吃下去的架势。他等待着，一直耐心地等到那对男女消失在一条小巷的阴影里，才闪到电话亭前拨通了丁宝玉的电话。

“谁呀?”丁宝玉好像还没睡，但声音是无力的。

老鲁想叫一声舅妈，但他马上打消了这个念头。不，不能让那娘们儿觉得自己反常，半夜造访已经有些反常了，应该让她在第一时间处于正常合理的状态。

“是我，你他妈听不出来么?”

丁宝玉的声音马上警觉起来：“你有病啊，不看看这什么时候啦?”

老鲁觉得自己必须给深夜造访找一个有说服力的理由：“少废话吧，老子睡不着，想来想去干脆早些把钱给你拿过去。白天老子不想让人看见。不过，我手头现在只有七万块钱，给你装修房子用，你弟弟买车的钱过几天再说。”

果然见效，这几句话打消了丁宝玉的警觉，她的声音里有了喜色：“你现在就来么？还是明天……”

“不，就现在！不然老子睡不着觉。不过我不希望别人看见我和你来往，你的名声不怎么样?”

“我知道我知道，你来吧，我给你留着门。”

老鲁哼了一声，把电话挂了。看看四周，空无一人。

谋杀开始了……

41

“大黑子，快进来。”

丁宝玉一定早就在门口等着了，那对比狗还灵的耳朵在第一时间便捕捉到了老鲁极其轻微的脚步声。门开了,那女人很少有地叫了一声老鲁的小名。

老鲁闪身而入,心里发出一声恶骂:该死的,她怎么会叫名字——这完全是没有预料到的!

姥姥的,防不胜防啊!

“对门那个什么主任还住在这儿么?”他朝对门看了一眼。

丁宝玉轻手轻脚地关上房门,回头说:“不住这儿住哪儿。退下来以后他连泡狗屎都不是啦,听说这些天到乌鲁木齐他姑娘那儿去了。来,快进来。”

老鲁松了口气,心想,这算是个利好消息。等那个什么主任从新疆回来,丁宝玉应该已经不在了。

两个人在沙发前坐下。老鲁把手里那个红色的塑料袋放在地板上,从里边拿出那包用报纸包着的钱,放在茶几上。他知道,丁宝玉并不希望自己久留,她想的是钱。

“那绳子是干什么用的?”丁宝玉看见钱的同时也看见了绳子。

老鲁的心又是一颤,心想,这娘们儿狗眼真尖:“噢,我随手抓了个塑料袋——这是七万,你点点。”

他把塑料袋踢开一些,打开了报纸,里边是整齐的七叠百元大钞。丁宝玉用小拇指数了数,然后用眼角瞟着老鲁的脸。不咸不酸地说:“小子,你现在是不是杀人的心都有?别摇头,你的眼神儿我看得懂。”

老鲁知道否认是愚蠢的,必须把戏演得真一些:“扯鸡巴蛋,难道我要哈哈大笑么!”

丁宝玉依然认真地盯着他的眼睛,玩弄着口袋里的手机:“恨我也没关系,从谁身上拔毛谁都疼。不过你应该清楚,这笔买卖挺公平的。是不是?”

老鲁觉得浑身上下都不舒服。他看着丁宝玉的太阳穴,猜想着自己能不能一拳把这女人打昏。因为只有打昏了才好用绳子勒,直接勒肯定动静不小。对门没人了,楼下总还有人。

“再说这些废话我就把钱拿走了!”

“你不敢。”丁宝玉既阴险又得意地说,然后拍了拍那堆票子,“你现在能不能告诉我,我大弟弟买车的钱什么时候给。”

确实没猜错,这女人不是块好啃的骨头。奶奶的,必须弄死她:“你听着,人不能胃口太大,你弟弟的钱容我几天。”

“不能太久,那小子想买车都快想疯了。嗨,你怎么了?是不是口渴?”丁宝玉观察得很仔细,她甚至注意到老鲁抓着沙发扶手的那只手的每个关节都是白色的,“你不舒服吗?”

老鲁没说话,而是用双手用力地搓了搓脸。

丁宝玉仔细地端详着他,然后探过身子小声问:“告诉我,你怎么想到发那几个短信——”

老鲁心想,在弄死她之前还是应该再落实一下这个关键问题,于是问:“问这个对你没什么意思。我想知道的是,这个猜想是你想出来的,还是警察对你有所暗示?”

“不放心是不是。”丁宝玉一笑,“听着,你舅妈不是个凡人。看见警察就尿裤子的人不是我。这么说吧,那几个警察只说了事情是这么回事儿。老娘经过分析思考,亲自弄明白了事情是怎么回事儿——所以,事情到我这儿就是终点。喂喂,你怎么出这么多汗?”

老鲁再一次搓搓脸,基本放心了,问:“有没有啤酒?”

喝酒?丁宝玉心里紧了一下,完全处于本能。脸上却还挂着笑:“你也不看看现在几点了。”

“你好像怕我。”老鲁眯起眼睛,他担心这女人注意到自己的眼神。眼睛里的东西很难隐藏的。他仰起了脸,躲开了丁宝玉的注视。“钱都给你拿来了,还有什么不放心的?”

丁宝玉端详着他一身深色的衣裤,心头再一次犯紧。这么晚了,何必非要来呢?而且那么怕别人看见……

“嗨,到底有没有啤酒?”

“有……啤酒有,冰箱里,自己找去!”她死盯着老鲁那张脸。

老鲁没看她,抹了抹额头沁出的汗,起身去找啤酒。不能再啰嗦了,抓紧时间动手!

拉开冰箱,扑出一股非常不好闻的味道。老鲁向后闪了闪。

“看见两个面包没有,就在面包后边。”丁宝玉的声音传过来。

老鲁小心地把面包拿开,不留神险些个把一个小瓷碗碰落下来,他赶紧用胳膊肘挡住碗,面包掉了一个在地上。好在是面包。

当他终于找到一罐“青啤”的时候,她听见丁宝玉在客厅问他:“喂,你是不是真想杀我!”

老鲁撕开啤酒灌,大大地喝了一口走回来。他没有坐回原处,而是站在丁宝玉面前,双眼恶狠狠地眯了起来:“说老实话,现在杀你不就跟杀只鸡似的,可为那几个钱杀人,不值得。”

“不对,我看见你眼睛里有一股杀气。”丁宝玉看着站在自己面前的这个男人。“哎,要不要我给你炒个鸡蛋什么的?”

“不必。”老鲁把刚刚想站起来的丁宝玉按回沙发里,仰着脖子把那沁凉的啤酒往喉咙里倒。开车以后他已经很久没有这么喝过酒了,似乎有一种解了禁的疯狂。丁宝玉又想往起站,他再次把她推回去。

丁宝玉惊恐地叫了一声:“你想干吗……”

话音刚落,老鲁的一只大手已经掐住了她的脖子。丁宝玉发不出声音了。

老鲁从容地把那罐啤酒喝完,然后将啤酒罐捏扁,放在那堆钱旁边,狞笑着说:“你怕了是不是?要钱的时候你好像理直气壮的。妈的,你以为老子的钱那么好拿呀?见你娘的鬼!”

丁宝玉的喉咙里发出咔咔的声音，但说不出话。

老鲁毫不迟疑，一拳击在她的太阳穴上，那女人立刻昏了过去。妈的，跟她废什么话，早完事儿早走人。这里毕竟不是久留之地。

他扭头看看客厅那个门框，发觉不行。门框上方是一块固定的玻璃，既不能打碎，也没有时间拆卸。显然不适合把她吊在那里。他略微思索一了下，便弯腰把丁宝玉扛起来，果断地进入卧室。此刻，他选中了那张软床——在软床上把这个女人勒死，绝不会有一点声响。

随即，他注意到那软床的床头……

当丁宝玉哼哼着醒过来的时候，他发现老鲁正在鼻子的上方注视着她。仿佛在欣赏商场玻璃柜里的一块手表，而脖子上这时已多了个绳子套。绳子的一端攥在老鲁的大手里，另一端拴在床头那亮闪闪的金属管上。

“你……”

她刚刚发出一丁点儿声音，老鲁手里的绳子便倏地收紧，声音被勒了回去。丁宝玉这一刻真的变成了所谓的面无人色。

老鲁朝他笑了笑，绳子放松了一些。

丁宝玉晕头晕脑地叹息了一声：“你还不如一拳把我打死呢。”

老鲁突然开心地发现，似乎不必着急让这个女人死去。

“没想到有今天吧？臭娘们！”他的脸凑了上来，“呸，骚货！我早就想弄死你了！我舅舅混成今天这个倒霉样子，完全是你折腾的！他不听我的劝。”

“大……大黑子……你别……”丁宝玉的呼吸有些艰难。

老鲁把绳子放松一些：“还想放什么屁，放吧，死之前老子让你说痛快！”

丁宝玉大口喘着气说：“大黑子……你别、别这样。我、我什么都、都不要了，行不行……”

老鲁很幸福地眯起了眼睛，歪着身子掏出烟来，抖出一支叼在嘴上。但他立刻意识到，不能抽烟，抽烟容易给警察留下意想不到的线索。他没点那支烟，就那么叼着，说："操你妈的，我要是相信了你的话，我就是头猪了！不要了——现在知道不要了？晚了吧？"

他拉紧绳子让丁宝玉窒息了一下，然后松开些，阴笑道："听着，臭娘们，走到今天这一步，不怨天，不怨地，完全是你自己作的孽。你他妈回忆一下，我舅舅娶了你，是不是没过一天好日子！他的工资在身上还没放热乎就交给了你，连一分钱零花都不敢留。你说，是不是！"

丁宝玉扭动着身子，艰难地说："你舅舅……你舅舅夸大了，我怎么会……"

"还敢说！"老鲁再次勒紧绳子，勒得那女人直翻白眼儿，"我舅舅捡过烟头抽你知道么？你连烟钱都不给他留一点儿！"

他愤愤地抽了丁宝玉一个嘴巴，又抽了一个。

"还有，他怎么得了胃溃疡你他妈最清楚，完全是你折磨的！"

丁宝玉用力甩着脑袋："不、不是，我领他去医院看病，医生说是心情不顺。大黑子……是那个变魔术的小白脸把你舅舅……"

老鲁快乐地哼了一声："对嘛，所以他必须死！你聪明，猜出了老子的手段，所以，你也必须死！"

"别、别这样！大黑子……弄死我你、你也完了……"

"扯你妈的蛋！"老鲁朝丁宝玉脸上啐了一口，"你以为我是笨瓜呀！能让那个变魔术的小白脸死得那么妙，你说我是笨瓜么？老子一肚子韬晦，懂么？臭货！对付你这种东西，老子根本用不了多大心思！"

丁宝玉放松全身，忽然有些泰然地说："你舅舅有你这么个外甥算是有福呀！大黑子，你他妈真够黑的！"

老鲁笑了一声："谢谢舅妈，你终于看明白我了。告诉你，从我舅舅下了岗，我就发誓要收拾那个小白脸儿，只不过没想好怎么动手。我也发誓让你吃点儿苦头，也没想好怎么动手。但是主意总会有的——如今你都看见了，理想一步一步就实现了。”

“你发短信……给那个包工头儿，怎么那么灵？”

“天才！懂么？老子是天才，已经把包工头分析得透透的了，所以——举手之劳。”老鲁得意极了，脸上竟出现一些潮红。“公司那些杂种太黑了，欠了人家十个月的薪水！去个球的，还是说你吧，你他娘的不识时务，居然打起老子的算盘来了，这不是找死么你？”

老鲁使劲地清了清嗓子，从容地把一口痰吐在丁宝玉脸上：“你说勒死你我也完了，你太小看你外甥啦。连他妈公司的老总都不敢小看我，你居然敢！听我告诉你，我现在已经是公司的股东啦！”

他开心地把自己的小小伎俩述说给那女人听，听得丁宝玉目瞪口呆。然后她哭了。

“大黑子，你、你这么好的前程，可别干杀人的事啦，我求求你还不成吗？舅妈为你好。”

老鲁毫不犹豫地摇摇头：“绝对不成！我知道你是块什么料，你要是活着，我永远睡不踏实。对不起啦，老子的耐心已经快用完了。别怕，顶多让你难受半分钟左右，然后一切就结束了……”

“大黑子……”丁宝玉用一种绝望的眼神看着老鲁，“你、你手里攥着我的性命，我的话你恐怕不会听了。我求你，能不能拿块糖给我吃，你看，床头柜上有个纸包……拿块糖给我吃行么……”

老鲁以为丁宝玉在故意拖延时间，但是扭头看时，却见床头柜上真的有一包糖。他伸长胳膊拿了一块，只是块普普通通的糖，他剥开糖纸，把糖伸到丁宝玉的嘴前：“别他娘的咬老子一口。”

他把糖块扔进了丁宝玉张着的嘴里。有些不明白，将死的人恐怕都有些奇怪的念头吧。

“大黑子，你非要杀我么？”丁宝玉楚楚可怜地问。

老鲁有些不耐烦地挥挥手:"你放心走吧,我肯定给你买一个好的骨灰盒。你那几个弟弟,恐怕找个泡菜坛子就把你打发了。"

这句话似乎说到了丁宝玉的痛处,眼角竟然有眼泪流了出来。她一边吸吮着糖,一边说:"你别说,这句话我还真信。可是大黑子,我还是要说,你恐怕逃不脱警察的手……他们能找到你。"

老鲁眨巴了几下眼睛,说:"嗯,我承认,他们找到我不费吹灰之力。可是他们没办法证明是我杀了你,是不是?我会把所有的一切处理得一干二净——你知道,我从来都是一个办事认真的人。把你吊死在床头下边,然后用一个钟头的时间来清理现场。嘿,老天爷来了也没用!我早带着我的钱走人了……"

大概就在他的话说到这儿的时候,房门似乎被敲响了。夜半三更,那声音很沉闷、很恐怖。

42

老鲁愣了一下,简直不敢相信自己的耳朵,想再听一听,结果他听到的是一声巨响——有人在踢门。咣,又是一脚。

沉重、有力,全楼震动。

就在老鲁还没反应过来的时候,丁宝玉铆足了劲儿,一脚踹在他的裤裆上。老鲁一声闷叫,大虾似的倒在地上。他在那房门的震动声中艰难地挣扎起来,奋力把丁宝玉摁在了床上。与此同时,房门被踢开了……

门连着半边门框,垮了下来。

豹子般扑进来几个年轻的警察,眨眼之间便把老鲁死狗一样摁翻在地上。老鲁哀叫了一声,感觉自己的胳膊好像要断了。丁宝玉从床上坐了起来,吐掉了嘴里那块糖。她看见欧扬久背着手遛马路似的走了进来,旁边跟着他的几个手下。

那个漂亮的女孩子欢叫道："嗨，队长，那个老娘们儿真的还活着哎！"

"跟你说了嘛，大叔的判断一般不会有错的。"欧扬久拍拍小美的脑袋，径直朝老鲁走了过来。他端详着他，然后悠然地伸出一只脚，用鞋尖挑起老鲁的下巴，表情生动地注视着他的脸。

"自以为是了吧？大黑子。"他点上支烟，然后扭头指指丁宝玉，"好了好了，现在可以把你脖子上的绳子拿下来了。"

丁宝玉这才发现绳子仍然套在脖子上呢。

欧扬久抬头看看房顶上的日光灯。此刻，外边已经有些乱了，显然是楼上楼下的邻居们冲来看热闹。他让小郝阻挡一下，不要搞得太乱，然后朝丁宝玉伸出手来："手机。"

丁宝玉醒悟般地从口袋里掏出了她的手机，那手机还在工作着。老鲁蓦然间惊愕地张大了嘴，无言。

欧扬久掏出自己的手机，开心地说："知道么，大黑子，这一路上我们就像听广播剧一样，别提多他娘的精彩了。这个妹妹笑了一路。"他指指范小美，"大黑子，你是个标准的男中音呀。开车真是有些大材小用了。噢，忘了，你现在是房产公司的股东。告诉我，他们给你多少股份。"

老鲁被揪了起来。他梗着脖子不看欧扬久，只是朝丁宝玉啐了一口。欧扬久把他的脸拧过来，四目相对。

"大黑子，是我给她的手机号码。你有脾气朝我来。不过我告诉你，政府早就宣传过了，有困难，找警察——你应该听说过。不过，说老实话，你这个舅妈确实确实非常聪明。"他转向丁宝玉，"喂，这个家我们就不管了，你自己收拾吧。带走！"

"等等！"老鲁叫了一声，然后问丁宝玉，"告诉老子，你是什么时候给警察打的手机？"

丁宝玉朝老鲁笑笑，说："笨猪，就在你找啤酒喝的时候。"

老鲁不言语了。

警车很快地上了马路,夜色阑珊,光怪陆离。

欧扬久很舒服地坐在副驾驶的位子上,慢慢地抽着烟。老鲁被铐在后边,大马和小郝一边一个地伺候着。小美开着车,嚼着一块口香糖。啪,吹破了一个泡泡。

“队长,问问他现在有何感想?”小美说。

欧扬久头也不回地说:“老鲁,这个妹妹问你有何感想?”

老鲁依然面如死灰地梗着脖子,看着窗外闪过的灯光。听了这话他没有马上吭气,但最后还是说话了:“你们怎么知道那娘们儿会打手机求助?”

欧扬久嘿了一声,笑道:“错啦兄弟,我根本就不知道她会在这种时候打我的手机,知道的话我不成神仙了? 是你伙计,是你引起了她的警惕。谁会这种时候去串门儿呀——你也不想想。而且你面对的是一个那么有心眼儿的女人。”

“可是她拨了你的手机你并没有搭话,否则,那么静我会听到的!”老鲁说到这儿的时候,居然有些愤愤然。

欧扬久非常开心地说:“对,这就是我的本事啦! 是你舅妈的一句话提醒了我,你还记得吧,他当时大声说‘你是不是真想杀我’? 你以为那是说给你听的么? 错啦,她是说给我听的! 我明白他在提醒我。”

老鲁咬牙切齿地骂了一句:“臭婊子,变成鬼我也要杀了她!”

范小美大声问:“队长,他这个情况会枪毙么?”

大马纠正道:“妹妹,你傻呀,现在基本上不用枪了。注射,比较人性化。而且要不要判死刑是法院的事儿。”

“对,那个不归咱们管。”欧扬久把烟头从车窗扔出去,而后问老鲁,“老鲁,更多的话我就不说了,电话里我听得清清楚楚。三个短信就把一个人送上黄泉路,不是一般人能做得到的。我现在只想问你一个问题——你想过没有,你应召去见老总的时候,那个门为什么是虚掩着的?”

老鲁的心口好像被什么东西突然地撞了一下,马上警觉起来:"欧队长,你……你什么意思?"

欧扬久轻声说:"听着老鲁,我的意思是说……听了请不要激动。我的意思是说,既然你可以借刀杀人。那么,别人为什么不可以借用一下你这把刀呢?"

声音虽然很轻,但是车上的所有人都被震惊了。无声。

老鲁的声音在颤抖:"欧队长,你……你猜的吧?"

欧扬久嗯了一声:"那还用说,当然是我猜的——他们怎么可能把这个告诉我。"

老鲁的声音突然变得很绝望:"那,您觉得是真的么?"

欧扬久一声冷笑:"这个……只有上帝和他们自己心里明白。"

车里更静了,只能听到车轮碾过路面的沙沙声。

许久许久,老鲁艰难地吐出一口气:"王八蛋,我会让他们这些狗杂种一个不剩地下地狱!"

欧扬久挺了挺身子,像诗人一样叹道:"啊,该烂掉的就让他们统统烂掉吧!阿门……"

那一夜,大家都睡得很好,非常好。

就此,本案的那层橘子皮,也就是由老鲁、唐五羊所构成的外层基本剥去。结论可暂称为杀人未遂。苏岷的死源于唐五羊走后出现的那个凶手,这大致已经属于橘子肉那部分了,牵扯的人物很集中——况南生!

当然,几个年轻人的思绪仍然纠结在许晓夫妇借刀杀人那个问题上。他们真的无法想象,那对可怕的夫妻会如此这般地设计一个堪称完美的谋杀。欧扬久反复对他们说,什么事情都有鬼都说不清的地方,眼前这个情况就属于鬼都说不清的那种。可那几个家伙就是绕不出来。是呀,人心太险恶了!

"队长,果真如此的话,那两口子是不是就可以逍遥法外了?"

欧扬久看着范小美那张纯洁的脸,点头道:"是,法律确实也有够不着的地方。但是,不要遗憾,咱们也许会在将来的某个时候,小小地使用一下诛心之术,让他们一辈子与心魔做伴。啊,当然了丫头,我仍然希望那个细节只是我的一种假想,可能那没关好的门确实是人家一时疏忽呢。"

这个话题就此打住。因为大家都知道,由于老鲁的落网,掩盖着那个公司运行的黑幕恐怕是罩不住它了,换句话说,不少人将要垮台,许晓的公司也就彻底没戏了。

人作孽,不可活!

接下来就进入了本案最后,也是最关键的一环,寻找况南生!即,橘子肉那部分。说到此,三个年轻人对欧扬久佩服得五体投地,是这个尖嘴猴腮的大叔,从一开始就重视并咬死了追查苏老师这条线,那时候他们仨竟然谁也没在乎这个。

不服不行呀!

但是,不管欧扬久多有能耐,在这么大个中国寻找一个乞丐,其难度也可想而知。现在是有网络了,要是没有呢?那可就麻烦大了!

不过即便是用上网络,在接下来的两天里,欧扬久还是忙活得一脑门子汗,收获甚微。有三个多少接近一些的反馈。一个是在贵州遵义,有一个乞丐姓况,年龄也差不太多,但是眼睛是好的。而且对方格外强调,绝不是假眼。第二个来自嘉兴,年龄四十二岁,长头发,南方人,左眼瞎了,问题在于他不姓况姓纪,而且右手的小拇指完好,此外,他有一个一起要饭的傻妹妹形影不离。第三个比较起来好像最接近目标,是来自海南三亚的,此人左眼瞎,四十二岁,长头发,右手小拇指缺损,但是说的是山西话,不姓况,身份证上的名字叫李长平。但是那个身份证经过查验是伪造的。这使欧扬久升起了一线希望。但是比较糟糕的是,这个人的亲人已经找到了,正从晋北大同赶往三亚,已经到海口了。

大马对欧扬久说:"队长,再等等吧,如果是那家的人,咱们就用不着惦记了。我想……咱们能不能利用这个空当去见见苏老师?”

欧扬久同意再等等,但是对面见苏老师他还拿不太准,因为他掌握不好跟苏老师谈话的分寸。无论如何……那已经是个年近七旬的老人了,揭开她心灵中最痛的伤疤,似乎不太人道。可是……谈话总要触及核心部分,感觉上很不好说。三个年轻人觉出他心思其实已经活了,便一同怂恿。欧扬久终于点了点头,说:“是呀,不见面总归是不行的……这样吧,小郝继续网络寻人,我带大马和小美去。”

小郝一下子就急了:“嘿,凭什么?怎么折磨人的事儿老是我干?这也太不公平了吧!”

欧扬久念念叨叨:“倒也是,折磨人的事情不能老是小郝干。嗨,索性你们三个去吧,我盯着网络。”

三个年轻人都哑巴了。随即小美叫唤起来:“那怎么行,我们三个掌握不了分寸!队长,你必须去。”

欧扬久看着她:“那……你留下?大马,你觉得小美是不是可以留下?”

大马叹道:“队长,你太阴险了,非常非常的阴险!”

所以,还是小郝留下。

欧扬久说:“去见苏老师你们以为好玩儿么,技术要求很高,谈话技巧恐怕只有我能凑合。”

这么一说大伙都没了脾气。欧扬久领着大马和小美走了,小郝干瞪眼。

刚刚走到半路,欧扬久的手机响——居然是姚芬!现在这年头,什么事情都不过夜,老鲁被捕的消息恐怕已经在公司炸窝了。许晓夫妇撑了两天看来撑不下去了。

“他们不行了。”欧扬久看看两个部下,然后接听手机。

传来姚芬的女中音,语速有点儿快,中间夹杂着喘息的声音,很显然,她心里相当紧张:“欧队长,我能打听一下老鲁的情况么?我刚刚听说——出事的时候我在蚌埠。”

欧扬久心想:骗傻小子呢?你在蚌埠,你在埃塞俄比亚又怎么样,现在的通信技术……但是他不想戳穿她,而是和颜悦色地说:“老鲁现在关在看守所里,估计能吃能睡。至于其他情况,姚总,我好像不便透露。”

“我知道我知道……”姚芬的声音更急了,“我的意思是……欧队长,我的意思是,那个女人并没有死……”

“哦,看来姚总知道得不少嘛。你还知道什么?”

“我……噢,我、我也是听人说的。”

欧扬久的手机离耳朵有一寸的距离,为的是让两个年轻人一起听。小美挤挤眼,大马耸耸肩。欧扬久吸了吸鼻子:“道听途说,不足为信。姚总,你过去知道老鲁有这么个舅妈么?”

“不太清楚。那是老鲁的家事。但是……我知道老鲁的舅舅是黄金手。”姚芬显然后退了一步。

“也就是被你哥哥抢了饭碗的那个人。”欧扬久马上进逼。

姚芬迟疑了一下,随即快速说:“欧队长,这个很重要么?”

看,她非常明白重点在这儿。欧扬久看看两个部下,对着手机说:“姚总,这其中的关系你可以慢慢去琢磨,但是有一点你可能是明白的,老鲁恨你哥哥!噢,不要回避,不要回避,我说的仅仅是可能。有一些东西还要等审理结束以后才能搞清楚,比如说,老鲁怎么就想起要干掉你哥哥,总会有个触发点吧?”

姚芬那边没有声音。

欧扬久继续道:“我明白你现在的心情,你是不是想保老鲁出来?因为你刚才强调那个女人并没有死。”

姚芬颤巍巍地问:“有这种可能么?我是说……保他出来?”

“完全没有可能!”欧扬久斩钉截铁地说,然后突然压低了声音,“姚总,你可能想象不了,老鲁知道的东西太多了!”

姚芬那边又一次没了声音。

欧扬久此刻已经有了主意,转移话题道:“对了姚总,我好像跟你几次询问过那个袭击你哥哥的乞丐,你还有印象吧。现在我可以告诉你一个情况,你不要紧张——那个乞丐非常有可能是你母亲的亲生儿子……”

话音刚落,那边已经传来了尖叫声,姚芬大声问:“欧队长,这、这究竟是……”

欧扬久循着自己的思路继续说:“那是你母亲年轻时受迫害下放和一个很有名的诗人……懂了么,那是他们的私生子!”

“噢,天哪!”姚芬显然是真正地被震惊了,“欧队长,你们……”

“对,这是我们调查的结果。”欧扬久平静而扼要地叙述了那个故事,“……就这样,你母亲带着那个扎瞎了人家眼睛的小混蛋回到了本市,并且在火车站拣到了你——这就是故事的经过。”

姚芬长叹一声:“我明白了……那个况南生若干次袭击苏岷,而且在最后一次杀了他?”

“还不能下最后的结论,我这里只是向你陈述一些情况。”欧扬久看了看表,“对了,还忘了告诉你——你母亲也是一个孤儿!”

“天哪,太可怕了!”姚芬的声音低沉了一些,然后又突然想起什么,声音提高了不少,“可是,欧队长……如果我哥哥是况南生杀死的,唐五羊就应该不是凶手了,唐五羊如果不是凶手,老鲁……”

欧扬久轻声笑了一声,道:“看来姚总对事情的来龙去脉非常有数啊,比我还清楚!不过好了,听我说,现在最重要的东西还在调查中,况南生还没有找到,所以你刚才说的那些仅仅还停留在想象阶段。想象,懂么?不能作结论的!再见。”

欧扬久果断地结束了通话,然后看着两个年轻人:“怎么样?还可以吧?”

大马怔怔地盯着欧扬久:“大叔,你是不是想通过姚芬把你不好说的话传给苏老师?”

“就是呀,我不想面对一个年近七旬的老人,去揭人家的老底。而这话又不得不说,所以……”

“所以让姚芬去说。”小美开心死了,“队长,你真伟大!我要是有你这么一个爸,什么伤脑筋的事儿都没有了。不过我听出来了,姚芬两口子好像真顶不住了。”

“还是那句话,该腐烂的就让它腐烂吧。走。”

三个人快乐地向前走去。大马问欧扬久:“主要的东西都说给姚芬听了,咱们见苏老师说什么?”

欧扬久道:“自然是说咱们分内的那些东西!对不对?”

43

她确实是一个心里藏着秘密的人。

再次坐在苏老师面前的时候,欧扬久的这种感受越发深切了。还不到季节,苏老师居然穿上了一件薄薄的夹衣,铁锈色的,衬着那张依然动人的脸和灰白的头发,显得很利落。她精神是不行了,但能够在如此的精神打击下不倒,已经非比常人。

那个充满活力的娜达莎,那个敢爱敢恨的苏梅……欧扬久心里嘀咕着,思索着人的性格之复杂——她们是眼前这个老太太么?她的内心深处到底是什么颜色?

苏老师没有更多的话,提出给他们泡壶茶,三个人赶紧说不喝不喝,于是苏老师把上次剩下的半包烟递给欧扬久。

如果你什么都不知道,人的表情中的某些细节一般不会引起你的特别注意。但是你一旦知道了这个人的秘密,情况就完全不同了。此刻,欧扬久面对越发显得苍老的苏老师，心里的感受就是这样——老太太居然能藏下那么多秘密。

但是欧扬久此时最重视的秘密是上次苏老师的一句话，那次自己说到金棕榈佳苑的人看见过那个乞丐，苏老师下意识地说出三个字：今天么？

是的，问题就在这里。一般的情况下，苏老师应该理解为有人三个多月前见过那乞丐，但苏老师问的是“今天么”？

这很反常，至今欧扬久还给不出有说服力的解释。联系到大马外调回来的情况，至少可以说明一点——苏老师极其重视那个乞丐——她的亲生儿子！

“苏老师，办理接收孤儿的事情进展得怎么样了？”欧扬久打破了沉默。

“哦哦，还在办着。”苏老师活动了一下僵硬的脖子，“他们办事太慢了，一直不给我明确答复。”

两个年轻人静静地听着，不敢随便开口。他们不知道欧扬久怎么把话头引到“咱们分内的”内容上。

事实上，欧扬久并没有绕什么弯子，单刀直入地说：“苏老师，您急着领养孤儿，是不是因为您失去了一个儿子？”

话中有话，既可以理解为失去了苏岷，也可以理解为失去了况南生。两个年轻人发现队长说话确实太有一套了。

苏老师点点头：“说到底，是因为我特别心疼孤儿。”

是的，孤儿，这才是根子。

欧扬久点上支烟，慢慢地抽了两口，然后毫不拖泥带水地进入了正题：“苏老师，我们这次来，是想更具体地和您谈谈苏岷被杀那个案子，不知道您的精神能不能受得了？”

苏老师沉默了一下，说：“受不了也要受呀，事情已经出了。你尽管说吧——”

欧扬久朝前倾了倾上身，声音放得很平和：“苏老师，为了说起来方便，我想尽可能地回述出事那天的实际情景，甚至包括某些细节，您要是觉得不好受，就提醒我。”

苏老师噢了一声：“这么说你们已经调查清楚了？”

欧扬久点头道：“脉络基本上清楚了，但案子还没有完，我讲到后边您就明白了。”

“嗯，你说吧。”苏老师把前额的一缕头发弄到后边，然后也拿了支烟点上。“那个包工头为什么杀我儿子？”

“这个话题说起来比较复杂。”欧扬久道，“简单地说，有人恨苏岷，因为苏岷夺走了一个人的饭碗。”

“黄金手。”苏老师的脑子很好用，反应也相当快。“这和包工头有什么关系？”

“请您注意，我说的是有人恨苏岷，是那个人利用了包工头。而姚芬他们公司拖欠包工头手下的工人四百万工钱——这个您好像知道。”

“嗯，我知道。可是，包工头要杀也应该杀姚芬呀，怎么朝我儿子下手了？”

欧扬久弹弹烟灰，道：“这中间的关节说起来就更微妙了，刚才说的那个人，那个恨你儿子的人，是黄金手的外甥。他利用，或者说他被利用，做了一件很可怕的事情——唆使那个因为拿不到钱而充满愤怒的包工头，朝魔术师苏岷下手了。”

苏老师的眼睛闪烁了一下：“哦，听起来确实挺复杂的。你继续说吧——听上去你好像比较在意后边的事。”

欧扬久钦佩地躬了躬腰：“苏老师，您是我见过的最明白的老人。不错，我想对您说的正是后边的事……噢，您的烟灭了。”

他帮苏老师把烟点上，然后清了清喉咙，用很简要却很清晰的语言，讲述了出事那天包工头唐五羊如何酒后去找魔术师苏岷，苏岷如何咒骂他并打了他一个耳光，唐五羊又如何发作并且用钢丝锁勒死了苏岷……最后他强调包工头在苏岷的屁股上踩了一脚，夺门而去……

“由于他匆匆逃走，甚至没有关好那扇房门。这是一个重要细节，苏老师。”欧扬久在这个地方打住话头。

苏老师听得很认真：“我听明白了。请说下去，什么细节？”

欧扬久凝视着苏老师：“我想请您仔细想一想，您进门的时候，那房门究竟是虚掩着，还是关着的？”

“关着的，不会错。”苏老师毫不犹豫地说。

“您能肯定这个记忆么？”欧扬久紧跟着一句。

苏老师沉默了几秒钟，摇头道：“不，不敢很肯定，我毕竟老啦。”

“是的，有各种可能使房门关上。”欧扬久并不纠缠，“接下来是第二个细节，苏老师，那个包工头是从后边勒住了苏岷的脖子，令其窒息，最后苏岷朝前倒了下去，形成了俯卧的姿势。包工头特别强调他在死者的屁股上踩了一脚，而后匆匆逃走。我们认为这一组动作比较符合逻辑。那么，如此的话，您进门后看见的苏岷应该是趴着的。可是，苏老师……我们第一次来见您的时候，您强调说他是仰卧的姿势……苏老师，您是不是……我的意思是说……您再想想——”

苏老师的表情没有变化，但是欧扬久发觉对方舒展的左手手指在不觉间悄悄攥紧了。然后老太太抬起脑袋，好像在努力回忆，最后她喔了一声，冲欧扬久苦笑着摇了摇头：“可能我真的太老了，欧队长，人一老就不中用了——上次说的可能不对，应该是我把他翻了过来，嗯，是的，是我把他翻过来做人工呼吸的。”

欧扬久笑笑，用一种很少有的温婉口吻说道：“没错，苏老师，谁都有记忆出差错的时候，在所难免。现在，我就来说说那天晚上的第三个细节，也是非常重要的一个细节——苏老师，您没动过死者的脖子吧？”

“脖子?”苏老师似乎吃了一惊,“脖子怎么啦?”

“刚才我说了,那个包工头用钢丝锁从后边勒死了苏岷,然后苏岷朝前扑倒下去,随后包工头逃走。但是有意思的是,我们从死者的脖子上发现了这个——”

他朝小美钩钩手指,小美赶紧把装照片的纸袋递了过去。欧扬久找到想要的那张,递给苏老师看。

“苏老师,您看,这是我们的技术人员拍的尸体照片的局部,您注意脖子的这个地方——这里的皮肤被掐破了。”

“你说……掐破的?”苏老师敏锐地听出了欧扬久话中的一个用词,“不是勒死的么?”

“对,这就是我要说的那个非常重要的细节——根据脖子上这个掐破的痕迹,我们的技术人员最终认定,人不是被勒死的,是被掐死的!也就是通常所说的扼杀。”欧扬久直起身子,“换句话说,苏老师,那个包工头并没有把您儿子勒死。”

苏老师久久凝视着欧扬久的眼睛,最后用一种很平静的口吻问道:“欧队长,请你往下说——你想告诉我什么?”

欧扬久目不转睛地看着苏老师的脸,道:“是的,苏老师,我想让您明白,包工头唐五羊并不是杀害您儿子苏岷的凶手,真正的凶手另有……”

没等他把话说完,口袋里的手机响了。欧扬久掏出手机,朝苏老师点点头,走到门口接听。手机里传来的是小郝的声音,有些兴奋,同时也有些吃不准的感觉。

“队长,你听得清么?是这样,三亚那边有消息了。山西大同的那家人已经到了三亚的收容站,他们发现那个人不是他们要找的人。听明白了么?那个李长平不是他们家的人。”

欧扬久当然听明白了:“换句话说,咱们又有希望了。”

小郝的声音还是有些犹豫:“是的,可能正是这样。”

欧扬久当机立断,高声道:“听着伙计,你马上准备明天的飞机票,两张,你和大马直飞三亚!”

“把人带回来么?”

“这个你们俩商量着办,我不应该继续当你们的保姆了。你们觉得应该带回来,就带回来!就这样吧,我正在和苏老师谈话。”欧扬久关了手机,搔搔头皮,反身坐回原位,“对不起,案情看来有进展——大马,你明天和小郝出趟差。苏老师,咱们刚才说到哪儿了?”

“噢……”苏老师似乎走神了,“你说那包工头不是杀害我儿子的凶手。”

欧扬久点点头,收回心神,道:“对,根据我刚才说的那些细节和魔术师脖子上的掐痕,基本可以认定,那个包工头并没有把您的儿子勒死。事情的真实情景可能是这样的——”他又抽了口烟,把烟蒂掐灭,继续道,“包工头唐五羊酒后找上门去和魔术师算账,原因我刚才说了,他受到了某种唆使或者刺激。上门后苏岷咒骂他并给了他一个耳光,于是被激怒的包工头用钢丝锁从后边勒住了他,致其窒息。唐五羊以为人被勒死了,便在俯卧倒地的苏岷的屁股上踩了一脚,匆匆逃离了现场。用他的话说,忘了把门关好。请您注意,事实上魔术师苏岷并没有死。包工头逃走后,真凶出现了,他进了门——因此我相信,还是包工头的记忆准确,那个门确实没有关好。此人进了门,见苏岷倒在地上,便上前把他翻了过来。此刻,真凶可能还不知道此前发生了什么事情。大约就在这时,魔术师苏醒了……”

“我明白了。”苏老师接住了欧扬久的这个话头,“这个人于是掐死了我儿子,以至脖子上的皮被掐破了。然后他清理了现场,小心地关门逃走。”

“您说得非常对。”欧扬久点头,“大约就在这个时候,您上楼了。用您的话说,您在楼下曾经和马老爷子说了几句话,然后上楼。如果那个凶手乘电梯的话，你们可能会在楼下门洞里撞见。但是凶手是不会坐电梯的，这样便出现了这样的情景——您上到六楼的时候，凶手刚刚完事准备溜下楼跑掉。但是由于您的出现，这个凶手急中生智顺楼梯向着楼上跑去。这样，他自然地避开了您，但是有一个细节留在了楼下马老爷子的记忆里。”

“哦，什么记忆？”苏老师听得很认真。

欧扬久比划了一下：“那栋楼使用的是声控灯，当发生动静的时候楼灯就会自动亮起来。马老爷子在一些日子后，想起了这个细节，从而认定那天有人朝楼上跑了。”

苏老师点点头：“我想起来了，他有一天好像要跟我说什么事，中间被人打断了。估计就是这个发现。”

“是，一定是。”欧扬久有些遗憾地摇摇头，“唉，这个老爷子应该第一时间就告知我们，这确实是他的失误。结果，凶手得知了这个情况，朝他下手了。”

苏老师垂下目光，想说什么却最终没说出来。

欧扬久道：“噢，咱们接着刚才的话说，您上楼了，凶手朝楼上跑去，您去开门。注意，这时门是关好的。您开门进去，发现了凶杀现场，而这个凶杀现场是并不是唐五羊弄的那个现场，而是扼杀魔术师那个人留下的现场。现在请您告诉我，当时的苏岷是仰卧还是俯卧？”

苏老师承认：“你说得对，我看见的是仰卧的。苏岷很别扭地躺在那里。”

“然后您就……”

“我当然吓坏了，这些就不必说了。”苏老师再次把耷拉下来的头发弄好，“我把他的身体摆平，给他做了人工呼吸，但是已经晚了……”

“然后呢？”

苏老师看了大马一眼：“然后我就打了报警电话，再然后你们的人就来了。”

欧扬久的身子朝前凑了凑，把声音放低一些：“苏老师，现在请您告诉我，面对着地板上躺着的那个人，那个突然被害的魔术师，那个您亲手拉扯大的孤儿……您，在我们的人到来之前这段时间，心里都想了些什么？”

苏老师没有马上说话，而是颤抖着，从烟盒里弄出一支烟。欧扬久帮她点上，她深深地吸了一口，然后让吐出的烟雾顺着灰白的鬓发飘浮上去，开口道：“欧队长，这真是把我的伤疤撕开啦！是的，那一刻我不可能什么都不想。我差不多想了那孩子的一生。我知道他不太会做人，得罪了谁都是有可能的，因此有人杀他我不感到奇怪。但是，我想不出具体的目标。真的……”

欧扬久指指大马：“他们好像对您提出过这个问题？”

“是的，他们问过我，我就是这么解释的，现在我依然只能这么解释。”苏老师看着欧扬久。

欧扬久朝两个年轻人抬抬下巴：“好啦，你们有问题可以问问苏老师。”

小美开口道：“我想问问苏老师，您想到过那个包工头么？”

苏老师摇摇头：“不，那时候我根本就不知道什么包工头，更不知道他和我儿子有过节。”

“那……您想过黄金手么？”范小美盯着苏老师，“您知道，我说的是太空艺术团的那个老魔术师。”

苏老师抬眼看看范小美：“姑娘，你话中有话呀。你是不是听说了什么？不错，苏岷取代了黄金手以后，肯定是招人恨了，可是我没想过那个老魔术师，因为那不至于导致杀人。”

“说得对。”欧扬久道，“苏老师，现在请允许我很认真地问您一个问题，也希望您能很认真地回答我——听您的女儿姚芬说，有一天你们一行好几个人到步行街商业区去，走过司马桥的时候，突然有一个披头散发的乞丐袭击了苏岷。苏老师,我想证实一下这个情况。”

苏老师的嘴角抽动了一下,道:“看来你们调查得很仔细。是的,是有那么回事,但是我总不能把一个街上随便碰到的乞丐当作凶手吧?”

欧扬久摊开双手:“不不,苏老师,我还没说到乞丐杀人呢。说的仅仅是一个情况。”

苏老师凌厉地看了欧扬久一眼,无语。

欧扬久继续说:“这里需要告诉您的是,在我们调查案子的过程中,至少三次听到有关乞丐的情况。换句话说,您儿子苏岷不止一次被乞丐袭击过。苏老师,您有什么想法么?”

“也就是说,你们在找那个乞丐?”苏老师小声问。

欧扬久点点头:“对,正在找。”

“有目标了么?”

“还不敢肯定,但是我们会找到的——种种迹象表明,顺着楼梯跑上去的那个人,就是那个乞丐!”

44

在以后相当长的日子里,小郝和大马回忆起那次难忘的南方之行,都有一种说不清道不明的感觉。他们想不到那个乞丐见到他们时会出现那么古怪的反应,并且采取那么极端的行为……

他们是第二天的下午一点多赶到三亚的。他们经常在全国跑来跑去,这样的空中之旅早已不算什么新鲜事儿。三个多小时飞过大半个中国,在他们感觉中简直就像下了趟乡。加上一路上大马向小郝介绍会见苏老师的点滴细节,使两个人的注意力完全集中在思考和分析上了。他们的感觉基本上和欧扬久一致,苏老师心中是清楚的,那个乞丐就是他的儿子!

迷惑一般人可以，迷惑欧扬久那样的老警察，得手的可能是没有的。哪怕是苏老师这种历尽人生风雨的老人，其结果也一样。

是的，苏老师什么都明白。

这时候最能起作用的办法就是找到那个况南生，欧扬久之所以毫不犹豫地让他们跑三亚，就是因为只有这一条路了。使他们多少有些不解的是，欧扬久在分析情况的时候显得极其烦躁，时常说半句话就被脑子里的什么新东西打断了。你追问他想出了什么，他却讲不明白。这种情况在欧扬久身上出现过，但极少。

"好啦，先搞清楚那个乞丐的情况再说吧，我现在的脑子有些乱。小美偷偷拍了一张苏老师的特写，你们可以带去比照一下，母亲和儿子总应该有相似的地方。"欧扬久让小美把手机里的特写传到小郝的手机里。

路上，两个人一边观察苏老师的那张特写，一边分析队长的烦躁，大马说欧扬久恐怕在什么地方卡住了，他碰上复杂的或者比较刺激人的想法时会是这样的。

小郝说他也有此印象。

三亚的阳光确实厉害一些，空气中飘浮着大海的气息。街上都是些椰子树。好像正在搞一个什么大型活动，满街都是些标志物。但是两个人心里头装着事儿，只想马上见到那个乞丐。来接他们的是收容所的一个副所长，女的。她希望两个人这次就把那个乞丐带走。她说那个人很不好伺候，行为十分极端，自残过一次，险些把所长的乌纱帽搞掉。小郝说能不能听出他口音中有安徽味儿，因为我们要找的是一个安徽人。女副所长让他们自己去听，她不知道安徽味儿是什么味儿。随即她解释说，流浪人员居无定所，说什么地方的话都不一定。那个乞丐恐怕在山西呆的时间比较长。当然了，她说，前提是他是你们找的那个人。

"两个多月了，他把我们折腾得鸡飞狗跳的，你们赶快把他弄走吧。噢，对了，他的肾好像有问题。"

小郝捕捉到一个疑点:“你说两个多月了? 什么意思,难道他在你们这儿呆了两个多月了?”

“是呀,面对这样的人,两个礼拜你们就晕了。”

小郝算了算,一惊——如果这个乞丐在三亚呆了两个多月的话,马老爷子那起命案就不可能是他干的。

操,莫非错了?

他悄悄把意思说给大马听,大马摆摆手:“见了人再说吧。”

下午两点半,他们见到了那个乞丐。副所长办事儿去了,陪着他们的是所长。当那个乞丐被领进二楼所长室的时候,大马和小郝同时吓了一跳。

那个乞丐是和两个管理员撕扯着闯进来的,撞开门的是那个人的后背。大马和小郝首先看见的是一个人略有些弯曲的脊梁。虽然天气挺热,但是一件破旧的夹克衫依然罩在那骨瘦如柴的身子上,能看见两只耸起的肩胛骨,肩胛骨上方是一团蓬乱的头发。

两个管理员尽可能地躲避着乞丐的双手,但还是被抓了两下子。没办法,大马二人知道干收容这行很辛苦,因为他们要面对各色人等,只可抵挡,不能反抗。这个乞丐个子不高,抓人的时候嘴里发出愤怒而暴躁的呜呜声,像愤怒的猫。

推推搡搡地进了门,两个管理员把他按在一张椅子上坐下,然后赶紧出去了,所长上前关好了门。大马二人看见了一团乱糟糟的胡子。那乞丐垂着头,看着右脚,因此一时看不清他的长相。

但是,右手的小拇指有残损。

闹哄哄的气氛消失了,办公室里居然挺安静。

和身子的消瘦相比,那乞丐的脑袋显得比较大。长头发从左边垂下来,挡住了半边脸。

所长说:“现在你们应该明白了吧,传给你们的资料之所以没有照片,就是因为他不配合。再说了,那一脸的胡子恐怕也会影响你们的判断。喂,李长平,把头抬起来!”

所长使用的仍然是对方的假名字。

乞丐一动不动,只有后背由于呼吸而在轻微地起伏。大马想上前看看,小郝拉住了他的袖子,然后从口袋里拿出一包准备好的烟,抽出一支走了过去。那乞丐依然一动不动,好像房间里只有他一个,别人都不存在。

所长又叫了一声李长平。乞丐仍然不理不睬。

所长说一般人进来后都会很高兴地理发刮脸,可这个人不让。大马凑近所长的耳朵,说可能是因为他那只瞎了的眼睛。所长无声地点点头。

小郝把烟递上去,那乞丐动作迅速地把烟抓到手里,很灵巧地夹在了耳朵上。小郝慢慢蹲下身子想看看对方的脸。却不料那乞丐一掌推在小郝的脑袋上,把小郝推了个跟头。

什么也没看清。

是的,大马想象着苏岷在司马桥遭到的袭击。所谓袭击,就是这种冷不防地出手。

小郝坐在地上没有急着起来,而是歪着脑袋试图看清对方的脸。可惜没有成功。这时他想起什么似的掏出口袋里的手机递给大马。大马明白他的意思,调出那张苏老师的照片让所长看。

所长看了一会儿,似乎还是拿不准。他把大马拉到办公桌前,拉开抽屉翻出一些表格,很快找到了一份,抽出来让大马看。表格上有一张乞丐的照片,一脸大胡子。大马将苏老师的照片和这张照片对比了半天,依然不得要领。

大马把表格放在桌上,突然转过身去,朝椅子上坐着的那个人喊道:“况南生!”

很遗憾,没有出现什么戏剧性场面,那乞丐只是缩了缩肩膀,其余一概没变,还是那个姿势。这倒弄得大马很没趣。他走过来,背着手围着那乞丐转了一圈。他甚至想抓住那长长的头发让对方把脸仰起来,但是不可以,纪律不允许这样。他踢了踢乞丐脚上的胶鞋,哎了一声。

“哎,说句话好不好,我们有事问你。”

乞丐把脚往后缩了缩,依然不开口。

小郝已经站了起来,他走过来,很小心地碰了碰对方的肩膀,却不料那乞丐飞快地打开小郝的手,呸地朝小郝吐了口唾沫。喷了小郝一脸唾沫星子。由于动作过快,还是没看清对方的脸。

小郝想发作,大马不由分说把他拉出门外。

“你觉得这人是不是有些神经不正常?”

小郝抹着脸,说:“废话,和正常人比起来这种人当然有些不一样,可我觉得他没什么不正常的。你有什么感觉? 到底有没有戏?”

“不好说,刚才我看了那家伙的表格,从照片上看,没法下结论。姥姥的,要是队长在就好了。”

小郝戳戳大马的胸口:“队长那老家伙就是要试试咱们的,再拿不下来咱们俩就真成了废物了。你他娘的见过苏老师好几面,应该有些感觉吧。有没有相像的地方。”

大马耸耸肩:“他一脸的大胡子,没法儿比对。我想咱们还是应该把他带回去。”

“来吧,再试试。”小郝也没有什么好办法。

两个人回到室内,一左一右地从两侧转到乞丐的正面。俩人一言不发地看着那团蓬乱的头发,想使用一下心理战术。可是不行,对方似乎有的是耐心和他们耗。最后小郝耐不住了。慢慢地凑过去,对着乞丐的耳朵说出了自己的来路:“喂,金棕榈佳苑这个地方想必你很熟悉吧?”

乞丐这回似乎有了些反应,感觉得到他的身子挺了一下,不过仅此而已,依然一言不发。

小郝进一步说："金棕榈佳苑住着一个人，你可能认识——是个变魔术的……"

乞丐的双膝夹紧了，双手插在膝盖之间。

"我再说一个地方——步行街，司马桥……"

乞丐仍然不开口，但是双膝夹得更紧了，有一条清鼻涕垂了下来，滴在地板上。大马上前一步，压低嗓门问道："你知道一个叫苏梅的女人么？"

说着，他把显示着苏老师照片的手机伸到了乞丐的眼前。

突然，意想不到的事情发生了，只见那乞丐发出一声极其难听的怪叫，一把抓过那个手机，奋力地砸了出去，而后窜起身来夺门而出。手机砸在玻璃窗上，玻璃窗立刻像冰花似的裂开，弹回来的手机掉在小郝脚下。

"啊，这就对啦！"小郝没管手机，大叫着追了出去。

大马和所长紧跟而出。只见那乞丐像一头受了惊吓的野兽似的往前冲，随即奔下楼梯。三个人紧追不舍，所长开始喊人。却不料那乞丐仅仅跑到了楼梯的拐弯处，便飞身冲向开了半扇的楼梯窗，灵活地蹿上去，然后狠狠地撞在另一扇窗子上，身体古怪地弯曲着翻出了窗子。

坏了！几个人瞠目结舌。

当他们冲到楼下的时候，外边的人已跑过来好几个。万幸，这里仅仅是不到三米的高度，人没有摔死，而且下边正好有一堆石灰，缓冲了一下，没酿成悲剧。

那人已经成了灰不灰白不白的一团，头发胡子搅成一疙瘩。被人们弄起来的时候已经完全没有了任何反应，双腿根本站不住。

所长不敢耽搁，马上叫人和医院联系。

小郝撞了撞大马的肩膀："成了。"

"天哪，真有那么大仇么？"大马没看小郝，自言自语道，"那都是几十年前的罪孽呀……”

小郝点头道:“可惜那个时候咱们还没生,没尝过‘文革’的味道。不过我姥爷被打断过两根肋骨,我看过。胸口凹下去一大块。”

三天后,他们带着况南生原路飞回。

人直接进了医院,三亚那边说,此人两侧的肾脏都已经不行了,能熬着活下来真是个奇迹。欧扬久报请上边给况南生争取了个单间病房,一方面便于治疗,另一方面也是为了看守方便——毕竟他有一条人命的嫌疑。

对于大马和小郝的辛苦,欧扬久一句好话都没说,人好像比较沉默。这使大马二人想起了走之前队长出现的烦躁情绪。看来老家伙心里头确实有东西了。

原本想给况南生把胡子刮掉,可是刚刮了几刀子那家伙就醒了,闹。欧扬久说算了,刮脸刀不是玩儿的。因此,这时候露在白布单子外头那个脑袋让人看了挺害怕。

“队长,咱们不能让苏老师看这张脸吧?”大马轻轻地撩开况南生的长头发,露出了那只恐怖的瞎眼。

小美赶紧把脸扭了开去。

欧扬久见的世面多,当然不会在乎这张脸。但是他也没有上前观看。他背着手在病房里来回走了几步,然后推门出去了。大马和小美叮嘱了一下看守人员,追上了快步走在路灯下的队长。

这是个深秋的普通夜晚,住院大楼的外边空无一人。有些风,吹动着地上的几片落叶。欧扬久快步走到最近的路灯下,掏出烟来飞快地点了一根猛抽。大马和小美一左一右地站在他身边,不敢开口。他们觉得队长今天晚上的神情很特别。

一只蛾子在他们头顶上方绕来绕去地飞,欧扬久扬起脸来,扑地吹了一口,蛾子飞走了。他看看两个年轻人,又低头看着脚:“你们看我干什么?”

小美低声道:“大叔,咱们接下来怎么办?真的让他们母子见面么?”

“这还用说?”欧扬久仰起头来望着天幕深处的星星。

大马凑近些说:“队长,我倒是觉得咱们还是应该先审问一下况南生再说。把出事那天晚上的情景搞实在一些。”

欧扬久轻轻地摇摇头:“一厢情愿呀,伙计,你觉得他会开口么?不要太天真啦。如果你们还有精神头儿的话,可不可以陪我去见见苏老师。”

“现在?”小美一脸疑惑,“队长,这几天你可有些沉闷哟。”

“那是因为我脑子太乱。”欧扬久朝前走去,“走吧,去见见那个老太太,有些话应该挑明了说啦,让姚芬传话纯属多余。事实上,每个人都应该直面自己的历史,更何况苏老师是一个神经很坚强的人。走吧,现在的时间正合适。”

刚走了几步,大马突然哟地一声站住了:“队长,我……嘿哟,见他妈的鬼了——队长,我有个念头可不可以说?”

“随你便。”欧扬久看着远处的路灯。

“队长,你是否……我的意思是说,是否觉得出事那个晚上,苏老师有可能……看见了况南生?”

欧扬久伸手用力捏了捏大马的腮帮子,并且及时阻止了范小美的一声还没出口的尖叫,而后食指放在嘴上嘘了一声:

“——不要说,什么都不要说!”

也就是说,他早就想到了这一点。

45

那个晚上,那个深秋的晚上啊。

在范小美二十七年的人生岁月中,从未经历过如此强烈的期待与恐惧同时存纳于胸的感受,她毕竟年轻,真正的人生才刚刚开始。她用一颗女孩子所特有的柔软的心,想象着如此残酷的现实,会对一个年近七旬的老太太产生何等的精神重创。她甚至有些不敢面对。

苦难年代的苦难爱情;私生子;诗人的死;养子的恶行和亲子的离去;然后就是几十年的仇恨直至金棕榈佳苑的复仇……

如今,养子死了,亲儿子成了杀人嫌犯。更可怕的是大马说的那句话——苏老师看见了行凶的况南生!天哪,莫非苏老师什么都清楚?哇,那是一颗什么样的心脏啊!现在要做的,是再去撕开她那血淋淋伤口——真的不敢面对!

但是队长说:去!

不但要挑明一切,而且必须告诉她况南生已经找到了,母子的见面是迟早的事。摊开血的事实也是迟早的事。至于苏老师放走凶手么……姑且先看一看。

大大出乎预料的是,那场"让人揪心"的秋夜长谈,竟然进行得平静如水,波澜不惊——这,反倒使小美感受到一种异乎寻常的惊心动魄。

苏老师坐在床边慢慢地折叠着一堆小衣裳,一个晚上她一直干的都是这个。她的手没有停下来,耳朵却在听着欧扬久的述说。必须说话的时候,她也仅仅选用最简单的词汇,比如是的、啊、嗯、你说得对……

欧扬久则自始至终在抽烟,在不大的卧室里来回走动。他的情绪有些亢奋,说到激动的时候甚至会骂句粗话。但是说到派人去安庆调查时,他请苏老师原谅。他说那是没办法的事,这个案子就得是分两部分来办,我不能让另一部分是朦胧的。

他抛出了橘子和橘子皮那个例子。

苏老师在这里居然笑了,说了一句完整的话:"欧队长,你太聪明了!"

两个年轻人无人敢随便插嘴,就那么老老实实地听着。

在说到娜达莎的时候,欧扬久提到了好几本书,还念出了两句普希金的诗。苏老师在这里停住手，很欣赏地看着欧扬久的脸，眼睛里似乎有什么东西在闪烁。于是欧扬久巧妙地把话题转到苏老师的那位诗人身上，转到了况南生的身上，最后转到那个养子苏岷身上……

那一刻，房间里突然沉默下来，久久无人说话。

欧扬久推开窗户驱赶着屋里的烟，但是嘴上仍然叼着一支。他就那样站了一会儿，而后慢慢转过身来，声音有些沙哑："苏老师，您是一位了不起的母亲，但是容我说句难听的话，您本身就有些性格扭曲，这和您的出身有关，更与'文革'那场灾难有关，在这样的情景之下，您，居然收养了一只狼崽子！"

苏老师依然默默地折叠着她的小衣裳，一言不发。

小美涌出一种想哭的感觉。是呀，两个儿子，苏老师一定幻想过他们能成为兄弟。可是……

欧扬久好像故意避开了不言而喻的那一段——出事那天晚上的情景。苏老师也没有多说一句话。小美相信，他们脑海里思考的是同一个人——乞丐！

直到临走的时候，欧扬久才说出那句不得不说的话："苏老师，您应该去看看您的亲生儿子。"

苏老师默默地把他们送出门外，终于开口问："他，他的肾病严重么？"

"尿毒症，两个肾都不行了。"欧扬久说。

苏老师："那……你们能陪我去看看他么？"

"当然可以。"欧扬久毫不犹豫地答应了，"明天上午，我们在医院门口等您。"

可是第二天一早苏老师打电话给欧扬久，说她感冒了，希望能晚一天去医院。欧扬久说没关系，只要您觉得可以了，随时打电话给我。结果会面延到了第三天的上午。在那无所事事的一天里，欧扬久少有的安静。他一个上午坐在沙发的角落里不顾死活地抽烟，然后中午连饭都没吃就走了,连句话都没留。好在那半天没什么事情。

第三天一早,欧扬久带着小美和大马赶到了医院。小美问他昨天下午是不是和况南生接触过,欧扬久说没有。然后他朝前边努努下巴:"来了。"

苏老师戴着一个大口罩来的,这使人有些意外。小美和大马悄悄问队长,是不是苏老师不愿意让况南生认出她。欧扬久觉得不是这样,他认为苏老师怕是真的感冒了。

"想想看吧,几十年了,谁不想马上见到自己的儿子。那种心情咱们是绝对体会不了的。"欧扬久看着越走越近的苏老师,声音放得更小,"这就是母亲啊——她怕儿子传染上感冒。"

他朝苏老师招了招手。

苏老师看上去着意收拾了一下,人显得很利落,头发梳理得一丝不苟,穿了一件很朴素的外衣,脖子上系着一条蛋青色的围巾。说不清为啥,小美的心又一次紧张起来,就像前天晚上去见苏老师一样。或者比那次更紧张。她不敢想象这次见面会怎么样。

一个可怜的母亲,去见自己杀了人的儿子……

她已经无数遍地在脑海里重现了出事那天晚上的情景——

……唐五羊把苏岷勒得窒息后,逃走。随即,况南生出现了。他悄悄地推门而入,慢慢地摸近那具"尸体",接下来他心里可能有些遗憾,遗憾苏岷为什么没有死在自己手里。但是紧接着,他愕然地发现魔术师并没有死,居然还在喘气。于是他兴奋地把苏岷翻过来。从容,并且毫不迟疑地把他掐死了。由于太过用力,掐破了苏岷脖子上的皮。然后他激动地站起身来,默默地看了一会儿仇人的尸体,倒退着走到门口,小心地关上了房门……可就在这个时候,苏老师来了。她惊愕地看见了自己的亲儿子,并且眼睁睁地看着对方从眼前跑掉。这时候她想必已经明白了发生了什么事。她进了门,眼前的情景完全在意料之中,苏岷死了。某种本能使她冲上去给苏岷实施了人工呼吸,但是晚了,苏岷再也醒不过来了。她冷静地思考了眼前的现实,下决心要保住自己的亲生儿子。于是,她从容不迫地擦拭掉所有的痕迹,然后拨打了110……

是的,这是那天晚上的全部经过。

小美甚至想起了第一次和苏老师见面的情景——记得苏老师似乎有一种为唐五羊开脱的意味。现在想来,一清二楚,苏老师当时已经明白了包工头不是真正的凶手。

在接下来的日子里,苏老师恐怕只有一个念头,儿子跑得越远越好,哪怕跑到天涯海角。结果,警察还是把他从天涯海角找到了。带到了她的眼前……

啊,什么是命?小美真的不愿意见到马上就要出现的一幕。

想不到的是,接下来的情景再一次偏离了范小美的想象。

苏老师走进病房的时候,况南生醒着。他的胡子在人们的劝说下最终还是刮了,因为谁都知道刮了一半的脸是多么难看。不过他不剃头,他要用长头发遮挡那只让人恐惧的瞎眼。苏老师就那样看到了自己躺在病床上的儿子。

那张脸青乎乎的,依然有些吓人。所谓相由心生,几十年的苦难,使况南生的脸上布满了深深的皱纹,看上去颇为凶恶。那只露出来的好眼冷森森的,注视着走进来的每一个人。小美以为他会盯住苏老师看,但是没有,他的眼睛甚至没有在苏老师脸上多停留一秒。

苏老师摘下了口罩,迟疑地向着病床走过去,随即她看见了白布单子下边露出一截铁链子,锁在儿子的脚腕上。她不由得哆嗦了一下。

“需要这样么?”她平静的问话中多少有些愤怒。

欧扬久告诉她,必须如此,这是规矩。

况南生把脸扭向墙壁,却突然又转了回来,指着苏老师愤怒地开口了:“我杀人,我抵命,你们没必要让这个人来!”

这话似乎从冰窖里发出来,冰冷至极。

“混账东西!”欧扬久走过去,愤怒地斥道,“都走到这一步了,你还他妈的人事不懂!”

小美悄悄地挽住了苏老师的胳膊。

苏老师一点儿生气的意思也没有。她友善地朝小美点点头,然后把她的手拨开,走到床边。她弯腰看着儿子的脸。不说话,就那么仔仔细细地看着,仿佛在打量一个婴儿。

况南生死死地盯着母亲的眼睛,冷冷地吐出两个字:“出去!”

苏老师没理他,依然那么目不转睛地看。小美想,几十年了,这个母亲可能从来没有如此认真地看过这个儿子——非常有可能。后来她见苏老师的脸上慢慢浮出一个浅笑,低声道:“鼻子以上真像你爸爸。”

天呀,这话说得平和、安详,甚至有几分幸福。

至此,小美觉得自己终于体会到了什么叫“饱经沧桑”和“波澜不惊”。岁月的磨砺,使人的心变得粗而且硬,那些撕心裂肺的哭嚎大多是出现在电视剧里的,现实生活未必如此。

接下来,很恐怖的一幕出现了。只见况南生突然转过脸来,用那只独眼盯住了母亲的脸,凶恶的面孔上莫名地浮出一个怪笑:“妈妈,你儿子是杀人犯——杀人是要偿命的！明白？我很快就要被处死啦!”

病房里一下子静得可怕。谁都知道,这是况南生捅向母亲心脏的致命一刀。所有的目光都投向苏老师。

“别瞎说,傻东西。”苏老师竟然不动声色地微笑着。然后她长长地吐出一口气,看了看窗外,随即伸手拍了拍儿子的脸,毅然转身对欧扬久说,“好啦,我现在想跟医生谈谈他的病,可以么?”

这么快就结束了,让人无言。

小美注意到,在苏老师毅然转身走去时,队长很奇怪地闪开身子,给老太太让开了路。那一刻,欧扬久的脸色莫名其妙地变得苍白,瘦削的面颊像霜后的树叶般垂了下来。

走到门口，苏老师稍微停了一下，回过头来，又一次看了看病床上的儿子。况南生望着天花板，像一具木乃伊。

一行人离开了病房。

始终没有说话的大马终于开口了："队长，就……就这么结束了？"

欧扬久背着双手慢腾腾地朝前走着，头也不抬地说："还想怎么样？看戏？噢，苏老师，上楼——医生办公室在二楼。"

苏老师依然那么平静，微微扭头问："您不陪我上去么？"

"不啦，我们需要做的已经和治疗没有关系了。再见。"

小美和大马跟着他出了住院大楼。小美追上快步往前走的欧扬久，横在他面前："队长，你怎么啦？我怎么觉得你情绪不对头？"

欧扬久没看她，也没看大马。他伸手搓了搓脸，长长地呼出一口气，看着天："哎，你们觉不觉得今天有些降温了？这个冬天可能会来得比往年早些。"

"嗨，队长，我怎么觉得事情有些奇怪呀？"小美在他胸口上推了一把，"你怎么啦，好像心不在焉的？"

大马道："不是心不在焉，是莫名其妙！或者是……"

说到这里大马忽然怔了一下，闪电般地盯住欧扬久的脸："队长，难道你……你是不是有什么想法了？"

欧扬久推开他，朝前走去："扯什么淡，老子昨天晚上没睡好觉。唉，操心的事情太多啦——但愿……不要出事。"

可以对天发誓，欧扬久说这话的时候，两个年轻人不约而同地生出一种不祥的感觉。但是后来问起来时，欧扬久从头到脚不承认那话有什么其他含义。

"不要胡乱联想，老子随口一说，而已。"

46

果真出事了！

苏老师为了救一个追赶孩子的年轻母亲，被疾驶而来的面包车撞出了五米多远，当场不省人事。

这是第二天下午的事。

下午四点五十分，欧扬久的人马闻讯赶到医院急诊大楼时，苏老师已经快不行了。交管局的老裘向他们简要地陈述了老太太救人被撞的经过，最后他严肃而认真地看着欧扬久：

“老欧，这里有个不太好解释的现象。据现场目击者说，当时这个老太太不冲上去，估计也没事儿。明白我的意思么？就是说，那个年轻的女士当时已经超过了面包车的行驶路线。”老裘比划了一个很专业的手势。

“对对，我明白你的意思，继续说——”欧扬久看上去有些精疲力竭的感觉。说话的声音比较低沉。

事情的大致经过是这样的：一个年轻女士（后来了解到此人是个银行职员）领着个两三岁的小男孩儿过马路。小男孩儿突然挣脱了妈妈的手，朝马路对面跑过去。女士吓坏了，怪叫着去追。恰在这时，一辆面包车疾驶而来……

事情的焦点集中在接下来的那个瞬间——

有人说这位姓苏的老太太突然向那个年轻女士冲过去，把她推离了险境，自己则被撞飞了出去……

有更多的人说，事实上那个女士已经不在面包车的正前方了，老太太完全可以不冲上去。

“就是这么回事儿？”老裘盯着欧扬久的那张瘦脸，说话有些絮絮叨叨，“苏老太太的救人行为多少有些可疑呀，老兄。这不是一两个人的感觉。噢,对了,还有这个——”

老裘突然想起似的从口袋里掏出一个信封递过来:“老太太留给你的,看看吧,看看估计就明白了,我没敢随便拆。”

欧扬久看看信封上自己的名字,一言不发地随手塞到裤袋里了。他没再问,只是透过观察室的玻璃隔墙,看着白布单子下平躺着的苏老师,看着扣在苏老师脸上的氧气罩,以及那些粗粗细细的管子。抢救过程显然已经结束了,只有个小护士在盯着波纹闪烁的监视屏。

他收回了目光,抹了抹嘴唇道:“老裘,交通上的规矩我不太懂,你告诉我,她的行为应不应该算是舍己救人?”

老裘有些为难地想了想说:“行为本身没有什么可说的,但是行为背后有没有什么特殊原因,不好说……老欧,我不便下结论。她好像是你案子的当事人吧?”

欧扬久点点头,没有再说什么。他倒背着双手走了几步,然后站在走廊尽头的窗口往外看,最后他走回来,对老裘说:“你回去吧兄弟,叫你的人明天把车祸的基本情况移交给我,这件事情恐怕只有我能了结,你辛苦了。”

老裘不再多问,叮嘱了几句就带着他的两个人走了。

欧扬久推开那扇走廊窗户拿出烟来抽。几个年轻人向他走了过来,无言地看着他。感觉上欧扬久好像轻松了一些,皱着的眉头略有些舒展,但脸色依然灰白灰白的。

“队长,信——”小美指指他的裤袋。

欧扬久狠狠地抽着烟,没有开口,直到那支烟抽完了,他才瓮声瓮气地说:“不用看了,我知道信里头写的什么。”

“嗨!”小美的声音一下子高了八度,“你连看都没看,怎么知道信里头写的什么?”

“捐肾。丫头,老太太要把自己的肾给她的儿子!”

顿时鸦雀无声,大家都被这个回答震住了。也就是说,老太太确实是故意撞的。

后来小郝骂了一句,紧接着范小美也骂了一句。

欧扬久歪着脑袋看着他们:“你们这个鬼样子很让老子失望,能不能不这么情绪化?这是任何一个母亲都会做的,值得这么大惊小怪么?”

大马开口道:“队长,他们情绪化,我不情绪化,但是我想问一句,况南生是杀人重犯,捐肾给他还有什么意义?直说吧,况南生很难保住脑袋——难道苏老师不明白?”

欧扬久泛出一个非常难看的笑:“你们这几个家伙,真是不可救药啊!让我怎么说呢……她明白,苏老师什么都明白。正因为什么都明白,她才要这么做呀!我敢保证——”他拍拍裤袋,“苏老师的信里一定写得一清二楚!”

“写的什么?”小美有些迫不及待。

欧扬久并没有把信拿出来,而是眯缝着双眼伸过了脖子看着几个年轻人:“听着,伙计们,苏老师最清楚是谁杀的人!”

“我×,”小郝大惊,“队长你什么意思,莫非不是况南生?”

“说得对,小子,凶手的确不是况南生。”欧扬久靠在窗台上,依次看着每个人,“杀死苏岷的正是苏老师本人!”

呆若木鸡。

欧扬久眯着眼睛看着三个傻了似的年轻人,然后垂下眼皮,慢慢地贴着墙壁蹲了下去。像个老农似的靠着墙点上烟抽,随后他空空地咳嗽了几声,疲惫而抑郁。

小美也蹲了下来,面对面地观察着他的脸。那张漂亮的脸蛋失去了颜色,有些苍白。不过,那两个年轻的男人也好不了多少。

欧扬久摆摆手:“别看了,丫头,我现在很难过——但是……”他停顿了一下,喘着气,“但是我还是想告诉你们,一个合格的警察,应该习惯于面对一切。听我说,苏老师这一撞非常明智,既是对自身罪恶的惩罚,同时也可以用自己的肾救她儿子一命。"他又咳嗽起来。

小美给他捶着背,低声而柔和地问道:"大叔,你是不是很累?我们早就有感觉了,你的心一定很累。"

欧扬久拍拍小美的脑袋:"还是丫头知道心疼人。"

大马开口道:"队长,你能不能实话告诉我们,你是什么时候开始有这个想法的?"

"是呀队长,"小郝也收回了神,"你的思维好像是跳跃的。"

"不不,你们说得不对,从感觉到认知都是渐渐转化的。"欧扬久揉着太阳穴,"往远处说,从咱们第一次面见苏老师的时候感觉就有了。还记得么,苏老师好像在为包工头唐五羊开脱?"

大马点点头:"当然记得。你是不是想说,苏老师那时候就知道凶手不是唐五羊。"

"不,那时候我根本不可能得出什么结论,仅仅是一些感觉而已,但那个感觉挥之不去。"

小美问:"那……然后呢——"

"然后就是他们俩从三亚带回的那个信息,说况南生两个月前就被收容了。这个信息非常重要。换句话说,他早就逃离了本市。那么,杀害马老爷子的人就一定不是他。"

小郝发出一声惊愕的声音:"天哪,莫非马老爷子也是苏老师杀的……"

"是的,我也不敢相信这个结论。但是,我又不能不面对现实。如果一定要说的话,可能从那时开始,我的着眼点就渐渐转向这个老太太了……来,扶我一把。"欧扬久扶着膝盖往起站,小美赶紧扶了他一把。欧扬久吹了吹烟灰,继续道,"是呀,一个执意要保护自己儿子的母亲,什么事情都做得出来的。咱们都知道,杀过一次人的人,不在乎再杀一次。"他把烟头扔出窗外，用手背擦了一下嘴唇，“还有一个很重要的细节使我明白了一些东西，那就是况南生逃出苏岷的房间后往楼上躲避。伙计们，现在你们想想看，如果不是某种暗示的话，况南生最合理的选择是不是应该往楼下跑?”

大马非常同意：“是的队长，这种心理我们在犯罪心理学上学过。你是不是想说……是苏老师让他往楼上跑的?”

“没错。”欧扬久十分肯定地说，“事情一定是这样的，况南生前去找苏岷报仇，必定会选择无人看见的时候上楼。但是到了苏老师和她儿子在楼道里遭遇的时候，苏老师最清楚楼下正好有人，于是她朝楼上指了指。”欧扬久做了个朝上指的手势。

意思完全明白了。

欧扬久叹了口气，走回玻璃隔墙前，久久地凝视着里边的那个老太太。小护士往外看了一眼，表情漠然。

“小郝，金棕榈小区十九楼的那个年轻人看到的就是苏老师呀，只可惜太高了，没看清楚。”欧扬久放慢了语速，喃喃地说道，然后扭头看着三个无言的年轻人，“都明白了吧，这是一个几十年前就种下的悲剧，伙计们，几十年后，这个悲剧第二轮上演了。唉，久远的那段历史咱们就不说了，事实上第一次在步行街司马桥上的那次袭击，苏老师就明白自己的亲生儿子前来复仇了。她肯定紧张得要命。有意思的是，不知道那段历史的姚芬在无意中把它讲给了我听，使我捏住了这条隐藏得很深的线头儿。”

是的，乞丐况南生不止一次进行过报复。

欧扬久继续道：“这个感觉久久地缠绕在我这颗疲惫的心里，它，也就是我一直在强调的橘子肉那部分。三个月前的那个晚上，包工头唐五羊借着酒力去找魔术师苏岷算账、行凶。但是，他并没有勒死苏岷。从这里画一条线，截止到唐五羊逃走，属于橘子皮那部分。背景是那个公司的经济黑幕，游动其中的幽灵是司机老鲁。必须强调的是，老鲁玩儿了一个并不一定能成功的杀人游戏，却意外地成功了——只可惜，唐五羊没有把苏岷勒死。”

小美道：“接下来，根源久远的第二起谋杀开始了——”

“说得对，丫头。第二起谋杀开始了。”欧扬久的眼睛再次眯了起来，但是这次比较有神采，“唐五羊逃走后不久，那个复仇心切的况南生来了。我敢肯定，那一刻他一定非常非常紧张。他轻手轻脚地摸到门前……喂，这么说是不是有点儿像说评书？”

小郝急迫地说：“就这么说，队长。”

欧扬久清了清嗓子：“况南生发现门没关好，他吓了一跳。伙计们，我想你们应该对这个人有所感觉吧——况南生并不是一个很有胆魄的人，他一定吓了一跳。我猜想他会贴着门缝听一会儿，没听到什么动静。然后才他轻轻把门推开——”

“尸体。”小美脱口而出。

“是的丫头，他马上就看见了趴在地板上的那个人。不过，那一刻他不一定意识得到那是一具尸体。他可能会觉得那家伙醉了、或者急性病发作晕倒了，等等……总之我觉得他当时不会马上意识到苏岷被杀了，人的思维是有逻辑的，懂么？这时候，他可能胆子壮了一些，轻轻掩上门，慢慢地朝着苏岷走了过去。然后他可能会端详、注视，伸手试一试苏岷有没有气儿……这是一系列很合情理的动作，结果，他蓦然间发现，苏岷死了！于是他急迫地把那具尸体翻过来查看——注意，孩子们，尸体是这个时候翻过来的。”

大马终于呼出一口长气：“啊，他可能遗憾死了。”

“是呀，伙计，他百分之百遗憾死了！我甚至能想象出他当时的那种感受。”欧扬久慢慢朝着那扇走廊窗走过去，同时点上了一支烟，“是呀，他奶奶的，一辈子想杀的人，临了，莫名其妙地让别人给杀了，他当然沮丧得要死。但是没办法,事已至此,还能如何。面对着这样一个局面,他除了马上离去,没有第二个选择。于是,他揣着一肚子遗憾退出了房间,轻轻地关上了房门——苏老师说那房门是她打开的,这句话没错。”

“然后,他们母子俩撞了个面对面。”小美比画着说。

欧扬久嗯了一声,点头道:“没错,这就回到了咱们刚才说的那个情节,母子俩撞上了。当时,娘儿俩的心情我不好表述,你们自己去想象好了。但是有一条是一定的——当况南生就要逃走时,苏老师马上想到了楼下有人,便朝楼上指了指。”欧扬久做了个动作,“明白么?楼上。况南生就这样跑上了楼。而楼下的马老爷子在许多日子以后突然想到了一直亮上去的楼灯。悟出了一个可能,带了来杀身之祸——这都是后话了。现在……”

说到这儿,欧扬久的手机响了。他示意了一下,然后接手机。嗯嗯嗯地听着,最后他关了机,说:“我的老婶儿病危了,怪不得我这几天眼皮老是跳——刚才咱们说到哪儿了?”

小美:“说到马老爷子悟出了楼灯……”

“嗯,那是后话了。咱们还是循着事情的脉络往下说吧。苏老师看着儿子跑掉,平静了一下,然后拿钥匙打开了房门。老太太那天是去取羽绒服的。唉,什么叫命里注定,这就是!我估计,苏老师开门的时候心里头已经有了某种预感,因此开门看到的场面并不会使她太吃惊,她可能很难过,这是人之常情嘛。魔术师苏岷仰面躺在地板上,这一点苏老师第一次对咱们说的也是真实的。所不同的是,那一刻她不可能知道什么包工头唐五羊,她只能认为况南生杀了人,这个细节你们一定要记住——现在谁说说,随后苏老师会怎么样?”

三个人的回答完全一致:扑上去施救。

“OK,扑上去施救是她的第一个本能,因为他是一个母亲。不过必须明白一点,非常重要的一点,她扑上去施救的目的是双重的,既是为了救苏岷，也是为了救况南生——听明白了么各位，你们细想一下，是不是这样？但是接下来，本案中最不幸的一幕发生了——苏岷真的活了！”

欧扬久说到这里停了下来，再一次扭头往走廊的窗外看。其他几个人默默不语。他们看出来了，欧扬久一直在强打着精神述说，其实他身心俱疲，这样的情况很不多见。

“苏岷活了。”欧阳久说，“苏老师也同时醒悟了——这个救活了的人一旦站起来，他会毫不留情地指认是谁害他，自己亲生的儿子，那个可怜的况南生就彻底完了！三十多年啦，苏老师太了解苏岷这个人了。记住，伙计们，这里又出现一个重要细节，事实上，苏岷即便指认，也会指认唐五羊，但是苏老师当时一点儿也不知道之前发生的事，只认为是况南生干的。所以说，命里注定！”

是的，命里注定！

欧扬久掏出空了的烟盒看了看，然后把烟盒揉做一团：“那一刻，可怜的亲生子彻底取代了那个可恶的养子在她心中的位置，苏老师的本能心理闪电般地占据了上风，那就是让苏岷彻底死掉，不留后患！于是……她果断地掐死了他！”

欧扬久的话戛然而止，一点儿不拖泥带水。

三个年轻人无话可说。

“啊，可能是太用力的缘故，她掐破了苏岷脖子上的皮。由此，给我欧扬久留下了一个可怕的突破口。后来为了自己亲生儿子的安全，她又杀死了善良的马老爷子。当然，那一次是经过了深思熟虑的。”欧扬久看了看外边暗下来的天色，“好了，剩下的你们慢慢琢磨吧，我去买包烟。噢，这个地方一定要留人。”

他快步走去，却又突然转回来，掏出那封信扔给了范小美，“看看我说的和信里写得有什么不一样。”

欧扬久离去后，三个年轻人默默地把信撕开了。他们依次看完那封满满三页纸的信。无言。

终于,小美叹息一声:“神了!咱们队长。”

小郝说:“是他妈挺神的,可惜大叔他忘了那块石头。”

苏老师的信里说:

……砸死马老师以后我慌忙地走了,所幸没有看见一个人。但是我突然发现那个装在尼龙袋里的石头还在我的手里,可是我那时已经走上了大路。没办法,我遮掩着尼龙袋上的血,打车回了家。你们现在还能看到我床底下的那个凶器……

小美说:“放心,队长不会忘的。肯定不会。”

大马说:“你们知道我现在想到了什么吗?我想到了况南生他爸爸,那个诗人——好可怜的一家三口啊!”

尾　声

欧扬久在落叶飘飘的行道树下走着,浑身无力。

确实到深秋了,吹来的风挺凉挺凉的。他眯缝着两只因为睡眠不足而有些干涩的眼睛,看着街道上的车水马龙。

芸芸众生啊,五味杂陈的生活！在繁荣而熙攘的表层之下,你们知道藏着多少黑色的东西么！老子知道。他这么想着。

不知为什么,他现在特别希望冬天快一些到来,结结实实地下几场大雪。那样,这世界就会素净多了。

可是马上他就觉得自己的想法太他妈天真了。你,欧扬久,你不就是一只忠心耿耿的老警犬吗？你的本事多大呀——多厚的雪你也有本事把藏在下边的罪恶刨出来……算个毬的吧,这就是你的命呀,伙计!

他在路边买了包轻易舍不得买的好烟,弄出一支狠命地吸了几口,继续往前走。他觉得自己应该去看看老婶儿,老太太已经八十一了。说不定哪天就阴阳两隔啦!

他叼着烟,双手插在口袋里往前慢慢遛达着。他少有的轻松。

他的身后,夜,正在徐徐降临……

后　记

自欧美的侦探小说式微以来，日本的推理小说突飞猛进，几乎占据了全球同类作品的半壁江山。这一点有些像日本人的性格。日本人干什么事都让人感觉那么狠，包括他们的推理小说。

我至今都有些闹不懂，日本怎么有那么多人爱读推理小说呀，乃至于他们的推理作家可以一浪一浪地冒出来，层出不穷，轻而易举地就形成了一股气势。

这样的景象实在让我们的推理作家羡慕不已。

有人一定会说，咱们的推理小说没有那么多读者，只能证明咱们的作家写得不行。这话按说是对的，但是好像又不那么简单，什么事情都要两方面看。中国的推理作家并不是写不好，恐怕说到底还是因为禁锢太多，比方说，现在就有读者提出，谁能写一本没有警察的侦探小说——的确，这是一个很大的挑战。

中国的案子能让一般老百姓来处理么？不能。

这是一个跳不过去的沟。大家只要看看好一些的推理电视剧，如《狄仁杰》、《包青天》，大约就能明白为什么大多好一些的都是古装剧。是的，古装剧可以天马行空地发挥想象力，而当代的警察剧必须照章办事，按程序来。像阿加莎的波洛，可以放某些值得同情的凶手一条生路，中国的警察就绝不可以。

就此一点，日本的推理作家就比我们自由。创作自由了，思想就会放得很开，想象力就生出了翅膀，故事就好看了。就有了读者，良性互动就有了前提。

说到底事情就这么简单。我始终相信，中国的作者本质上讲，绝对不输于日本。

另一点，必须说说技术性这个问题。因为这个问题对于中国作家不是鸿沟，可以越过去。所谓技术性，指的是推理小说的核心——谜案的设计。老实说，在这个问题上，中国的作者应该认真反省，我们确实不如日本人下工夫，确实！

咱们的作者更像是案情的复述者，只考虑案子，不太在乎那个谜是否奇，是否巧。可是大哥，推理小说好看就好看在奇巧二字上。无论过去的阿加莎，还是如今的东野圭吾，都是靠这个出奇制胜的。现在不得不承认的是，咱们的作者即便明白这一点，恐怕也只明白了一点皮毛而已。

这一点不下大的工夫不行。

当然，我并不是纯技术的倡导者，我在关注技术的同时也许更关注作品的社会认识价值。举例说，被封为日本本格推理之神的岛田庄司，他的成名作我就不太感冒。

与其说它是推理小说，不如说是个智力游戏。

但是，小说是小说，游戏是游戏，绝对不可以混为一谈。读到这里，各位也许看出来了，日本的不少推理小说正在走向他们认为的纯粹化。

这或许是他们的软肋。

太纯了行么？水至清则无鱼，作为文学一支的推理小说，太纯了就……我个人认为，那或许不是死路，但是离文学将越来越远。

于是，我想我们完全可以向日本人挑战的。

真正好的推理小说应该是故事性一流，技术性一流，文学性一流。技术性依然强调谜题的设计，一定要高明（这一点日本人森村诚一的《人证》做得不是很棒，不如岛田庄司）。同时要强调人物的塑造、语言的运用等文学性手段的提高和认识价值的提炼（这一点森村诚一的《人证》要高于岛田的作品）。我们的作者如果能在这两个方面上一个档次，向日本推理挑战就有了比较过硬的先决条件。

作为上述几方面的实践，我创作了这本《金棕榈之谜》，效果如何，有待读者的评判和时间的检验。

是为后记。

北极老刀

2010.10

图书在版编目（CIP）数据

金棕榈之谜/北极老刀著. -上海：上海文艺出版社.2011.7
ISBN 978-7-5321-4202-6
Ⅰ.①金… Ⅱ.①北… Ⅲ.①长篇小说-中国-当代
Ⅳ.①I247.5
中国版本图书馆 CIP 数据核字（2011）第 131014 号

出 品 人：陈　征
责任编辑：海力洪
特约编辑：施光夏
封面设计：丁威静

金棕榈之谜
北极老刀 著
上海文艺出版社出版、发行
上海绍兴路 74 号
新华书店经销　华东师范大学印刷厂印刷
开本 850×1168　1/32　印张 9.125　插页 2　字数 241,000
2011 年 7 月第 1 版　2011 年 7 月第 1 次印刷
ISBN 978-7-5321-4202-6/I·3245　　定价：25.00 元

告读者　如发现本书有质量问题请与印刷厂质量科联系
T：021-62431136